W0368300

Sacha Jacqueroud · Töten erlaubt

Rathausgasse 30
CH-3011 Bern

Umschlaggestaltung: Silvio Stritt
Korrektorat: Katharina Engelkamp
Satz: bm Media AG, Wabern
Druck: AZ Druck und Datentechnik GmbH, Kempten

ISBN 978-3-85820-362-5

Auch als E-Book lieferbar: ISBN 978 3 85820 363 2

Unser gesamtes Verlagsprogramm finden Sie unter
www.neptunverlag.ch

Sacha Jacqueroud

TÖTEN ERLAUBT

Der erste Fall von Desiree Winter

Kriminalroman

Neptun Verlag

ÜBER DEN INHALT

Der Autor erzählt eine fiktive Geschichte. Wenngleich der Inhalt frei erfunden ist, so liegen diesem einige Informationen zu Grunde, die der Journalist im Laufe der Jahre dank einigen Vertrauten aus Politik und Wirtschaft mitbekommen hat. Aus Rücksicht und Respekt sind Titel und Namen ebenfalls fiktiv. Auf genauere Ortsbezeichnungen wird aus demselben Grund verzichtet. Ähnlichkeiten der im Buch vorkommenden Personen mit wirklichen Menschen aus dem Grossraum Bern sind rein zufällig und ungewollt.

PROLOG

Verwaltungsvereinbarung zwischen dem Bundesrat und der Volksrepublik China:

Zum Inhalt gebe weder die Schweizer noch die chinesische Seite nähere Auskünfte. Die Schweiz ist grundsätzlich an einer Fortsetzung der Identitätsabklärungen im Rahmen der geltenden Vereinbarung interessiert und steht diesbezüglich in Kontakt mit den zuständigen chinesischen Behörden. Die Kernpunkte des Vertrags sind: Der Bund erlaubt Beamten des chinesischen Ministeriums für öffentliche Sicherheit, in die Schweiz zu reisen und hier die Nationalität und Identität von Personen zu ermitteln, die sich illegal in der Schweiz aufhalten und vermutlich chinesischer Nationalität sind.

Kapitel 1

Der Jubel war gross. Wenn die buntgemischte Mannschaft aus afghanischen, chinesischen, kurdischen und iranischen Kindern gegen die athletischen Eritreer ein Tor erzielte, dann war das in der kleinen Welt, rund um den Maschendrahtzaun, eine mittlere Sensation. Arjun musste schmunzeln. Es war einer der seltenen Momente, in denen die Sorgen und Ängste weggekickt waren. Wie der Fisch im Netz des eritreischen Fischers zappelte der Ball im Tor der afrikanischen Jugendlichen. Erst jetzt fiel dem 21-Jährigen auf, dass einer auf dem Asphaltplatz fehlte: Lan. Der Chinese war für gewöhnlich immer dabei, wenn der Ball rollte. Die Sonne würde in wenigen Minuten oberhalb vom Toffenholz, unweit von Belp, untergehen und er hatte Lan heute noch gar nicht zu Gesicht bekommen. Das war merkwürdig, denn der Chinese mit dem angeborenen Lächeln auf den Stockzähnen war für gewöhnlich immer im Asylzentrum. Irgendwo zwischen Kochen, Fußballspielen und Meditieren. Letzteres hatte Arjun nie ganz verstanden, denn wenn er seine Augen schloss, um «Frieden und innere Ruhe zu finden», wie Lan zu sagen pflegte, dann schossen ihm sofort Bilder durch den Kopf. Rollende Lastwagenräder, die in regelmässigen Abständen von seinen Schweisstropfen benetzt wurden, eine kreischende Mutter, deren Kind nachts aus dem Schlauchboot fiel und unauffindbar in der Berg- und Tallandschaft der Wellen verschwand, begleitet von

dessen unbarmherzigen Rufen aus einem der unzähligen Wellentäler. Die türkische Gefängniszelle von vier auf vier Metern mit sieben jungen Männern darin, die ihre Notdurft in der Ecke verrichten mussten. Zur Ruhe kommen, das ging für Arjun mit geschlossenen Augen nicht. So als würde sein Körper ein eigenständiges Leben führen, realisierte sein Kopf erst, wo er war, als ihn die Füsse schon mitten ins Büro getragen hatten.
«Wo ist Lan?», fragte Arjun die junge Frau hinter dem Bildschirm.
«Hat er dir nichts gesagt?», fragte Eva Binggeli zurück. Sie schien aus gutem Hause zu kommen und sich um ihn und die Menschen im Zentrum kümmern zu wollen, das zumindest vermutete Lan, erinnerte sich Arjun. Der junge Asiat aus der Provinz Gansu war ein guter Beobachter. Er glaubte, dass Eva Binggeli dies aus schlechtem Gewissen tat, weil es ihr gutging und ihnen nicht.
‹Sie ist ein wenig naiv und glaubt alle Geschichten, die man ihr erzählt›, hörte er Lan sagen, als stünde er gerade hier. Nun aber antwortete sie mit einer Gegenfrage. Sonderbar, dachte Arjun und wiederholte seine Frage. Evas linkes Bein begann zu zucken, während sie nach Worten rang.
Leiser als sonst antwortete sie nach endlos scheinenden Sekunden: «Er musste nach Bern, um angehört zu werden.»
Das war noch sonderbarer. Lan hatte nichts von einer solchen Anhörung gesagt. Dabei war es doch das einzige, worauf hier alle warteten und hofften.
«Wann ist er denn wieder da?», fragte er, ohne sich etwas anmer-

ken zu lassen.
«Bestimmt sehr bald», antwortete sie gänzlich unglaubwürdig. Normalerweise waren diese Termine weit im Voraus bekannt und die Hin- und Rückfahrt war minutiös geplant.
Die Glocke, die zum Essen läutete, weckte Arjun aus wilden Gedanken. Ihm war jetzt nicht nach essen.
Wild gestikulierend kamen inzwischen die Jugendlichen den langen Gang entlang Richtung Esssaal. Das Spiel war offensichtlich beendet.
«Ich habe ein Tor geschossen», lachte Navid und zupfte dem weitaus grösseren Arjun dabei pausenlos am Ärmel.
«Trotzdem haben wir gewonnen», lachte auch der schlaksige Eritreer mit dem lustigen Namen Sanjab, was in seiner Sprache soviel wie Eichhörnchen bedeutete. Normalerweise musste er deshalb immer schmunzeln, wenn der Fischerjunge mit ihm sprach, nur jetzt war ihm nicht danach zumute. Da stimmte etwas nicht, da war sich Arjun sicher.
Er trank Tee und gab sich alle Mühe, dass niemand seine Sorgen bemerkte, denn mit jedem Schluck aus dem Glas entstand ein Stück mehr Gewissheit, dass hier etwas schieflief.
«Tschüss und bis morgen», verabschiedete sich Eva Binggeli, ohne dass sie zur Tür herauskonnte. Arjun stand mit verschränkten Armen unter dem Türrahmen.
«Lan ist noch nicht da», sagte er und klang nun fast anklagend. Die blonde Frau mit der runden Brille erschrak. «Ich kann dir leider nicht mehr sagen, du musst... morgen Herbert Kohler fragen, er hat die Fallführung für Lan», stammelte sie.

«Da stimmt etwas nicht!», brüllte Arjun und hielt sie am Arm fest, um sie am Gehen zu hindern.
«Lass mich los, Arjun, du tust mir weh», rief sie nun sichtlich verängstigt. Erschrocken von seiner Handlung liess Arjun die Frau augenblicklich los und sie flüchtete aus der Tür, ohne ihm eine konkrete Antwort gegeben zu haben. Doch für ihn stand fest: Sein Freund war verschwunden.
Dass er des Nachts nicht schlafen konnte, weil hinter seinen geschlossenen Augen immer wieder Bilder von Lastwagen, Gefängnis und Schlauchbooten warteten, war er gewohnt. Nur diese Nacht konnte er quasi doppelt nicht schlafen. Er war sich sicher, Lan steckte in Schwierigkeiten. War er geflohen, weil sie hier alle mit hängigen Verfahren auf die Entscheidungen der Behörden warteten? Nicht Lan, er nicht. Er lächelte nicht nur unentwegt, er war auch immer so anständig, respektvoll und ehrlich. Eigenschaften, die Arjun nicht immer an den Tag legte. Wenn Lan nicht geflohen war, es keine Auskunft gab, wann er wieder hier sein würde, und vor allen Dingen ob überhaupt, dann musste etwas geschehen sein. Er hatte den Gedanken kaum beendet, da schlug er die Bettdecke beiseite und schlich aus dem Schlafzimmer die Treppe hinunter Richtung Büro. In diesem Computer musste er suchen, da fand er möglicherweise die Antwort, die ihm Eva Binggeli vorenthalten hatte. Er versuchte gar nicht erst die Tür zu öffnen, sondern überlegte, wo ein Schlüssel versteckt sein konnte. Er erinnerte sich daran, dass Eva Binggeli zwar immer einen Schlüssel einsteckte, dass aber Kohler auch schon mal das Büro aufschloss, wenn er aus dem Lesezim-

mer kam. Er durchstöberte die Bücher, ohne einen Schlüssel zu finden, glitt mit den Händen die Gestelle entlang, um die kantigen Formen eines Schlüssels zu ertasten, und blickte unter die Vase hinter das Bild. Nichts.

«Was machst du da?», dröhnte eine mürrische und verschlafene Stimme unmittelbar hinter ihm.

«Ich konnte nicht schlafen und suche mir ein Buch», antwortete er blitzschnell. Diese Schlagfertigkeit hatte er sich im Laufe der Jahre seiner Flucht und vieler brenzliger Situationen angeeignet.

«Im Dunkeln?», fragte der Mann nach. Erst jetzt erkannte Arjun die Gestalt. Es war Herbert Kohler. Was tat er um diese Uhrzeit im Asylzentrum?

«Da stimmt etwas nicht», hörte er sich selbst murmeln.

«Was stimmt nicht?», fragte Kohler.

Der Mann in den Mittfünfzigern hatte die Aufsicht über dieses Zentrum, war aber genauso oft unterwegs, wie er hier war. Seine graue Kleidung und seine Redensart verrieten, dass er ein ‹treuer Beamter› war, wie Lan zu sagen pflegte. Kohler erinnere ihn an die loyalen Parteisoldaten Chinas, stets bestrebt, alles zur Zufriedenheit der Obrigkeit zu erledigen. Kohler war kein untertäniger Mensch. Bestimmt war es nicht einfach, die harten Entscheidungen des BFW, der Behörde für Flüchtlingswesen, mitzutragen, aber es fehlte ihm die Bereitschaft, sich in Härtefällen für die gestrandeten Menschen hierzulande einzusetzen.

«Wo ist Lan?», wollte Arjun wissen und ergänzte hastig: «Eva Binggeli hat gesagt, Sie wüssten es.»

«Und du glaubst die Antwort darauf findest du im Lesezimmer»,

erwiderte Kohler mehr, als er antwortete.
«Wie gesagt, ich konnte nicht schlafen», repetierte Arjun.
«Lan war in der Anhörung, offenbar hat es länger gedauert und er ist noch nicht wieder da. Deshalb bin ich noch wach und warte hier auf ihn», sagte der Graue.
Das klang plausibel. «Dann warte ich auch», antwortete Arjun und schickte seinen Worten einen entschlossenen Blick mit verschränkten Armen nach.
«Du darfst nicht dabei sein, wenn Lan zurückkommt, also nimm dir ein Buch, geh zurück ins Bett, versuche zu schlafen und morgen siehst du Lan bestimmt wieder», erwiderte Kohler und zeigte mit der rechten Hand und ausgestrecktem Zeigefinger Richtung Treppenhaus.
Arjun tat, wie ihm geheissen, nicht weil er überzeugt war, sondern weil er hier auf verlorenem Posten stand. Ein Geflohener weiss eben, wann er gehorchen muss. Das hatte er im Laufe der Jahre auf schmerzliche Art und Weise immer wieder gelernt. Arjun hatte aber auch gelernt, dass Beharrlichkeit sich auszahlt, wenn man clever vorgeht. Schliesslich hatte es vier Anläufe gebraucht, bis er von der Türkei mit dem Schlauchboot nach Griechenland gelangte. Aufgeben kam damals nicht in Frage und das tat es auch jetzt nicht.
Kohler verschwand im Büro, Arjun hockte sich auf die untere Treppe, um zu lauschen. Was er hörte, sollte ihn für Stunden begleiten: ‹Tick, tack, tick, tack›, es war die monotone Melodie der Wanduhr der Marke Quartz. Jene Uhr, die viele vor ihm schon angestarrt hatten; dann nämlich, wenn sie ausgewiesen

wurden und der Uhr zuschauten, wie die Sekunden zerrannen, bis die Polizei vorfuhr und sie wie Verbrecher abführte. Zumindest jene, die nicht fliehen konnten, und die wenigen, die nicht wollten, weil ihre Kinder oder sie selbst schon genug mitgemacht hatten – traumatisiert, erschöpft, hoffnungslos. Und dann gab es noch jene, die nicht mehr leben wollten. Nach all den Strapazen der Flucht kam ein negativer Asylentscheid für manche einem Todesurteil gleich und sie beschlossen, den Tod lieber gleich selbst herbeizuführen. In diese Gedanken versunken sah Arjun seinen Vater vor sich stehen. Es war jene Szene, als er beschlossen hatte, auf Geheiss der Regierung hin in Kabul seine Waffe freiwillig abzugeben. Auf dem Weg dorthin lauerten die Taliban. Sie durchlöcherten den jungen Vater gleich aus mehreren Waffen und entwendetem dem geflohenen Nordafghanen sein Gewehr. Zurück blieb eine Mutter mit zwei kleinen Jungen in einer grossen Stadt voller Flüchtlinge vom Lande. Würde er wieder nach Afghanistan ausgeschafft, drohte ihm ebenfalls der Tod durch die Taliban. Noch immer kontrollierten sie den Norden seines Landes, mitunter auch sein Heimatdorf Archektu.
Das monotone Lied der Uhr wechselte seinen Rhythmus, das holte Arjun zurück aus seinen Gedanken. Kaum hörbar, aber gerade laut genug, um es als den Klang eines vibrierenden Handys auf einem Holztisch zu entlarven. Kohler erhielt einen Anruf. Geschmeidig und flink huschte Arjun von der Treppe zur Bürotür und presse sein linkes Ohr an das Türholz.
«Wie Sie meinen, ich verstehe. Und Sie sind sicher, dass … aufgelegt, einfach aufgelegt.» Das waren die wenigen Worte aus

Kohlers Mund, die Arjun verstehen konnte; nicht aber jene von der anderen Seite des Telefonats und schon gar nicht, wer Kohler angerufen hatte.
Ehe der Graue aus dem Büro kam, floh Arjun von der Tür und verarbeitete die spärlichen Informationen in seinem Kopf, als er wieder in seinem Bett lag. Aufgelegt, der Gesprächspartner hatte sich sehr kurz gehalten und unanständig schnell den Anruf beendet. Arjun wiederholte die Worte zum x-ten Mal: «Da stimmte etwas nicht.»
Kohler hatte sich gefügt: «Wie Sie meinen, ich verstehe», hatte er gesagt. Dann aber hatte er sich in seinem bescheidenen grauen Ausmass kurz aufgebäumt: «Und Sie sind sicher, dass ....» Kohler war eigens spät nachts im Büro, erhielt einen Anruf, dessen Ausgang er nicht bestimmen konnte und auf den er nichts erwidern durfte. Lan kam nicht wieder und der Heimleiter getraute sich nicht, etwas dagegen zu tun, schien aber überrascht. Arjun fühlte sich in einer Sackgasse, er kam gedanklich nicht mehr weiter. Und das war sein Glück, denn nun öffnete sich die Tür. Das fahle Nachtlicht vom Gang genügte, um die Konturen von Kohler zu erkennen. Er wollte sichergehen, dass Arjun nun in seinem Zimmer war und von dem Anruf offenbar nichts mitbekommen hatte. Genau das inszenierte er, indem er sich schlafen stellte. Offenbar gut genug, denn so leise Kohler gekommen war, so geräuschlos schloss er nun wieder die Tür. Arjun wartete noch eine kurze Zeit, bis er sicher war, dass der Graue genug weit weg war und er die Zimmertür unbemerkt öffnen konnte. Er schielte um die Ecke auf den Gang; er lag leer und still vor ihm. Erneut

schlich er sich ins Erdgeschoss, zu seinem Erstaunen war die Bürotür nun sperrangelweit offen und das Licht drang wie der Spot einer Bühne auf den Gang. Kohler schien kurzzeitig weg zu sein. Diese Chance liess sich Arjun nicht entgehen und beeilte sich, um ins Büro zu gelangen. Der Computer war an. Als er die Maus bewegte, um den Ruhezustand des Rechners zu unterbrechen, verlangte dieser nach einem Passwort. Da war sie wieder, die Sackgasse. Das Handy schien Kohler bei sich zu tragen, zumindest lag keines auf dem Pult. Blieben also die Unterlagen, die zerstreut um die Tastatur dalagen. Arjun sprach erstaunlich gut Deutsch, hatte nicht nur Kurse besucht, sondern auch gelesen, ferngesehen und vor allem in allen Arbeitsprogrammen, zu denen die Gemeinde die Asylsuchenden zum Wischen oder Räumen einlud, mitgemacht. So hatte er auch Pfarrer Liniger kennengelernt. Er war ein gerngesehener Gast im Zentrum, weil er immer wieder mit Beschäftigungsideen und Möglichkeiten kam. Für die Asylsuchenden waren das Chancen. Es war die landläufige Meinung im Zentrum, dass wer sich bei diesen Arbeiten anstrenge, vielleicht bleiben könne.
Entsprechend betrübt war Arjun, als der Gemeindearbeiter von Belp schliesslich meinte: «Ihr könnt euch anstrengen, wie ihr wollt, richtig arbeiten dürft ihr hier sowieso nie.» Kohler hatte es ja eigentlich schon ganz am Anfang erklärt: Wer hier in Belp landete, hatte keine definitive Aufnahme und konnte jederzeit wieder ausgeschafft werden. Dieser Status berechtigte weder zu einer Arbeit noch einer Ausbildung, man war quasi auf der Wartebank, für manche gar eine Frage um Leben oder Tod. Nicht

so Arjun. Liniger hatte den fleissigen Deutschsprecher mit einem Metzgermeister zusammengebracht. Anscheinend war es in der Schweiz schwierig, junge Menschen zu finden, die Metzger lernen wollten, deshalb fand der Dorfmetzger von Toffen keine Lehrlinge. Linigers Lösung war, dass jemand aus dem Asylzentrum, der sich gut integrierte und passabel deutsch sprach, diese Lücke füllen könnte. Arjun hatte das grosse Glück, der Auserwählte zu sein. Er konnte vor allem lange nicht verstehen, weshalb niemand diesen Beruf erlernen wollte. Aufgewachsen im Gebirge von Nordafghanistan, hatten Schafe sein bisheriges Leben dominiert. Nun konnte er wieder etwas mit Nahrung und Nutztieren machen, das war für ihn sinnvoll. Metzger Konrad war ein stämmiger Mann, der so wenige Worte benutzte, wie er Haare auf dem Kopf trug. Fleissig war er und das erwartete er auch von Arjun. Deutsch lernte er dennoch im Laufe der Monate in der Dorfmetzgerei immer mehr. Vor allem gelang es ihm zusehends, das Bärndütsch zu enträtseln.

Aber all das half nichts, dieses formelle Deutsch auf Kohlers Unterlagen enthielt zu viele dieser unsinnig langen Substantive, die man kaum entziffern konnte; oft bestanden sie aus aneinandergereihten Wörtern.

Arjun versuchte jene Begriffe abzulesen, die er auf Anhieb verstand: «Asyl, Lan Guo, nicht zuständig.»

Wer war nicht zuständig? Was war nun mit Lan? Arjun verstand so viel von diesen Papieren wie vom Walliserdeutsch.

Höchste Zeit, sich aus dem Staub zu machen.

Doch der Gedanke kam ihm viel zu spät. Kohlers Schritte waren

schon so nah, dass eine Flucht aus dem Büro entdeckt worden wäre. Ihm blieb nichts anderes übrig, als sich hinter dem zweiten Schreibtisch, jenem von Eva Binggeli, zu verstecken.
Es roch nach Zigaretten, als Kohler das Büro betrat. Offenbar war er rauchen gegangen. Auch das fand Arjun sonderbar. Noch nie hatte er den Grauen rauchen sehen. Und nun roch es im ganzen Büro nach Zigaretten, als hätte Kohler eine ganze Schachtel verqualmt. Er hörte, wie der Graue sich in den Sessel fallenliess und die Papiere zusammenschob. Nach einem tiefen Seufzer und einigen Sekunden der absoluten Stille erhob er sich wieder. Wenige Zentimeter neben Evas Pult lag der Schredder auf der Fensterbank. Hätte Kohler nur einen halben Meter weiter vorne gestanden, er hätte Arjun unweigerlich sehen müssen. Nun aber schredderte er jene Blätter, die dieser gerade eben kaum hatte entziffern können. Was zur Hölle sollte das? Wurde hier Lans Existenz gerade weggeschreddert? Nicht zuständig, nicht zuständig. Wer war denn zuständig? Arjuns Denkvermögen war angesichts der misslichen Situation eingeschränkt. Er bemühte sich klar zu denken, doch es gelang ihm nicht.
Inzwischen entsperrte Kohler offenbar sein Handy, denn nur wenig später hörte er ihn sprechen.
«Ich weiss, Charlie, es ist mitten in der Nacht, aber ruf mich zurück, wenn du diese Nachricht hörst, es ist wirklich wichtig.»
Wer war Charlie? Ein Name, den Arjun noch nie gehört hatte, und er wartete nun schon seit über sechs Jahren in diesem hängigen Asylverfahren in Belp.
Anscheinend weil er noch nach dem alten Asylgesetz lief, welches

im April 2018 von einem neuen, viel schnelleren abgelöst worden war. Er sei irgendwie zwischen Stuhl und Bank gefallen, hatte ihm Pfarrer Liniger einmal erklärt.
Erneut vernahm er Schritte. Arjuns Herz erhöhte die Frequenz. Doch diesmal lief Kohler nicht zum Schredder. Mit raschen Schritten verliess er das Büro und schloss hinter sich ab. Zurück blieb Arjun im verschlossenen Büro. Von weitem vernahm er wieder das monotone Lied mit dem Namen ‹Tick, tack›.

Kapitel 2

Es waren nur zwei Seiten: «Zu eurer Kenntnisnahme: Wir müssen die Verwaltungsvereinbarung mit China verlängern. Wir haben inzwischen weitreichende Wirtschaftsabkommen und sollten diese nicht gefährden, indem wir diese kleine Geste verlängern.»
Aussenminister Schluef hielt sich kurz und knapp. Ein Teil des Restbundesrats nickte zustimmend. Nathalie Käppeli überflog das Papier und zuckte zusammen.
«Ich weiss, dass ich neu im Bundesrat bin, aber haben wir wirklich erstmals im Jahre 2015 den Chinesen erlaubt, dass uns unbekannte Personen aus der chinesischen Regierung einreisen und geflohene Chinesen bei uns in der Schweiz befragen und ausschaffen dürfen? Heisst das, wir wissen nicht, weshalb jemand ausgeschafft wird und was mit diesem Menschen geschieht?»
Schluef räusperte sich, um Zeit zu gewinnen. Es ging ihm ganz schön auf den Senkel, dass diese Käppeli immer alles hinterfragen musste. Glücklicherweise war er nicht der einzige.
«Das Abkommen kommt nur zur Anwendung, wenn gegen die fraglichen Personen Entscheide zur Wegweisung nach China vorlägen», antwortete Rudolf Stärchi. Er war der dienstälteste Bundesrat, dossiersicher, routiniert und unentwegt bemüht, keine laufenden Zahnräder im System auszuwechseln.
«Soweit ich mich entsinne, kamen die Chinesen bisher nur einmal

in die Schweiz, gestützt auf diese Vereinbarung», ergänzte Schluef.
«Und was geschah dann?», wollte Käppeli wissen.
Schluef öffnete sein Dossier, blätterte es eine ganze Weile durch und antwortete schliesslich: «Laut BFW sei im Juni 2016 eine chinesische Delegation in die Schweiz gereist, um die Identität illegaler Chinesen zu ermitteln. 13 Chinesen wurden ausgeschafft, neun hätten ohnehin gegen die Auflagen der Schweiz verstossen, vier hätten bereits einen negativen Asylentscheid der Schweiz erhalten.»
«Das ist inakzeptabel. Eine Kooperation in Strafsachen setzt voraus, dass der Partnerstaat ein Rechtsstaat ist, und das bezweifle ich bei China deutlich», eschauffierte sich nun Käppeli.
«Sagt wer?» Auch Stärchi regte sich nun auf.
«Soweit ich weiss, sind die Probleme mit China rein innenpolitischer Natur», meinte Routinier und warf noch hinterher: «Wir haben in der Zusammenarbeit bisher keinerlei Probleme gehabt.»
Käppeli blickte auf die Köpfe ihrer Kolleginnen und Kollegen. Die gesenkten Häupter von Wyrsch, Deruns und Kollegin Heller zeugten von wenig Bereitschaft, sich an diesem Punkt lange aufhalten zu wollen.
Lediglich Julien Crausaz wagte zu entgegnen: «Ich finde es skandalös, dass die Schweiz ein solch autoritäres Regime in dieser Form unterstützt. Mit solchen Zugeständnissen werden unsere Werte wie Freiheit und Demokratie mit Füssen getreten.»
«Julien, du weisst schon, dass wenn du ausserhalb dieses Raumes solche Worte brauchst, China uns scharf attackieren würde und

das ganze Wirtschaftsabkommen damit gefährdet wäre», entgegnete Schluef anklagend. «Aufträge in Milliardenhöhe könnten storniert werden, ohne dass China mit der Wimper zuckt. Sie brauchen uns nicht, wir sie schon, wollen wir nicht auf Gedeih und Verderb wirtschaftlich lediglich auf die wankelmütige EU angewiesen sein.»

«Zudem haben wir wirklich Wichtigeres zu entscheiden und sollten nun darüber abstimmen», schloss Stärchi strategisch clever.

Er hatte schon mitgezählt. Schluef, Wyrsch, Heller und seine Wenigkeit hätten ja ohnehin die Mehrheit. Deruns würde sich wohl enthalten und dann konnten Käppeli und Crausaz ruhig dagegen sein. 4 zu 2 bei einer Enthaltung. Die Vereinbarung sollte wieder unterzeichnet werden.

«Dann bliebe noch zu protokollieren, dass die Vereinbarung nicht in der Rechtssammlung des Bundes im Internet erscheinen soll», fügte Schluef hinzu.

«Wir müssen aber einen offiziellen Wortlaut zum Traktandum hinterlegen», empörte sich Käppeli erneut.

Schluef lächelte und meinte: «Den hat das BFW schon vorbereitet, ich verlese: ‹Zum Inhalt gebe weder die Schweizer noch die chinesische Seite nähere Auskünfte. Die Schweiz ist grundsätzlich an einer Fortsetzung der Identitätsabklärungen im Rahmen der geltenden Vereinbarung interessiert und steht diesbezüglich in Kontakt mit den zuständigen chinesischen Behörden. Die Kernpunkte des Vertrags sind: Der Bund erlaubt Beamten des chinesischen Ministeriums für öffentliche Sicherheit, in die

Schweiz zu reisen und hier die Nationalität und Identität von Personen zu ermitteln, die sich illegal in der Schweiz aufhalten und vermutlich chinesischer Nationalität sind.›»

Die Behörde für Flüchtlingswesen hatte ganze Arbeit geleistet, diese Formulierung dürfte wenig Fragen aufwerfen und als Randnotiz eines reichbefrachteten Protokolls ohnehin von den meisten überlesen werden.

«Nathalie, Julien, ich erinnere euch daran, dass wir als Kollegium geschlossen auftreten und dieser Beschluss rechtskräftig ist.»

Stärchi klang nun fast ein wenig bevormundend.

«Drohst du uns etwa?», fragte Julien.

«Nein, ich bewahre euch nur vor einem Fehltritt und dem politischen Aus», entgegnete Stärchi kurz und bündig, ehe er den Blick Schluef zuwarf, der sofort das nächste Traktandum eröffnete.

Kapitel 3

Er kannte das Gebäude nicht, er kannte die Menschen gegenüber nicht, er kannte die Uhrzeit nach so langer Zeit nicht mehr.

«Könnte ich vielleicht einen Schluck Wasser bekommen?», fragte Lan dennoch höflich und mit einem sanften Lächeln.

Der Mann mit dem dunkelgrauen Anzug und der chinesischen Flagge als Pin auf dem Sakko sah seine drei Kollegen an. Der Mann, dessen Gesicht man im fahlen Licht kaum erkennen konnte, weil er mit seinem Stuhl etwas nach hinten gerutscht war, nickte knapp und kaum ersichtlich. Der Jüngste im Raum erhob sich wortlos aus dem wuchtigen Ensemble von drei schweren Holzpulten, ging hinaus und kehrte wenig später mit einem halbvollen Glas Wasser zurück.

«Dem Dialekt nach sind Sie aus der Region Xinjiang, Mister Guo, sofern das überhaupt Ihr richtiger Name ist.» Der Mann mit dem Pin beugte sich nun etwas vor und beobachtete Lans Reaktion aus nächster Nähe.

«Nein nein, Mister, ich komme aus Gansu, ich gehöre auch nicht den Uiguren an», antwortete Lan trotz stundenlangem Verhör zum wiederholten Male äusserst anständig. Er wusste, dass die muslimischen Uiguren vom Regime in Xinjiang in Lagern festgehalten wurden, um sie politisch und kulturell zu indoktrinieren. Nicht, dass man sowas in China erfahren hätte, aber seit er geflohen war, las Lan viel über sein Heimatland im Internet, und was er da erfuhr, bestätigte seine Fluchtgründe umso mehr. Nun aber war er in seinen Grundwerten erschüttert. Mit einem hängigen Rekursverfahren in Belp gestrandet und auf die gelobten humanitären und gerechten Schweizer Werte hoffend, überrumpelte ihn Kohlers Aufforderung, sich sofort bereit zu machen. Er würde zu einer Anhörung nach Bern gefahren werden. Anfänglich hatte er sich noch gefreut. Eine Anhörung hiess ja, man würde ihn anhören. Auch dass Kohler keinerlei Konversation zuliess, hatte ihn nicht alarmiert. Vielmehr ging er davon aus, dass Müller gedanklich einfach schon ganz woanders war. Dass ein chinesischer Mann auf ihn wartete, als man ihn aufforderte, am Casinoplatz in Bern auszusteigen, deutete für ihn eher auf eine Übersetzungshilfe an. Zwar sprach der ehemals fleissige Schüler sehr gut Englisch, mit Deutsch tat er sich aber nach wie vor schwer. Er stieg gemeinsam mit dem Chinesen auf die Hinterbank eines Autos mit einem ‹CD› für ‹Corps Diplomatiques› ein, in dem ein Fahrer bei laufendem Motor schon darauf wartete, Gas zu geben. Zaghaft, aber hoffnungsfroh stieg er in das Fahrzeug. Ein erster Schreck ereilte ihn, als die Fahrt losging. Nun erst registrierte er das stolze China-Emblem auf dem Sakko des Mannes. Zweifellos, das war ein chinesischer Regierungsvertreter. Ein treuer Parteisoldat der hartegesottenen Art. Als sie den Raum betraten in einem dieser unzähligen, aus Sandstein gebauten Häuser in einem ansehnlichen Quartier knapp ausserhalb von Bern, sassen in der dunklen Ecke drei weitere Männer. Seither verstand er die Welt nicht mehr. Lan hatte nur so viel begriffen: Er war mitten in der Schweiz, wenige

Meter vom Wahrzeichen für Demokratie, Humanität und Freiheit, in einem chinesischen Verhör, das so gar nichts mit einer Anhörung zu tun hatte. Diese Gedanken waren wenig förderlich, denn trotz eines Schlucks Wasser musste er sich nun räuspern.
«Er lügt, die Körpersprache ist eindeutig», meinte derjenige, der wenig links vom Pin-Mann sass, siegessicher.
Nun veränderte sich erstmals die Haltung der dunklen Gestalt im Hintergrund. Sie stand auf und sprach ruhig und bedächtig. «Es spielt eigentlich gar keine Rolle, ob Sie uns anlügen oder nicht, Mister Guo. Sie haben illegal unser Land verlassen. Gemäss unseren Unterlagen vom BFW ist Ihr Antrag nicht bewilligt worden. Unsere Aufgabe ist es, Sie wieder zurück in Ihre Heimat zu holen. Sicherlich haben Sie inzwischen erkannt, wie viel besser unser System ist und dass Sie dankbar sein sollten, ein Chinese zu sein. Es ist ein Privileg, Ni Xiping und der sozialistischen Partei dienen zu dürfen.»
Die übrigen drei Männer nickten artig und der Mann mit dem Pin ergänzte: «Mister Guo, wenn Sie sich reuig zeigen und dies öffentlich kundtun, wird sich das positiv auf Ihre Haftstrafe auswirken.»
«Verzeihen Sie, ich verstehe nicht ganz. Sie bringen mich zurück nach China und dann in ein Gefängnis?», fragte Lan mit zittriger Stimme.
«Ja», kam die Antwort von derselben Person. «Sie haben, ohne sich abzumelden und damit illegal, das Land verlassen. Aber wir sehen von härteren Massnahmen ab, sofern Sie gehorchen.»
Lan fühlte sein Herz bis zum Anschlag pochen. Er hatte gelesen,

wie so etwas enden konnte. Würde er seine Reue öffentlich kundtun, würde man dies sehr wohl für die Parteiinteressen nutzen, auf seine Strafe hätte dies aber keinen Einfluss. Gefängnis, Folter, Tod, alles war möglich, konnte man den Berichten im Internet glauben. Stück für Stück verabschiedete sich die Höflichkeit und das freundliche Wesen aus Lans Körper. Er blickte sich um, ohne den Kopf zu bewegen. Er erinnerte sich, dass es drei Stockwerke nach oben ging und die Tür abgeschlossen worden war, an eine Flucht war also nicht zu denken. Selbst wenn er aus dem Fenster springen würde und den Tod riskierte, er würde nicht weit kommen, ehe sie ihn bereits wieder in Gewahrsam hätten. Die Situation war aussichtslos.
«Dann wäre alles geklärt, wir bringen Sie nun in ein Zimmer, wo Sie sich ausruhen können und etwas Schlaf finden. Morgen verlassen Sie mit dem Flieger die Schweiz und wir bringen Sie zurück nach Hause», sagte der Pin-Mann.
In einem Anflug von Galgenhumor dachte Lan als erstes, dass man dieses Verhör auch wesentlich kürzer hätte gestalten können. Aber die Stunden waren dazu da, dem Abtrünnigen eine Lektion der Angst zu erteilen und herauszufinden, ob er noch Kenntnis von anderen Chinesen im Land haben könnte. Seine Akte verriet darüber nichts, sein zartes Alter von 19 Jahren tat das Seine dazu. Aber sicher ist sicher, die Chinesen recherchierten und verhörten gründlich, so viel stand fest.
«Sie meinen, ins Gefängnis, nicht nach Hause», wagte Lan nun plötzlich das Gespräch zu verlängern, ohne dass er genau wusste, was es bringen sollte.

«Es sei denn, Sie verraten uns mehr über Ihre Familie und wer noch solche kriminellen Absichten hegt in der unehrenhaften Art, wie Sie es taten», antwortete der dunkle Mann. Seine ruhige Stimme liess die Worte sehr glaubhaft klingen.
«Ich habe keine Familie», entgegnete Lan kurz und knapp.
Nun lachte der Pin-Mann laut auf und erwiderte: «Genau. Und Sie haben keine Mutter und keinen Vater, die Sie gezeugt haben, Mister Guo.»
Der Raum war nun erfüllt von schallendem Gelächter.
«Schweigt», unterbrach der Dunkle die Szenerie.
«Ihr Verhalten bestimmt über Leben und Tod Ihrer Familie.» Mit diesen Worten reichte er dem Pin-Mann ein Dossier.
«Wissen Sie, was da drin ist, Mister Guo?», fragte dieser.
«Nein, Mister, ich bitte höflichst um Aufklärung.»
«Nichts. Aber für jeden Namen aus ihrer Familie mildert sich Ihre Haftstrafe. Ihr Schicksal liegt also in Ihren Händen und unserem Wohlwollen», schloss er seine Ausführung.
Lan schwieg, er musste nachdenken. War das ein leeres Versprechen, wie er vermutete, quasi wieder derselbe Trick? Oder war das denkbar und wenn ja, was für ein Mensch musste man sein, seine Liebsten zu verraten? Was, wenn es gelingen würde, glaubhaft zu lügen? Was, wenn fiktive Namen zu Strafen für Unschuldige führen würden? Fragen kreisten durch seinen müden Kopf, bis ein Gedanke alles zur Ruhe brachte, und es war kein guter: Die Situation war, so oft er die Gedanke auch wenden und drehen mochte, aussichtslos.

Kapitel 4

Endlich war es still im Haus. So lautlos wie möglich öffnete er das Fenster des Büros. Lediglich das linke Scharnier beschloss, mit einem kleinen Knarren die bevorstehende Flucht des jungen Afghanen anzukünden. Doch die dunkle Nacht verschluckte das Geräusch genauso hungrig wie der Klang der Turnschuhe bei der Landung nach dem Sprung aus dem Fenster auf den Kiesplatz. Arjun floh. Es war absurd. Mitten in der Schweiz überkamen ihn dieselben Gefühle, wie jene aus der nächtlichen Wanderung in Afghanistan vor vier Jahren. Er war quasi vertraut mit der Situation. Dieser Gedanke begleitete ihn, bis er am Bahnhof Belp angelangt war. Der sonst so umtriebige Platz war menschenleer. 1.43 Uhr zeigte die Bahnhofsuhr bei Gleis 1 und erst jetzt dämmerte es dem nächtlichen Jogger, dass er keinen Plan hatte. In Afghanistan war er den anderen, meist älteren Flüchtlingen gefolgt. Arjun setzte sich auf den Bürgersteig vor dem Takeaway-Shop. Er spürte seinen Atem und sein Herz, was ihn innerlich beruhigte und half, die Gedanken frisch zu sortieren. Es war eigentlich keine Flucht, es war eine Suche. Dennoch fühlte es sich eher wie eine Flucht an. Damals wie jetzt hatte er ein Ziel. Nur ging es vor vier Jahren um ihn und nun suchte er jemanden. Lan. Wie sollte er einen chinesischen Asylanten in Bern finden? War er überhaupt in Bern und weshalb schien er der einzige zu sein, der etwas unternehmen wollte? Die Gedanken

zerstörten schrittweise die innere Ruhe. Er konzentrierte sich wieder auf seinen Atem, so ähnlich musste es Lan bei seiner Meditation wohl gemacht haben, schmunzelte er, ohne zu lächeln. Das BFW lag nur zwei Orte weiter, in Köniz. Er erinnerte sich noch gut an den Schalter, die Papiere und die Befragung. Er hatte immer das Gefühl, dass der Beamte ihm gegenüber skeptisch war. Er notierte sich auch Dinge, ohne dass Arjun etwas gesagt hatte. So als würde er eine Beurteilung in Bezug auf die Glaubwürdigkeit machen, quasi wie ein Richter. Nur sprach er kein Urteil. Stattdessen begannen Monate des Bangens, der Hoffnung und der Ernüchterung. Er wusste nicht, ob es die nächtliche Kälte war, die ihn zittern liess, oder der Gedanke an sein abgewiesenes Gesuch. Arjun stand wieder auf und verliess den Bahnhof, um Richtung Wabern zu joggen. Der Atem begann, mit dem dumpfen Klang der Turnschuhe auf dem Asphalt einen Rhythmus zu bilden, eine monotone Melodie. Es half ihm, klare Gedanken zu fassen. Das BFW war um diese Uhrzeit geschlossen, so verlassen wie der Bahnhof Belp, der mittlerweile bereits deutlich hinter ihm lag. Aber irgendwo musste er ja anfangen nach Lan zu suchen.
Inzwischen erreichte Arjun Kehrsatz. Sein Blick nahm ein Auto ins Visier, das ihm entgegenfuhr. Die Strassenlaternen warfen gerade genug Licht auf das herannahende Fahrzeug, sodass er erkennen konnte, dass es die Polizei war. Arjun fühlte sich verdächtig. Mit Jeans mitten in der Nacht beim Joggen, das würde Fragen aufwerfen. Er beschloss, seinen Gang zu verlangsamen. Das Auto war nun wenige Meter vor ihm und verlangsamte

ebenfalls. Arjun nahm sich vor, nicht ins Fahrzeug zu blicken, was ihm jedoch schwerfiel.
«Guten Abend, mein Name ist Röthlisberger von der Kantonspolizei Bern, können Sie sich ausweisen?», hörte er eine Stimme unmittelbar neben ihm. Die Polizisten hatten angehalten und dieser Röthlisberger war ausgestiegen und stellte sich nur etwa zwei Meter vor ihm hin. Es war nicht schwer, Arjun als Ausländer von den typisch Schweizer Gesichtern zu unterscheiden, er hatte dunklere Haut, pechschwarze Haare und ein schon fast ein wenig asiatisch anmutendes Gesicht. Nun übernahm der Instinkt die Denkarbeit. Arjun wechselte mit einer flinken Sprungbewegung die Strassenseite und rannte los, so schnell er konnte, um wenig später die Hauptstrasse zu verlassen. Im Augenwinkel sah er, wie Röthlisberger zu Fuss die Verfolgung aufnahm. Er sprintete abwärts in Richtung eines grösseren Quartiers voller Einfamilienhäuser; vermutlich in Richtung Aare, so viel wusste er. Röthlisberger schien Arjun nicht folgen zu können. Aber sie würden ihn nun suchen, mit den Polizeiautos, so viel stand fest. Seinesgleichen wurde schnell mit Drogenhandel in Verbindung gebracht. Schliesslich war es nicht die erste Polizeikontrolle, die Arjun erlebte, und meistens hatte er eine Leibesvisitation über sich ergehen lassen müssen. Anscheinend schien es in der Berner Polizei ein Naturgesetz zu geben, wonach alle Afghanen mit Drogen dealten. Der Atem ging nun deutlich schneller, das Herz pumpte mit hoher Schlagzahl das Blut durch den Körper. In dieser Kadenz schien die meditative Wirkung für klare Gedanken jedoch auszubleiben. Schon hörte er wieder ein Motorenge-

räusch und wenig später sah er linkerhand die Scheinwerferkegel eines Polizeifahrzeugs. Er sprang über die Lorbeersträucher, um in einem Garten Zuflucht zu finden. Sofort ging das Licht auf dem Vorplatz an. Diese verdammten Bewegungsmelder, ärgerte sich Arjun ehe er sich ein Herz fasste, über die Terrasse des Einfamilienhauses huschte und sich über die nächste Hecke schwang. Diesmal blieb alles dunkel. Nur sein Atem war nun so stark, dass er es nicht mehr vermochte, lautlos nur durch die Nase zu atmen. Endlich schien er Glück zu haben und sein Versteck hinter einem Cheminée schien in der endlosen Vielzahl an Häusern und Gärten in diesem Gebiet unentdeckt zu bleiben. Er wartete, bis der Puls tief genug war, damit er wieder lautlos weitergehen konnte. Zeit, um nachzudenken. An der Hauptstrasse würde man ihn vielleicht wieder entdecken, andererseits musste er wieder dorthin gelangen, wenn er zum BFW in Köniz wollte. Er beschloss, bis zur Aare zu gehen und dann eine Weile dem Fluss entlangzulaufen, um anschliessend wieder über die Quartierwege Richtung Ortskern zu gelangen. Die Aare besänftigte ihn. Das feine Rauschen des grünen Flusses brachte sein Hirn wieder aus dem Instinkt- in den Funktionsmodus. Das geschlossene BFW, Lan, der irgendwo sein konnte, die dunkle Nacht, ein einfacher Asylsuchender auf der Flucht in einer Gegend, die er nur punktuell kannte. Plötzlich stand er an einem kleinen Parkplatz. Er wusste nicht genau, weshalb, aber ihm fielen gleich zwei Toyota nebeneinander auf. Japanische Autos, schoss es ihm durch den Kopf und dann verlinkte sein Hirn zwischen Marke und Herkunftsland. Japan, Asien, Lan. China, gibt es da eine bekannte Automarke? China, Lan. Bern, Lan. Bern und China, ja klar, die Botschaft. Arjun hatte endlich einen Plan. Die Botschaft der Volksrepublik China wusste vielleicht, was mit Lan los war. Er hatte zwar keine Chance, als Flüchtling dort hineinzukommen, aber er würde warten, bis er jemanden herauskommen sah und diese Person um Hilfe bitten. Die Beine trugen ihn etwas müde, aber immer noch erstaunlich flink Richtung Hauptstrasse zurück. Lange Märsche war er gewohnt, Entbehrungen ebenfalls. Er war auf der Höhe einer Kreuzung, da erschien wieder ein auffälliges Auto. Arjun versteckte sich hinter einem parkierten Fahrzeug. Doch es war nicht die Polizei. Das war seine Chance. Er preschte aus seinem Versteck hervor und eilte zum Rotlicht. Dieses schaltete gerade auf Grün, als er am Fenster klopfte. Der Mann erschrak dermassen, dass er wie angewurzelt bremste. Schon hatte Arjun die Tür geöffnet und setzte sich auf die Rückbank.

«Zur chinesischen Botschaft bitte», sagte er und versuchte einen selbstverständlichen Blick aufzusetzen.

«Himmel, Sie haben mich ganz schön erschreckt», murrte der Taxichauffeur, ehe er kurz nickte und losfuhr.

Arjun konnte sein Glück kaum fassen. Ahnungslos, wo die Botschaft lag und wie lange man dorthin unterwegs war, war er nun schon auf dem Weg. Er bemerkte, wie ihn der Fahrer über den Rückspiegel musterte. Es war ein älterer Mann, schlecht rasiert und vermutlich auch einmal in dieses Land geflohen, vor vielen Jahren. Die Musik war ziemlich laut und verriet, dass er allem Anschein nach aus der Türkei stammte.

«Chef, verzeihen Sie die Frage, aber haben Sie Geld für diese Fahrt?», fragte der Mann freundlich, aber auch erfahren genug, um sein spärliches Auskommen sicherstellen zu wollen.

Nun war es Arjun, der erschrak. Er fasste sich in die linke Jeanstasche und kramte hervor, was er fand: Fünf, sieben und da noch der 20-Franken-Schein.

«27 Franken, reicht das?»

Das Taxometer legte bedrohlich schnell zu und war bereits bei 14.60 Franken angelangt.

«Vermutlich nicht, aber ich fahre einfach so weit, wie es geht, und halte dann an», schlug der Türke vor.

«Ja, ist gut», stammelte Arjun und fühlte, wie sein Ziel wieder in weite Ferne rückte.

«Ich bin Sherif und du, Chef?» Der Fahrer versuchte, seinen Passagier ein wenig zu begreifen.

«Arjun», erwiderte dieser kurzangebunden.

«Ich weiss ja nicht, was du um diese Uhrzeit in der Botschaft willst, und wie ein Chinese schaust du nicht aus, Arjun, aber hör zu, ich bringe dich bis zur Botschaft, das ist schon okay», sagte er und Arjun konnte sein Lächeln über den Rückspiegel erkennen.

«Danke, Sherif», erwiderte er und überlegte, wie viel er seinem Retter der Nacht verraten wollte. Er konnte jede Hilfe brauchen. Aber war ein türkischer Taxifahrer eine Hilfe? Konnte er etwas verlieren, wenn er sich verriet?

«Kennst du die Türkei?», unterbrach Sherif Arjuns Gedankengang. «Ich stamme aus Adana. Und du?»

«Aus Archetku, Afghanistan», antwortete er, noch immer un-

schlüssig, ob er mehr verraten sollte.
«Arjun, ich bin vor vielen Jahren aus der Türkei hierhergekommen. Die Menschen haben mich beschimpft, bespuckt und auf offener Strasse angegriffen. Du bist mitten in der Nacht unterwegs, also lass mich dir eines sagen: Tu nichts Verbotenes, verhalte dich so unauffällig wie möglich, hörst du?»
Arjun wurde noch nie geschlagen oder bespuckt, nur diese ewigen bösen Blicke, die kannte er nur allzu gut. Sherif strahlte viel Sympathie aus und die Musik unterstützte ihn dabei.
«Ich suche einen Freund, ich tue nichts Kriminelles», antworte er.
«Und der ist in der chinesischen Botschaft?», folgerte Sherif.
«Ich weiss es nicht», sagte er und senkte den Kopf.
Sherif hielt den Wagen an einer Bushaltestelle an. Der Taxometer stand bei 29.20 Franken. Nun drehte der Fahrer die Musik leiser, rutschte auf dem Sitz nach vorn, damit er sich umdrehen konnte, um seinem Gast direkt in die Augen zu schauen. «Was weisst du denn?»
«Mein Freund ist Chinese und wohnt am selben Ort wie ich. Doch nun ist er verschwunden.»
«Oder geflohen?», mutmasste Sherif.
«Das halte ich für unmöglich, denn er wartet auf ein hängiges Verfahren.»
«Die werden dir vermutlich keinen Einlass gewähren in der Botschaft oder hast du einen gültigen Pass?»
«Nein, aber ich warte einfach, bis jemand rauskommt, und frage diese Person dann.»
Sherif lachte herzhaft. «Das ist dein Plan?» Er atmete fast ein

wenig theatralisch laut und meinte: «Nein, das tust du nicht.»
Er legte den Gang ein, wendete das Auto und fuhr los.
«Wohin fahren wir? Lassen Sie mich raus!», rief Arjun und öffnete die Tür während der Fahrt.
Sherif beschleunigte den alten Mercedes noch etwas mehr und rief: «Wenn du deinem Freund wirklich helfen willst, dann schliess diese verdammte Tür und vertraue mir, ich habe den weitaus besseren Plan.»

Kapitel 5

Es war dunkel und trotzdem konnte er die Decke sehen. Das Fenster war verschlossen, die Fensterläden ebenfalls und nur kleiner, schwacher Lichtstrahl drang blass in den Raum. Wo zum Drachen war er? Langsam richtete er sich auf, sein Kopf brummte und er spürte, wie sich sein Körper schwammig und kraftlos anfühlte. Offenbar hatten sie ihm starke Beruhigungsmittel, Schlafmittel oder gar KO-Tropfen ins Wasser getan. Aussichtslos. Das war sie, seine Lage, und sie hatte sich um keine Reisnudel verbessert. Je klarer sein Kopf wieder arbeitete, desto mehr war er überzeugt, hier rauszukommen. Er musste sich an der Wand festhalten, um vom Bett zum Gang zu gelangen. Bei der Tür angelangt, drückte er den Griff nach unten und versuchte diese zu öffnen. Vergebens. Wenig überraschend, er war eingesperrt. Also zurück zum Bett, hin zum Fenster. Inzwischen konnte er einigermassen wandfrei laufen. Er öffnete das Fenster, so leise es ging, dann die Fensterläden. Er blickte auf einen Hinterhof, der sich gut zehn Meter unter ihm befand. Ein Sprung aus dem Fenster wäre nur mit erheblichen Verletzungen zu überstehen, wenn überhaupt. Lan musterte die Hauswand. Die Regentraufe verlief nur einen guten Meter neben dem Fenster geradewegs nach unten. In regelmässigen Abständen waren die Rohre mit einem Klemmeisen verbunden und die entsprechende Schraube versprach Halt und eine Abstiegsmöglichkeit. Ohne weiter zu überlegen, stieg Lan rückwärts aus dem Fenster, hielt sich am Brett und tastete sich mit den Füssen Richtung Regenrille. Als er sie erreichte, umschlang er sie, hielt sich mit der linken Hand immer noch am Fensterbrett und versuchte mit einem Schwung den Oberkörper und den rechten Arm zur Regentraufe zu wuchten. Er atmete einige Male tief durch die Nase ein und sein Bauch blähte sich, um anschliessend durch den Mund auszuatmen und den Bauch wieder zusammenzuziehen. Ying und Yang. Rücken und Oberkörpermeridian zusammenbringen. Das hatte ihn sein Vater schon als kleiner Junge gelehrt, damals, bevor die Parteisoldaten die Tempelanlage zerstörten und sich sein Vater vor den Eingang stellte, um Widerstand zu leisten und den Soldaten damit Grund zu geben, ihn niederzuknüppeln und wegzubringen. Seither hatte er nie mehr etwas gehört von ihm. Geblieben ist ihm die Erinnerung an diese Atemtechnik. Noch ein letztes Ausatmen, tief in den Bauch hinein und Lan setzte zum alles entscheidenden Schwung an. Er bekam mit den Fingerspitzen etwas zu greifen, gab all seine Kraft in die Finger und konnte gerade noch verhindern, rücklings nach unten zu donnern. Er hielt sich am Rohr fest und konzentrierte sich nun auf den Abstieg. Langsam glitt er mit den Händen nach unten, aber so sehr er sich auch bemühte, seine Füsse gelangten nicht zu dieser rettenden ersten Schraube. Würde er weiter nach unten gleiten, würden die schwitzigen Hände das Gewicht nicht mehr halten können. Er schaute kurz nach rechts. Da war ein weiteres Fenster. Mit verschlossenen Fensterläden bot es keine Möglichkeit sich daran festzuhalten. Lan nahm allen Mut zusammen und rückte wieder weiter. Seine Füsse spürten nun die Schraube und sein Griff war wieder fester. Er hatte eines von drei Stockwerken geschafft, es blieben noch zwei. Einatmen, ausatmen, weiterklettern.

«Nǐzài nàlǐ zuò shénme», hörte er plötzlich rufen und blickte verdutzt nach oben. Ein junger Chinese mit dunklem Anzug blickte aus seinem Fluchtfenster. Vermutlich war er eine Art Wache vor dem Zimmer und wollte sich wohl über den Zustand des Gefangenen ein Bild machen.

«Nǐ zài nàlǐ zuò shénme!» – «Was tust du da?»

Ja, wonach sieht es denn aus? Ich versuche mein Leben zu retten, dachte Lan, ohne auf den Ausruf zu reagieren. Er beeilte sich, um ein weiteres Stockwerk zu gewinnen. Er nahm an, dass der Chinese bereits zu ihm unterwegs war, denn es waren keine weiteren Rufe zu vernehmen.

«Gǎnkuài» hörte Lan nun von unten. «Beeil dich»! Ja, wie denn?, dachte Lan und erreichte trotz der Strapazen inzwischen das erste Stockwerk. Es waren nun vermutlich noch zirka vier Meter nach unten, wo er bereits von zwei Chinesen erwartet wurde. Er war mit seiner Kraft am Ende und die Situation verlieh ihm keine weitere. Ein- und Ausatmen, Ying und Yang. Würde er nun stürzen, wäre es schmerzhaft und vielleicht würde er sich verletzen, aber bestimmt nicht mehr ums Leben kommen. Mehr noch, vielleicht müsste er dann ins Spital und nicht in wenigen Stunden schon auf den Flieger Richtung China, Richtung Gefängnis. Lan schloss die Augen, hielt den Atem an und liess die Regenrinne einfach los. Er traf mit den Füssen voran auf den Boden, doch waren seine Beine nicht in der Lage oder willens, diesen Aufprall abzufedern. Was von beidem, wusste er selbst nicht so genau. Wenig später spürte er, wie sein Becken auf dem Boden aufschlug und ein stechender Schmerz ihn blitzartig lähmte. Er lag auf dem Rücken und stöhnte entsetzlich. Als er die Augen öffnete, waren zu seiner Überraschung beide Chinesen verschwunden. Lan versuchte seine Beine zu bewegen, vielleicht konnte er aufstehen, vielleicht hatte ihn jemand gehört, vielleicht waren die beiden vor jemandem geflohen. Er spürte, wie Hoffnung in seinen Körper zurückkehrte. Dann war es plötzlich wieder dunkel. Diesmal ohne fades Licht. Jemand hatte ihm eine Decke über den Kopf geworfen. Ehe er losschreien konnte, spürte er ein kräftiges Gewicht auf seinem Hals, er bekam keine Luft mehr. Er versuchte verzweifelt mit den Beinen zu zappeln, aber sie gehorchten nicht. Jetzt erst realisierte er, dass seine Situation nicht mehr aussichtslos war, sondern hoffnungslos. Das Leben verschwand Stück für Stück aus seinem Körper. Er röchelte. Gesichter rauschten vorbei, von Mutter, Vater, seinen Geschwistern, Herrn Kohler, Frau Binggeli und Arjun. Dann bewegte sich nichts mehr.

Kapitel 6

Es nervte sie gewaltig, dieses ohrenbetäubende Gepiepse. Wann würde sie endlich daran denken, in ihrem Handy die Weckermelodie zu ändern? Sie gab dem Unterfangen wenig Chance auf Besserung und kroch aus dem Bett wie ein Maulwurf aus dem Erdreich: blind. Der Gang zur Kaffeemaschine, dann ins Bad, es waren routinierte Abläufe, die sie taumelnd beherrschte. Und vor allem wortlos. Diese morgendlichen Qualen, bis die ersten beiden Kaffees ihre Wirkung entfalteten, waren mit ein Grund, weshalb Desiree Winter nicht gerne neben einem Mann erwachte. Schon allein die Vorstellung, sich am Morgen diese Blösse zu geben, verdarb ihr jegliche Lust dazu. Endlich schenkte der Kaffee ihren Augen die Fähigkeit zu sehen. Sie weckte ihr Notebook aus dem Ruhezustand und klickte sich durch die neusten Zeilen auf der Website mit den bundesrätlichen Medienmitteilungen. An der gestrigen Pressekonferenz ging der Bundesrat nicht auf alle Geschäfte ein. Das musste nichts heissen, es konnte aber auch sein, dass er gewisse Punkte bewusst möglichst dezent behandelte. Das hatte sie von Georg Bovin gelernt. Ihr ehemaliger Vorgesetzter war noch einer der alten Sorte, ein hartgesottener Raucher mit Hut und Mantel, im englischen Stil gekleidet, aber ohne auf die Reinlichkeit der Schuhe oder weiterer Kleidungsstücke zu achten, wie es ein Brite peinlich genau tat. Hinter dieser Fassade von Pseudo-Establishment steckte ein brillanter Kopf, ein Querdenker, ein Kombinierer, ein Stratege. Desiree sah den alten Mann vor sich, als würde er noch leben. Dieser Gedanke trieb sie an, die langweilig klingenden Zeilen akkurat durchzulesen: Verwaltungsvereinbarung mit China. Das rief nach einem Schluck Kaffee und klang wenig spannend. Als stünde Bovin hinter ihr, riss sie sich zusammen und begann den Zusatz zu lesen: Zum Inhalt gebe weder die Schweizer noch die chinesische Seite nähere Auskünfte. Die Schweiz sei grundsätzlich an einer Fortsetzung der Identitätsabklärungen im Rahmen der geltenden Vereinbarung interessiert und stehe diesbezüglich in Kontakt mit den zuständigen chinesischen Behörden. Die Kernpunkte des Vertrags seien: Der Bund erlaubt Beamten des chinesischen Ministeriums für öffentliche Sicherheit, in die Schweiz zu reisen und hier die Nationalität und Identität von Personen zu ermitteln, die sich illegal in der Schweiz aufhalten und vermutlich chinesischer Nationalität sind.

Desiree war nun hellwach. Was zum Teufel hatten der Bundesrat und das BFW hier gemacht? Eine Vereinbarung, wonach chinesische Regierungsvertreter in der Schweiz ermitteln durften, dann überführten sie Chinesen dorthin zurück, woher sie vermutlich aus gutem Grund geflohen waren? In ein Land, das nicht davor zurückschreckte, mit äusserster Brutalität gegen Minderheiten und freidenkende Menschen vorzugehen. Desiree hatte bereits die Nummer der Chefredaktorin gewählt und steckte in Windeseile die Kopfhörer in die Ohren, als sie bereits die etwas rauchige Stimme hörte: «Hey, Desiree, so früh schon am Draht, noch ehe du hier auf der Matte stehst?»

«Ja, Mel. Ich glaube, ich hab da was Grosses. Ich schicke dir eine Mail mit dem Link. Schau es dir bitte an, bis ich im Büro bin», erwiderte sie mit erregter Stimme.
«Von mir aus», antwortete Mel, ehe sie das Telefonat beendete. Desiree hatte das Notebook bereits in der Tasche verstaut und schlüpfte hastig in dieselben Kleider, die sie gestern schon getragen hatte. Zähne putzen, Deo, schminken, nein für letzteres fehlte die Zeit. Als die Journalistin das wuchtige Treppenhaus in einem der typischen Berner Mietshäuser der 1950er Jahre hinter sich gelassen hatte, eilte sie Richtung Bushaltestelle. Der Gelenkbus brachte sie bis zum Bahnhof, danach müsste sie umsteigen, um in Richtung der Redaktion zu gelangen. Vorher noch Essen kaufen am Bahnhof. Sie spürte bei diesem Gedanken, dass sich alles in ihr gegen diesen Vorgang sträubte. Nein, sie würde zu Fuss über die grosse Brücke gehen und diese Strasse mit all den Redaktionen sicherlich schneller erreichen.
Was hatten die anderen Zeitungen wohl darüber geschrieben? Hatten sie es gemerkt? War gar heute schon ein Artikel zu diesem Thema erschienen? Rein theoretisch hätte man das gestern erstmals realisieren können. Ein kurzer Griff in die Jackentasche, und das Handydisplay zeigte nach wenigen Fingerbewegungen den Namen «Noël» an. Desiree klickt darauf. Sie musste lange warten, ehe sie die Stimme des jungen Praktikanten hörte.
«Desiree, es gibt auch WhattsApp, eine gute Erfindung, speziell für die frühen Morgenstunden, insbesondere für arme Praktikanten, die am Vorabend Nachtdienst hatten und möglicherweise noch ein paar Drinks zu sich genommen haben.»

«Hör zu, Noël, finde heraus ob irgendeine Zeitung, ein Radio, ein TV-Sender etwas veröffentlich hat, das sich um China dreht. Ich will alles auf meinem Pult haben. Dann startest du eine neue Suche, und zwar nach sämtlichen Veröffentlichungen von heute rund um das BFW», befahl Desiree, ohne auf seine Bemerkung einzugehen.
«Du weisst schon, dass ich noch zu Hause bin und gerade erst gemerkt habe, dass ich noch lebe», erwiderte Noël.
Sie musste trotz ihrer Eile schmunzeln. Dieser Praktikant war zwar eher ein Nerd und der alte Bovin hätte die spitze Zunge des Jünglings arg gestutzt und in den Tiefen des Archivs zwischengelagert. Aber sie, Desiree Winter, sie mochte diesen Noël irgendwie.
«Es ist wichtig, es geht hier um etwas Grosses.»
«Ich schicke dir alles per Mail», hörte sie noch, ehe das Telefonat beendet war. Der Praktikant war erstmals Teil einer Geschichte und nicht damit beschäftigt, Meldungen vom Mailaccount auf ihre Wichtigkeit hin zu überprüfen oder kleine Pressemitteilungen der Parteien und Behörden zu redigieren. Sie bildete sich ein, dass er trotz seiner griessgrämigen Antworten motiviert war.
Inzwischen öffnete Desiree die Tür zur Redaktion, die um diese Uhrzeit eher ruhig dalag. Bis auf Mel. Deren Büro war schon hell erleuchtet und die grossgewachsene Blondine mit der dicken Brille stand unter dem Türrahmen.
«Also, Desiree, ich höre.»
Desiree stellte ihre Tasche ab und griff nach dem Notebook, klappte es auf, zeigte mit dem Finger auf einen noch immer

geöffneten Link der Bundesratsseite und sagte nur: «Lies.»
«Zum Inhalt gebe weder die Schweizer noch die chinesische Seite nähere Auskünfte.» Mels Miene blieb unverändert, was Desiree komisch fand.
«Und was soll ich damit?», fragte sie.
Desiree blickte auf den Bildschirm. Es gab keine weiteren Aussagen mehr, der ganze Rest des Textes war inzwischen bereits von der Website verschwunden.
«Das kann nicht sein!» Desiree klickte wütend immer wieder auf den Link. «Mel, da stand schwarz auf weiss, dass chinesische Regierungsvertreter in die Schweiz reisen, hier Chinesen verhören und zurück nach China bringen dürfen. Die Schweiz gibt dem chinesischen Regime freie Hand und gewährt in unserem Rechtsstaat Verhöre nach chinesischer Manier.»
«Und jetzt ist der Text verschwunden?»
«Ja, da steht nur noch der erste Satz, sonst nichts mehr.» Desiree blickte dermassen entsetzt auf, dass dies ihrer Aussage zu Glaubwürdigkeit verhalf.
«Deine Story ist weg und wir haben keine Beweise, dass es diese Passage jemals gab», fasste Mel zusammen.
«Vielleicht doch», lächelte Noël vom Eingang her. Offenbar hatte er sich sofort aufgemacht, um auf schnellstem Weg zur Redaktion zu kommen.
«Er weiss davon?»
«Ja, Mel, er soll für uns feststellen, ob schon irgendetwas publiziert wurde.»
«Und?», blickte Mel fragend in Richtung Noël.

Doch dieser zuckte mit den Schultern und sagte: «14 Artikel über China, 3 über das BFW, aber keine der Geschichten zwischen China und BFW überschneiden sich.»
Unglaublich, wie schnell er war. Wie hatte er es geschafft, in so kurzer Zeit diese Daten zu analysieren? Desiree war immer wieder überrascht über das Tempo, in dem er sich online zurechtfand und Dinge herausfiltern konnte.
«Aber mal ernsthaft, Leute, wenn jemand eine grosse Geschichte wittert, würde er die gleich am ersten Tag raushauen?»
«Je nachdem schon», antwortete Mel, «das kommt ganz auf den Inhalt an.»
«Auf alle Fälle hat Noël recht, es kann sein, dass noch jemand das gesehen und eventuell gespeichert hat.»
«So wie du, Desiree, gib mir mal dein Notebook.»
Noch bevor sie antworten konnte, hatte er den Rechner in den Offlinemodus versetzt und den Verlauf auf Safari wiederhergestellt.
«Et voilà», sagte Noël ein wenig hochmütig.
Mel schob ihr Gesicht nun ganz nah an den Bildschirm und las laut vor: «Der Bund erlaubt Beamten des chinesischen Ministeriums für öffentliche Sicherheit, in die Schweiz zu reisen und hier die Nationalität und Identität von Personen zu ermitteln, die sich illegal in der Schweiz aufhalten und vermutlich chinesischer Nationalität sind.»
Die drei blickten sich einen langen Moment an.
«Kannst du das speichern?», wollte Desiree von Noël wissen.
Dieser lächelte kurz und tat, wie ihm geheissen.

«Wir machen die Geschichte. Leg los, Desiree, ich mach mich mal schlau, ob jemand anders etwas in den sozialen Medien kommentiert hat.» Mel war mal wieder für die Zusammenfassung zuständig.
«Wir beide», korrigierte Desiree ihre Chefin und blickte auf Noël.
Dieser zog die Augenbrauen hoch. Mel wusste, dass Desiree Winter kaum von ihrem Vorhaben abzubringen war, und lenkte schliesslich ein.
«Meinetwegen, sofern du deine Aufgaben hier im laufenden Betrieb nicht vernachlässigst. Wir haben keinen Ersatz und Desiree wird uns in der Zeit wohl auch nicht mit zahlreichen anderen Artikel erfreuen», seufzte die Chefredaktorin.
Desiree liebte dieses Gefühl an einer Geschichte dran zu sein, die sie als erste bringen konnte, einen Primeur und gleichzeitig einen Sachverhalt aufzudecken, den es dringend zu beheben galt. Für genau solche Momente war sie Journalistin geworden.

Kapitel 7

Sherif hielt den Wagen mitten auf dem Gehsteig und betätigte die Warnblinker.

«Komm, steig aus», forderte er seinen Fahrgast auf. Arjun tat, wie ihm geheissen, und folgte dem Türken ins Ungewisse. Offenbar waren sie nun in Bethlehem angelangt, der anbrechende Tag enthüllte die zahlreichen Hochhäuser mit den unzähligen Wohnungen. Was für viele wie das Berner Ghetto anmutete, war für Arjun Antrieb. Hier lebten einige Geflohene, die es geschafft hatten, die arbeiten und vor allem bleiben durften. In einer eigenen Wohnung mit einem freien Leben. An einem dieser Häuser angelangt, klingelte Sherif unentwegt an einem Türschild. Yjun Cui, las Arjun. Im Flur ging das Licht an, aber es dauerte noch eine ganze Weile, ehe ein kleiner, älterer Mann im Flur erschien, dessen Brille die Hälfte des Gesichts verdeckte. Als er den Türken sah, hielt er kurz an und verbeugte sich, noch bevor er die Tür öffnete.

«Mein Freund, dein Gesicht verrät heute keine Schmerzen, sondern Sorgen», begrüsste der Chinese das Duo.

«Hör zu, Meister, jemand ist verschwunden und wir brauchen deine Hilfe», sagt Sherif und legte seine Hand auf die Schulter des Asiaten.

«Man kann nicht verschwinden, man kann nur an einem anderen Ort sein», entgegnete Cui. Er gab der Tür einen Ruck, sodass sie

weiter aufsprang, und stieg einen halben Stock die Treppen hinunter, ehe er die beiden in sein kleines Appartement bat.
Arjun hatte noch nie so viele Dinge auf so wenig Raum gesehen. Anscheinend betrieb der Chinese hier eine Art Praxis. Eine Liege, Plakate mit der Kontur des menschlichen Körpers und verschiedene Bahnen, Schalen auf einem Tischlein; das alles erinnerte ihn an Lan.
Während Cui in der Küchennische Tee einschenkte, erklärte Sherif: «Meister Cui ist Mediziner. Er hat hier eine Praxis für traditionelle chinesische Medizin. Er ist ein weiser Mensch und lebt schon lange in Bern. Ich dachte mir, wenn einer helfen kann, dann er.»
Arjun hatte sich schon so etwas gedacht, dennoch war er neugierig genug, um nachzufragen: «Und wieso kennst du ihn?»
«Sherif hatte Magengeschwüre, sein Körper reagierte auf die Sorgen des Lebens», antwortet Meister Cui und stellte das Tablett mit den kleinen Teeschalen ab. Eine kleine Handbewegung als Aufforderung sich zu bedienen und Meister Cui ergänzte: «Ich habe Sherif damals beim Einkaufen gesehen und ihm erklärt, dass er andere Lebensmittel kaufen müsse, damit er seine Bauchschmerzen los wird.»
«Das war unglaublich, wie konnte er wissen, dass mein Bauch schmerzte?», rief Sherif so laut, als wäre er in einer Markthalle, um eine Sensation zu verkünden.
«Können Sie mir helfen Lan zu finden?», unterbrach Arjun den nostalgischen Teil dieser Freundschaft.
«Ich kann dir helfen eine Antwort zu finden», sagte Cui und

stellte seinen Jasmintee zurück auf das Tablett.
«Dein Freund ist in einer von der chinesischen Botschaft gemieteten Liegenschaft, unweit vom Flugplatz Belp.»
«Siehst du, ich wusste Meister Cui kann uns helfen», frohlockte Sherif und klopfte dem alten Mann unangenehm wuchtig auf die Schulter.
«Woher wissen Sie das so genau?», meinte Arjun skeptisch, er war alles andere als erfreut und starrte mit verschränkten Armen auf den kleinen Mann mit der grossen Brille.
«Du suchst einen chinesischen Freund über innoffizielle Kanäle», erklärte Cui, ohne Arjun anzusehen. «Das sagt mir, dass du und er vermutlich Asylsuchende seid, du aufgrund deines Äusseren ein Afghane und er ein Chinese mit abgewiesenen Verfahren, weil diese Staaten als angeblich zumutbar für Rückführungen gelten. Offenbar ist dein Freund nicht mehr von der Anhörung zurückgekehrt, das bedeutet, die Chinesen selbst haben ihn angehört und nicht das BFW. Damit brauchen sie eine Liegenschaft, die sich als sicherer Ort eignet, um jemanden festzuhalten und möglichst schnell auszuschaffen. Das wäre dann irgendwo zwischen der chinesischen Botschaft und dem Flugplatz, wo alle paar Monate ein mittelgrosser Privatjet der chinesischen Regierung startet und landet.»
«Siehst du, Meister Cui hat geheime Fähigkeiten und weiss alles», frohlockte Sherif immer noch und klopfte nun Arjun auf die Schulter.
«Das nennt man einfach nur denken», korrigierte ihn Cui und tippte sich mit dem Zeigefinger an die Stirn.

«Denken Sie, Lan wird ausgeschafft?»
«Vermutlich noch während wir hier reden, startet die Maschine, tut mir leid, mein Junge», sagte Cui leise und nachdenklich. «Wer aus China flieht, muss ein Leben lang fürchten, gesucht zu werden. Wer in oder ausserhalb China kritisch über das Land spricht, dem droht Gefängnis oder Schlimmeres. Die definitive Aufnahme in ein Land ist zwar hilfreich, aber selbst ich hüte meine Zunge nach wie vor und konzentriere mich auf die Medizin», erklärt Meister Cui.
Arjun war schockiert. Er konnte nicht fassen, was der Mann da sagte.
«Aber wir sind hier in der Schweiz, da darf man nicht einfach so mit Menschen umgehen!»
«Mit Menschen nicht, aber mit Chinesen schon», antwortete Cui. «Wir sind für die Volksrepublik China keine Menschen, wir sind Teilchen eines grossen Systems, austausch- und ersetzbar, wenn sie im Getriebe knirschen.»
Selbst Sherif verging die Freude daran, dass er helfen konnte. Im Raum war es plötzlich still. Dann begann Meister Cui deutlich zu atmen, mit geschlossenem Mund einatmen, mit offenem Mund ausatmen. Arjun tat es ihm gleich. Selbst Sherif ertappte sich dabei, wie er versuchte mitzumachen.
«So wirst du immer mit ihm verbunden sein», sagte Meister Cui und bat anschliessend die beiden, die Wohnung zu verlassen.
Zurück im Auto, setzte sich Arjun diesmal neben Sherif auf den Beifahrersitz. Doch dieser blickte ihn kaum an und fuhr sofort los.

«Wo fährst du hin?», fragte Arjun, der keine Ahnung mehr hatte, was er nun tun sollte.
«Wenn ich nachdenken muss, fahre ich durch die Gegend», antwortete Sherif.
«Dann fahr doch von der chinesischen Botschaft Richtung Flughafen, vielleicht finden wir ein solches Haus», sagte Arjun.
«Ja klar, es gibt ja nur etwa drei Häuser in dieser Gegend. Arjun, dein Freund ist vermutlich bereits unterwegs Richtung China, du musst das akzeptieren.»
Arjun wusste, dass Sherif wahrscheinlich recht hatte, aber irgendetwas trieb ihn an weiterzusuchen. Es war derselbe Antrieb, den ihn aus Afghanistan fliehen liess: Hoffnung. Er wollte an eine Gesellschaft glauben, die gerecht war und ein Leben in Ruhe ermöglichte. Er wollte nicht wahrhaben, dass die Schweiz Teil der ungerechten Welt da draussen war. Wenngleich sein abgewiesenes Asylgesuch und die Situation im Zentrum in Belp deutliche Vorzeichen waren, so fiel es ihm trotzdem schwer das zu glauben, denn er kannte ja auch all jene, die bleiben konnten, und diese gaben ihm Hoffnung.
«Worüber denkst du denn nach, wenn alles vergebens ist?», fragte Arjun.
«In meinem Land regiert eine Art Diktator, ein Mann, der ganz ähnlich regiert wie der chinesische Staat. Irgendjemand muss den Mut haben, dagegen etwas zu tun», sagte Sherif wieder viel zu laut, ja sogar ein wenig kämpferisch.
«Und da sind ein geflohener Afghane und ein türkischer Taxifahrer die beiden Menschen, die die Welt verändern?», fragte Arjun

und zog erneut seine Augenbrauen hoch.
Sherif musste lachen und sagte: «Es gefällt mir nicht, wie du das sagst, denn wir sind zumindest bereit, uns gegen das Schicksal dieser Menschen zu wehren.»
«Ich kann eh nicht mehr zurück nach Belp», zuckte Arjun mit den Schultern und erwiderte: «Also los, lass uns die Welt retten. Aber sei vorsichtig, dass du nicht wieder ein Magengeschwür bekommst, Sherif.»
Es tat gut ein wenig lachen zu können, das war Medizin gegen diese Schwere, die Arjun in seinem Inneren verspürte, und es gab kaum Zweifel, dass Meister Cui falschlag.
«Was ist denn hier los?», unterbrach Sherif beider Gedanken.
Nur wenige hundert Meter nach der chinesischen Botschaft, am Rand des Tierparks, wimmelte es von Polizisten. Die blinkenden Fahrzeuge liessen erahnen, dass da mehr war als der normale Botschaftsschutz. Absperrband und ein Leichenwagen der Marke Tesla.
«Arjun, hier sind wir richtig. Nicht weit von der Botschaft, nicht weit vom Flughafen.»
«Und jede Menge Polizei», entgegnete Arjun in einer Mischung zwischen Flüstern und laut Sprechen. Er war auf dem Sitz so weit wie möglich nach vorn gerutscht, so dass er die Rückenlehne entlang nach unten gleiten konnte. Es musste so aussehen, als ob der Beifahrersitz leer sei. Da ging der Motor des alten Mercedes aus. Sherif öffnete die Tür und eröffnete das Gespräch, noch bevor er aufrecht dastand.
«Verzeihen Sie, ich sollte hier jemanden abholen für eine Fahrt

zum Flughafen.»
«Jetzt nicht», entgegnete eine Frau, die bei Arjun ein mulmiges Gefühl auslöste. Nicht, weil sie grösser war als er, sondern weil ihre streng nach hinten gezogenen Haare und der kalte Blick wenig Verhandlungsspielraum vermuten liessen.
«Und wer bezahlt mir jetzt die Leerfahrt?», wollte Sherif wissen, als ein Polizist ihn freundlich bat weiterzufahren. Sherif öffnete die Tür seines Taxis. Verdammt, Arjun! Der Afghane war inzwischen unbemerkt und leise ausgestiegen und sass nicht mehr im Auto. Sherif scannte die kleine Menschengruppe durch, die sich um das Absperrband versammelt hatte. Arjun stand mittendrin. Sherif atmete aus, wenigstens war er noch da und er spürte bei diesem Gedanken eine gewisse Sympathie für den trotzigen Afghanen. Die Kommissarin mit dem kalten Blick war nun ebenfalls dabei, die Gaffer zu scannen. Sie lief langsam auf die Menschen zu, genauso schnell, wie sich Arjun rückwärts aus der Gruppe davonmachte.
«Halt, Sie da!», zeigte die Kommissarin auf Arjun, der gerade fliehen wollte, als er den Bestatter mit der Leiche aus dem Gebäude kommen sah. Er blieb wie angewurzelt stehen, war das Lan da drin, konnte das wirklich sein?
«Da sind Sie ja, Dr. Ylmaz, kommen Sie, Ihr Taxi wartet», sagte Sherif und fasste Arjun am Ärmel, um ihn ins Auto zu bringen.
«Moment», klang die Kommissarin wenig begeistert vom Abgang des jungen Mannes. «Können Sie sich ausweisen?»
«Sehen Sie, Frau Kommissarin, dasselbe könnte ich Sie fragen, aber Herr Dr. Ylmaz macht jeden Morgen seinen Spaziergang,

bevor er zu arbeiten beginnt. Wenn er sich verirrt, dann ruft er mich und ich fahre ihn wieder zurück», sagte Sherif mit einem herzerwärmenden Lächeln, das jedoch auf einen Eisblock traf.
«Wie auch immer, wo ist der Ausweis?»
«Er ist der jüngste Diplomat der Türkei und gilt als bester Trumpf der Zukunft, um das Regime des Landes aufzuweichen und aus der Türkei wieder eine Demokratie zu machen.»
«Und wenn er der Papst wäre, er muss sich ausweisen.»Die Kommissarin liess sich keinen Millimeter erweichen.
Arjun selbst hatte diesen Dialog genutzt, um ruhig durchzuatmen, damit er wieder klar denken konnte, ehe er sagte: «Hören Sie, ich muss mich nur vergewissern, dass es niemand von uns ist, den sie da raustragen.»
«Genau und ich muss Ihren Ausweis sehen», sagte sie und befahl den Polizisten, die in der Nähe standen, das komische Duo zu fassen. Nun zupfte Sherif einmal kräftig an Arjuns Ärmel und sprang Richtung Taxi. Die offenen Türen waren bereit für die Flucht.

Kapitel 8

«Es tut mir leid, Ihnen mitteilen zu müssen, dass Arjun heute nicht zur Arbeit erscheinen kann», sagte Herbert Kohler in seiner gewohnt trockenen Art am Telefon.
«Ist er denn krank? Und wann kommt er wieder?», wollte Metzger Konrad wissen.
«Er ist heute aus verfahrenstechnischen Gründen verhindert. Es tut mir leid, dass ich das nicht schon früher kommunizieren konnte.» Der Leiter des Asylzentrums verhielt sich weiterhin sachlich und beendete das Telefonat.
«Und wo ist Lan?», hörte Kohler die unverkennbare Stimme von Pfarrer Liniger vom Eingang des Büros her.
Kohler erhielt ein wenig Zeit zum Nachdenken geschenkt, denn die Jugendlichen des Asylzentrums Belp bildeten eine Traube um ihren Lieblingsgast und berichteten vom gestrigen Fussballspiel.
«Ja, wo sind die zwei Freunde eigentlich?», realisierte nun auch Eva Binggeli die Abwesenheit. Ihre Frage fiel für ihre Verhältnisse gehässig aus, das war sonst nicht ihre Art, aber wenn Liniger jeweils auftauchte und das ganze Zentrum in heller Begeisterung war, fühlte sie sich immer auch ein wenig verletzt. Sie war es doch, die von allen gemocht werden wollte. Sie schämte sich für ihre Eifersucht, so richtig loslassen mochte sie sie aber auch nicht.
«Lan musste die Heimreise nach China antreten, das haben die Behörden gestern entschieden. Und Arjun, tja, ich vermute, der

ist abgehauen, um seinen Freund zu suchen», fasste Kohler die Sachlage zusammen.
«Da ist aber gehörig etwas schiefgelaufen», entgegnete Liniger. Sein Blick lag nun auf Kohlers Kleidung. Der Anzug war zerknittert, der Krawattenknopf nur notdürftig zurechtgezupft und deutlich links der Mitte. Es war dem Chef anzumerken, dass er wohl die Nacht über wach gewesen war.
«Wir müssen dringend die Polizei verständigen», sagte Eva Binggeli und nahm den Hörer in die Hand.
«Das wird wohl wenig bringen», entgegnete Liniger und schlug vor, Metzger Konrad zu kontaktieren. Immerhin kannte er Arjun nach zwei Jahren so gut wie kaum jemand.
«Das habe ich schon gemacht», sagte Kohler. Er blickte dabei mit halb zugekniffenen Augen Eva Binggeli an und schickte sie mit einer Handbewegung Richtung Tür. Wortlos, aber kopfschüttelnd verliess die blonde Frau das Büro und schloss hinter sich die Tür.
«Verdammt, Herbert, was ist hier los?», wollte der Pfarrer nun genauer wissen.
«Ehrlich gesagt, ich habe keine Ahnung. Ich verstehe Arjuns Flucht. Zu Lan habe ich nur diese Mail erhalten», meinte er dumpf und zeigte auf den Bildschirm.
Liniger erkannte das BFW als Absender und las: «Wie von uns schon vermutet, hat sich Lan Guo in unglaubwürdige Informationen verstrickt, weshalb einem Aufenthalt bei uns nicht länger stattgegeben werden kann. Eine chinesische Delegation bringt ihn heute zurück in seine Heimat.»

«Haben wir denn neuerdings eine Abmachung mit China diesbezüglich?», wollte Liniger wissen. Der Riggisberger Pfarrer war ein belesener Mann, er kannte das Schweizer Asylwesen wie ein Berner Fussballfan das Kader der ersten Mannschaft. Er wusste, dass es keinen Rücknahmevertrag gab, genauso wenig wie mit Afghanistan.
«Franz, du kennst meine Situation. Ich habe weder die Befugnis noch die Möglichkeiten, um nachzuhaken, was Lan angeht. Asylrecht ist auf Bundesebene geregelt und daran gibt es nichts zu rütteln. Was Arjun angeht, muss die Polizei tätig werden.»
«Als ob die Polizei einen jungen Afghanen, der sich durch mehrere Länder gestohlen hat, so ohne weiteres auffinden kann», konterte Franz Liniger. Der dünne und hochgewachsene Mann legte seine Stirn in tiefe Runzeln und analysierte: «Es passt nicht zu Arjun, dass er einfach abhaut. Sein Freund verschwindet und er sucht nach ihm. Wir müssen uns in seine Gedankenwelt hineinversetzen, wenn wir ihn finden wollen. Denn ehrlich gesagt glaube ich nicht, dass die Polizei auch nur die geringste Chance hat, einen Afghanen zu finden, der auf einer derart langen Flucht alles gelernt hat, was es braucht, um unterzutauchen.»
Müller wusste, dass der Pfarrer recht hatte, eine Suche auf privater Basis widersprach aber klar seinem Auftrag.
«Hör zu, Franz, das ist deine Baustelle, ich kann dir nicht mehr bieten, als dass ich nie davon gehört habe, wenn du eine Suche startest», sagte er und schickte seinen Worten einen besorgten Blick nach.
«Das reicht mir nicht. Herbert, ich werde dir nicht sagen, ob ich

ihn finde, vielmehr werde ich ihn privat unterbringen und seelsorgerisch betreuen wollen. Es war korrekt, dass du die Polizei eingeschaltet hast, und nun halte bitte Metzger Konrad bei Laune und überlege dir etwas», forderte der Pfarrer. Seine angespannte Stirn unterstrich, dass er keinerlei Widerrede duldete, wenngleich er wusste, dass Kohler zu nichts verpflichtet war. «Ich werde von mir aus nichts unternehmen, aber weder das BFW noch die Polizei anlügen, wenn deine Suche entdeckt wird.»
Das klang fair für den Pfarrer, er nickte dem Grauen zu und verschwand. Zumindest wollte er das. Die Polizei fuhr gerade vor und diesmal halfen ihm alle Jugendlichen um ihn herum, damit er von den beiden Polizisten nicht angesprochen werden konnte. Stattdessen liefen die Uniformierten geradewegs Richtung Büro. Einer davon trug das Namensschild mit der Aufschrift ‹Röthlisberger›.

Kapitel 9

Er drehte kurz am Knopf und die türkische Musik schepperte lauter durch den alten Mercedes, als es die Boxen verkraften konnten.
«Wie kannst du jetzt noch Musik hören?!», schrie ihn Arjun an.
«Das hilft mir, ich komme in einen Rhythmus für die Fahrt», entgegnete Sherif. Er verliess die Quartierstrassen routiniert und in Kenntnis all der Einbahnstrassen ringsum. Die Polizei war für einen Moment etwas verdutzt über die plötzliche Flucht der beiden. Bis sie die Verfolgung aufnahm, konnte der Türke eine gewisse Distanz aufbauen. Dass sie eingeholt werden könnten, bereitete Sherif keine allzu grossen Sorgen, der Funkspruch mit der Fahndung nach dem Berner Taxi hingegen schon. Der Türke schaltete das Funkgerät im Fahrzeug aus und raste davon.
«Wir sind doch viel zu langsam, wenn wir die Stadt verlassen, was hast du vor?», wollte Arjun wissen, während er sich mit beiden Händen an der Frontkonsole festhielt.
«Vertrau mir», lächelte Sherif und raste weiter. Wie konnte er nur gleichzeitig so laut und aufbrausend und dann wieder in einer solchen Stresssituation so ruhig sein, fragte sich der junge Afghane. Es war nicht das erste Mal, dass ihn Sherif erstaunte und überraschte. Inzwischen bog das Taxi in Gümligen in ein Industriequartier ein, Arjun hatte nur das Ortsschild gesehen, die Gegend war ihm gänzlich fremd. Wenige Sekunden später hupte

Sherif einige Male, so als würde er kommunizieren. Ein älterer Mann mit wuchtigem Bauch und einem ölverschmierten blauen Overall trat aus einer Garage ohne Schild heraus. Er schien augenblicklich zu verstehen, öffnete das Garagentor und schloss es alsbald wieder, kaum war der alte Mercedes im Inneren. Sherif stieg aus und umarmte den Mann herzlich. Offenbar ein gutes Versteck, dachte Arjun, dessen Hände immer noch wie eingekrallt die Konsole festhielten.
«Du kannst rauskommen, Kleiner», lachte Sherif.
Arjun tat, wie ihm geheissen, und stand noch etwas zittrig mitten in der Garage. Hinter ihm war ein alter Audi aufgebockt und aus der betagten Stereoanlage schien nahezu die gleiche Musik zu dröhnen wie aus dem alten Mercedes.
«Das ist Murat, ein alter Freund von mir», sagte der Taxifahrer und fasste mit seiner Hand die Schulter des Mannes.
«Sherif und ich haben schon einiges durchgestanden, wenn er in Not ist, helfe ich ihm, er ist mein Arcadash, mein Freund.» Murat lächelte.
«Und ich will meinem Freund helfen, nur weiss ich nicht mehr weiter. Wir sind auf der Flucht. Und dann gibt es eine Leiche, die möglicherweise mein Freund sein könnte», schwappte es aus Arjun heraus. Murat verstand eigentlich nur Bahnhof, deshalb beschloss er Kaffee aufzusetzen und sich die ganze Geschichte anzuhören.
«Hier seid ihr vorerst einmal sicher», sagte er, nachdem ihm Sherif auf Türkisch alles erzählt hatte. Arjun nutzte die Zeit, um einige Atemübungen zu machen, einatmen, ausatmen, nachden-

ken. Er wusste nicht genau, ob Ying und Yang wieder in Einklang waren, aber er realisierte, welch unglaubliches Glück er hatte, dass Sherif Kopf und Kragen riskierte, um ihm, einem unbedeutenden Flüchtling, zu helfen.
«Weshalb machst du das alles für mich?», wagte er schliesslich zu fragen.
«Weil du wie ich bist», sagte der Türke und nahm einen Schluck Kaffee.
Murat rückte sich das Taburett zurecht und begann zu erzählen: «Es muss wohl an die 25 Jahre her sein, als Sherif in die Schweiz geflohen ist. Seine optimistische Art bescherte ihm schnell Arbeit auf dem Bau. Auch weil er sich nicht zu schade war, all das zu tun, was sonst niemand gerne erledigte. Er verschaffte sich schnell Respekt bei seinem Arbeitgeber, bekam eine feste Anstellung und immer mehr Verantwortung. Das passte vor allem jenen Arbeitern nicht, die sich schon tagsüber reichlich am Biervorrat bedienten und regelmässig nach Arbeitsschluss die Kante gaben. Eines Abends war es besonders schlimm. Sherif wollte noch etwas länger machen, um seine Aufgabe zu erledigen, während die anderen deutlich angeheitert den einsamen Arbeiter mit Beschimpfungen provozierten. Als dieser nicht reagierte, flog irgendwann eine Flasche und traf ihn am Kopf. Sherif taumelte ein wenig, während das Gelächter nicht aufhören wollte. Als er auf die Gruppe zulief, standen die Kerle auf und schlugen wie von Sinnen auf ihn ein.»
Arjun erinnerte sich wieder an die Worte während der ersten Fahrt und starrte Sherif mit aufgerissenen Augen an.

«Es war Murat, der die Meute kurzerhand vermöbelte, einen nach dem anderen», ergänzte der Taxifahrer.
Arjuns Augen starrten nun geradewegs auf den kleinen, rundlichen Mann, der nicht gerade so aussah, als würde er eine Gruppe Bauarbeiter verprügeln können.
«Murat war in der Türkei einer der besten Junioren-Boxer im Leichtgewicht», ergänzte Sherif.
Arjun musste nun ein wenig schmunzeln. Leichtgewicht war wohl nicht mehr die Gewichtsklasse, in die er heute passen würde. Murat las Arjuns Gedanken und lachte herzhaft.
«Was soll ich sagen, den Sport habe ich an den Nagel gehängt, der grosse Hunger und die Fähigkeit viele Kalorien zu mir zu nehmen sind geblieben», scherzte er.
«Und weshalb bist du in die Schweiz gekommen und auf dem Bau gelandet?», wollte Arjun wissen.
«Ich hatte in den vielen Kämpfen wohl eine Gehirnerschütterung zu viel und der Arzt befahl mir, mit dem Boxen aufzuhören. Für mich fiel eine Welt zusammen, ich wusste nicht mehr weiter und beschloss, weit weg zu laufen, bis in die Schweiz.
«Es war purer Zufall, dass Murat und ich auf derselben Baustelle waren. Genau wie deine nächtliche Aktion, als du in mein Taxi gestiegen bist.» Sherif klang nun fast ein wenig pathetisch und erhob seine rechte Hand mitsamt Zeigefinger.
«Das Schicksal war mir gnädig, Murat hat mir vielleicht sogar das Leben gerettet. Das bedeutet, dass ich dieses Glück weitergeben muss, wenn ich es kann. Deshalb helfe ich dir.»
«Ist das eine türkische Weisheit?», wollte Arjun wissen.

«Nein, eine chinesische», sagte Sherif, ohne die Hand zu senken, und Arjun wusste, von wem sie kommen musste: von Meister Yjun Cui.

Kapitel 10

«Verdammt!», schrie sie so laut, dass die ganze Redaktion in Richtung ihres Pults starrte. Desiree knallte den Hörer auf das unschuldige Telefongehäuse und starrte Noël grimmig an.
«Weder Schluef noch Stärchi noch sonst irgendein Bundesrat ist bereit, Auskunft zu erteilen», echauffierte sich die Journalistin. Es tat ihr fast ein wenig leid, dass der junge Praktikant den ganzen Frust abbekam, aber irgendjemand musste nun der Prellbock sein. So war das halt, wenn man mit der Journalistin Desiree Winter zusammenarbeitete.
«Hast du es bei Nathalie Käppeli versucht?», fragte Noël, ohne zu ahnen, dass diese Frage wenig zur Verbesserung ihrer Laune beitragen würde.
«Was glaubst du denn? Klar doch! Wenn jemand Auskunft gibt, dann sie. Ihre Auftritte bei Schweiz-TV sind zwar staatsfrauisch und kollegial, dennoch sickert zwischen den Zeilen durch, dass sie wenig davon hält, dass Wirtschaftsinteressen die sozialen Problemen unentwegt übertrumpfen», schnaubte sie zurück.
«Das macht Sinn. Als Nationalrätin lancierte sie mehrere Motionen im Zusammenhang mit der Flüchtlingspolitik und zuvor, in der Jungpartei, war sie ziemlich oft an vorderster Front bei nicht immer ganz legalen Aktionen dabei», entgegnete Noël. Seine Internetsuche hatte eine fast lückenlose Vergangenheit der jungen Bundesrätin zutage gefördert. Eine, bei der es fast

erstaunlich war, dass sie es bis in den Bundesrat geschafft hat. Vermutlich hatte sie mit ihrem freundlichen Wesen und ihrer Offenheit einige Parlamentarier anderer Parteien in den Anhörungen auf ihre Seite bringen können. Anders ist diese Wahl fast nicht zu erklären. Auf alle Fälle Eigenschaften, die Desiree nicht zu ihren Stärken zählen durfte. Sie gehörte eher zu der Kategorie Frau, die keine lange Umschweife mochte. Damit punktete man offensichtlich in der Männerwelt weitaus weniger, wie ihr tristes Privatleben vermuten liess. Nur war das jetzt nicht weiter wichtig. Sie wollte einfach nur mehr über dieses Abkommen mit China in Erfahrung bringen.
«Käppeli ist heute Abend im Hirschen zu einem kleinen und intimen Apéro eingeladen», berichtete Noël.
«Woher weisst du das?», fragte Desiree, verwundert darüber, dass dieser unerfahrene Nerd eine Info hatte, von der sie, die Politik-Ikone der Zeitung, nichts wusste.
«Auch ich habe meine Quellen», scherzte Noël und zeigte ihr sein Handydisplay. Darauf war ein Chatverlauf mit einer Simone zu erkennen. Zwischen den vielen Smileys und Herzchen stand diese Information.
«Simone hat zusammen mit mir im Nebenfach Politologie studiert und macht nun ein Stage beim Umfragegiganten QQS. Dabei hat sie einen guten Kontakt zu Judith Burren aufgebaut, der Bundeshaussekretärin. Eine reizende Dame, verschlossen bis zum zweiten Apérol-Spritz, dann jedoch eine Quaselstrippe.» Er gluckste vergnügt.
«Wie lange haben wir noch Zeit?», fragte Desiree.

«Mir gefällt die Formulierung ‹wir›», lachte Noël, stand auf und lief quer durch die Redaktion. Desiree folgte ihm auf dem Fusse und blieb verdutzt stehen, als der Praktikant vor der Kaffeemaschine Halt machte.
«Nur keine Eile, wir haben noch zwei Stunden», sagte er, noch immer sichtlich vergnügt.
«Dann schwing deinen Allerwertesten wieder in Richtung Pult», befahl Desiree. «Ein Journalist ohne Plan ist wie ein Segelschiff ohne Segel, orientierungslos.»
Wie immer, wenn es um Strategien ging, tauchte vor ihrem geistigen Auge Georg Bovin auf. Was hätte der alte Haudegen gemacht, um an Informationen einer Bundesrätin zu gelangen, wo es keine gab oder nicht geben durfte? Es war eine Situationskomik, dass ihr nun nicht der rauchende Bovin mit seiner tiefen Baritonstimme gegenübersass, sondern dieser Jungspunt und Klugscheisser. Und es war an der Zeit, ihm eine Lektion zu erteilen, er wurde ihr deutlich zu vorwitzig. Ihr Blick schweifte durch die Redaktion. In regelmässigen Abständen druckten Kollegen ihre Artikel oder Pressemitteilungen aus. Genau, das war es. Bovin war sich nie zu schade, alle noch so unbedeutenden Kurzmitteilungen der Kantone, Gemeinden und Behörden zu überfliegen. In jedem Detail konnte eine Story lauern und manchmal, wenn man Glück hatte, ein Puzzleteil für einen anderen Fall.
«Noël, haben wir irgendwelche neuen Communiqués, die mit China zu tun haben könnten?», fragte Desiree, ohne zu wissen, wie viel Zeit inzwischen verstrichen war.

Der Praktikant manövrierte wieder durch mehrere Websites gleichzeitig, klickte, las, tippte und antwortete dann: «Nein, zu China gibt es heute nur noch eine kleine Meldung von der Berner Kantonspolizei. Ein unbekannter Toter, der aus einem Mehrfamilienhaus gestürzt ist, vermutlich chinesischer Staatsangehöriger.»
Desirée stand bereits hinter ihrem Schützling und las mit. «Vermutlich – das heisst, die Polizei weiss es nicht», sagte sie und wählte mit dem Telefon des Praktikanten bereits die Nummer der Pressestelle der Polizei. Nun war es Noël, der nur Bahnhof verstand und sich keinen Reim auf diese Aktion machen konnte.
«Winter, vom Berner Kurier, guten Tag. Wer kann mir mehr zum Fall des unbekannten toten Chinesen geben, bitte?», sagte sie in ihrer gewohnt direkten Art.
Nöel vernahm aus dem Telefonhörer eine dieser typischen, monotonen und langweiligen Melodien einer Warteschlaufe. Ohne zu fragen, nahm sich Winter einen Schluck des lauwarmen Kaffees auf Noëls Pult und verschluckte sich fast, als plötzlich jemand auf der anderen Seite antwortete. Hastig notierte sich Desiree, was ihr Gegenüber bekanntgab, und verabschiedete sich für ihre Verhältnisse einigermassen freundlich: «Ade.»
Noël las nun laut vor, was da gekritzelt stand: Sturz mit Todesfolge aus dem Haus Nummer 16. Vermutlich hat der harte Aufprall dem Opfer den Luftweg abgeschnitten und es ist daraufhin erstickt. Keine Zeugen, keine Papiere, vermutlich ein Flüchtling. Nachfrage nach vermissten Asylsuchenden in den Zentren des Kantons gestartet. Keine Obduktion veranlasst, Gewaltverbrechen wird ausgeschlossen.

«Und was hat das mit der Bundesrätin zu tun?» Noël blickte sie fragend an.
Nun war es Desiree, die frohlockte. Endlich konnte sie dem Neunmalklug eine Lektion erteilen.
«Journalismus ist wie eine einzige grosse Landkarte. Jede Story erschliesst dir ein kleines Stück des Territoriums. Mit der Zeit kennst du gewisse Landstriche ganz gut, andere sind dir noch gänzlich unbekannt. Dazwischen gibt es Wege, Verbindungen und Zusammenhänge. Die erschliessen neue Gebiete, neues Wissen.»
Noël konnte mit dieser Information wenig anfangen und Desiree wirkte fast ein wenig schulmeisterlich, als sie ergänzte: «Du hast noch ein blankes Papier vor dir. Deine Landkarte ist noch nicht erschlossen, du hast aber gute Werkzeuge, um endlich damit anzufangen, endlich zu kombinieren und zu verbinden.»
«Wie kann man etwas verbinden, wo nichts ist?»
Nun wurde sie endlich konkret. «Mal angenommen, solche Verhöre von Asylsuchenden durch chinesische Beamte haben in der Schweiz schon stattgefunden, dann wäre es doch möglich, dass weder das BFW noch die Asylzentren wirklich wissen, was mit diesen Menschen nachher geschieht. Richtig?»
«So weit so gut, aber was hat das mit diesem Toten zu tun? Oder meinst du etwa, die haben den verhört und gleich umgebracht? Das ergibt doch überhaupt keinen Sinn.» «Doch, absolut. Verbinde, mein Lieber, verbinde», schnalzte sie zurück.
«Ja, was denn mit was?»
«Du bist jetzt auf meiner Landkarte und musst auf dieser navigie-

ren. Also, wir haben ein Abkommen mit China, wonach chinesische Beamte Asylsuchende aus ihrem Land bei uns verhören und womöglich ausser Landes schaffen dürfen, mit allen Konsequenzen. Die Schweiz schaut weg, der Wirtschaft zuliebe. Auf der anderen Seite finden wir einen toten chinesischen Asylsuchenden ohne Zeugen der Todesumstände. Wie kam er in dieses Gebäude, in dem er offensichtlich nicht wohnte? Weshalb ist er gestürzt? Und weshalb gibt es von der Polizei zu diesem Haus und der Wohnung, aus welcher er gestürzt ist, keinerlei weitere Angaben? Das stinkt doch zum Himmel.»
«Und du glaubst, da stecken die chinesischen Behörden dahinter? Tut mir leid, Desiree, aber das klingt mir zu sehr nach kaltem Krieg, Spionage und all dem alten Agentenzeugs», entgegnete der Praktikant.
«Lektion Nummer zwei, Noël: Die Landkarte dient nicht dem Journalisten, sondern den Menschen da draussen. Überall dort, wo Informationsbedarf besteht, sind wir in der Pflicht, vor allem, wenn es die offiziellen Wege unterlassen.»
«Ja, ich weiss, vierte Gewalt und so.»
«Gewalt ist kein schönes Wort, Noël, ich bevorzuge den Begriff vierte Kraft», antwortete Desiree und musste ein wenig schmunzeln. Das waren nämlich exakt jene Worte, die Georg Bovin vor vielen Jahren an sie gerichtet hatte.
«Okay, wir müssen also herausfinden, weshalb die Polizei uns keine näheren Informationen zu dem Haus und dem Sturz gibt», entgegnete der Nerd. «Aber das ist doch normal, dass wir nicht alles erfahren. Wir sind die Presse, wir sollen ja nicht immer über

alles schreiben.»
«Und genau dann müssen wir genauer hinschauen und die Landkarte zücken. Wer wohnt alles in jenem Haus, wenn es eine Verbindung gibt zu den Chinesen? Dann ist die Spur heiss.»
Noël tat das, was er am besten konnte, er huschte wieder über den Bildschirm, vorbei am Grundbuchauszug, dem Telefonverzeichnis und der Googlekarte.
«Wir haben zehn Parteien in dem Haus, sechs sind im Telefonverzeichnis, drei kann ich nicht zuordnen und eine Partei ist eine Praxis für Naturheilkunde», fand er mit wenigen Mausklicks heraus.
«Los, wir gehen», sagte Desiree und Nöel sprang ihr hinterher, ohne zu wissen, was nun geschah. Doch Desiree Winter hatte ihren Plan, ihre Strategie und ihr Spürsinn war geweckt. Zurück blieb nur der inzwischen kalte Kaffee.

Kapitel 11

«Bedauerlicherweise vermissen wir seit einigen Stunden einen unserer Bewohner», sagte Kohler routiniert professionell. Der Polizist schaute ihn verwundert an. Statt Notizen zu machen und die von Eva Binggeli erstellten Kopien der Unterlagen von Arjun zu nehmen, setzte sich Röthlisberger unaufgefordert auf den einzigen freien Stuhl. Er fand kaum Platz darin mit all diesen Gerätschaften am Holster und seiner schusssicheren Weste. Kein

Wunder, dass sich die meisten Bewohner verdrückten. Beim Anblick eines solchen Polizisten schossen vielen unweigerlich unschöne Erfahrungen von der Flucht durch den Kopf. Das alles schien Röthlisberger in diesem Moment aber wenig zu interessieren, denn er war bereits im Besitz mehrerer Papiere, die er theatralisch hervorholte. Er war geradezu erpicht darauf, Binggeli und Kohler eine Lehre zu erteilen.

«Könnte es sein, dass sie sogar zwei Personen vermissen?»

Die beiden blickten einigermassen überrascht; doch ehe Eva Binggeli eine unüberlegte Äusserung machte, schickte ihr Kohler einen strengen Blick zu und übernahm die Kommunikation.

«Ich verstehe nicht, was meinen Sie damit?»

«Nun, wir haben heute Nacht in der Tat einen Verdächtigen auf der Höhe Kehrsatz verfolgt, der durchaus auf Ihre Beschreibung zutreffen würde, obschon die ja alle etwa gleich aussehen», erwiderte der Polizist in einem Tonfall, den Eva Binggeli innerlich in Rage versetzte. Kohler musste seinen strengen Blick wiederholen.

«Es ist sehr gut möglich, dass sich Arjun in diese Richtung davonstahl, ich weiss nur nicht, weshalb Sie von einer zweiten Person sprechen», entgegnete Kohler.

«Heute Morgen haben unsere Kollegen in Muri eine Leiche geborgen. Es handelt sich um eine unbekannte Person, vermutlich Flüchtling, vermutlich Chinese. Aus Ihren Unterlagen geht hervor, dass sie einen Chinesen namens Lan Guo beherbergen. Wo ist er?»

Kohler wäre nun am liebsten eine rauchen gegangen. Er musste

Zeit gewinnen, um richtig zu antworten. Liniger hatte sich der Suche von Arjun angenommen, er wusste das und von Lan wusste er kaum mehr als diesen Zweizeiler als offizielle Aussage, den er per Mail erhalten hatte.
«Mister Guo ist bei einer Anhörung und nicht da», sagte er, um Zeit zu gewinnen.
Röthlisberger war kein Frischling aus der Polizeischule, solche Antworten konnte er einordnen. Mehr noch, er spürte, dass er, genau er, der immer schon lieber bei der Kripo gearbeitet hätte, nun wichtige Polizeiarbeit leisten konnte.
«So so, wann sollte denn Mister Guo wieder zurück sein?»
«Wenden Sie sich doch bitte an das BFW, Asylwesen ist, wie Sie sicherlich wissen, Bundesrecht. Wir sind nur ein kleines Zentrum und werden nicht immer in die Vorhaben der Behörde für Flüchtlingswesen eingeweiht», konterte der Graue gekonnt.
«Das heisst also mit anderen Worten, Sie wissen nicht, wo sich Guo befindet, und Arjun ist abgehauen. Wie ich schon sagte, Sie vermissen zwei Personen. Das werde ich mal so zur Kenntnis nehmen für den weiteren Verlauf dieser Fälle.» Röthlisberger erhob sich. An der Türschwelle hielt er noch einmal inne, blickte den Gang entlang und murmelte: «Sie sehen wirklich alle in etwa gleich aus.» Dann lief er weiter und murmelte: «Da sieht man mal wieder, was diese lasche Sozialpolitik für Probleme schafft, statt sie zu lösen.»
«Dieses Arschloch», presste Eva Binggeli heraus, als ob sie bis anhin den Atem angehalten hätte. Herbert Kohler hingegen griff zum Handy und wählte erneut jene Nummer, an deren anderem

Ende der Mann abnahm, der sich mit «Charlie» meldete.

Kapitel 12

Der Terminplan war prall gefüllt. Es bedurfte der ganzen Erfahrung von Judith Burren, um dem Wunsch von Bundesrätin Nathalie Käppeli zu entsprechen. 30 Minuten Zeit im Büro, ohne gestört zu werden, ohne dass jemand durchgestellt werden durfte. Das wollte die ambitionierte Bundesrätin unbedingt. Am Tag nach der Pressekonferenz, nach der Wochensitzung, nach dem ominösen China-Traktandum. Noch einmal studierte sie die Unterlagen, die Aussenminister Schluef vorgebracht hatte, ging zurück ins Jahr 2015, als zum bisher einzigen Male die Chinesen vor Ort Verhöre abhielten. Nie war etwas an die Presse durchgesickert und auch heute, einen Tag nach der Pressekonferenz, blieb diese scheinbare Randnotiz ohne Interesse. Es wäre ein Skandal, wenn die Schweiz wissentlich zuliesse, dass China Geflüchtete nach ihrem Recht, oder besser mangelndem Recht, verhört, und das nur einen Steinwurf vom Bundeshaus entfernt. Zweifellos, sie besass gute Kontakte ins BFW und das nicht nur von Amtes wegen. Aber was nützte das? Sie musste quasi hinter die chinesische Mauer blicken können, um zu erfahren, was bisher geschehen war. Klar, politisch konnte sie den Ball ihren Parteikollegen zuspielen, damit im Parlament diese Praxis hinterfragt werden konnte. Aber der Vertrag hatte nun wieder für etliche Jahre Gültigkeit und selbst das rechtliche Anfechten unter der Berufung von Menschenrechten würde Jahre in Anspruch nehmen.

Zeit, die sie nicht verstreichen lassen wollte. Auf die Presse hoffte sie bisher vergebens; andererseits war sie an das kollegiale Prinzip gebunden und eine Einzelaktion durfte sie als Bundesrätin unter keinen Umständen wagen. Das wäre dann sozusagen gleich der nächste Skandal im Land.
Ihr Blick schweifte im Büro umher und stockte bei einem Bild, das sie links vom Schreibtisch postiert hatte. Eines jener Bilder, die man im Laufe der Arbeit kaum noch zur Kenntnis nimmt und monatelang vergisst. Eine Aufnahme einer Gruppe junger Menschen, welche die Kartons mit den 115'000 Unterschriften überreichten, damit die Initiative für ein sozialeres Asylgesetz vors Volk käme. Eine Abstimmung, die noch anstand und welcher sie als Mitinitiantin nicht mehr beiwohnen konnte, weil sie nun Bundesrätin war. Ärgerlich und ein Spiessrutenlauf bei den Medien, die natürlich peinlich genau darauf achten würde, ob sie sich staatsmännisch genug verhielt. Es war aber jener Mann, der jung aussah, gleichsam dennoch mit seiner runden Brille und den grauen Haaren einen etwas erfahrenen Anschein hinterliess und ihr auf diesem Bild ins Auge stach. Ihn musste sie erreichen, ihn musste sie um Hilfe bitten. Äusserste Vorsicht war geboten. Deshalb verzichtete sie auf das Festnetz im Büro und zückte eines der beiden Handys aus der Tasche. Jenes, das sie üblicherweise nur für private Zwecke benutzte und dessen Nummer auch in den altehrbaren Hallen des Bundeshauses gänzlich unbekannt war. Sie scrollte durch die Kontakte und war zum ersten Mal am heutigen Tag ein wenig erfreut. Sie hatte die Nummer über all die Jahre behalten. Gut so. Auch wenn ihr Anruf jenen Mann vermut-

lich wenig erfreuen würde. Sie atmete einmal tief durch, wie man es eben tut, wenn man einen Exfreund anruft und sich ihm zudem in einer heiklen Sache anvertrauen muss. Zwar nicht mit Ying und Yang, aber mit einer gesunden Portion Mut. Die Stimme am anderen Ende ging bereits nach wenigen Sekunden ran und antwortete: «Ja, da ist Charlie.»

Kapitel 13

Inzwischen war der Benzingestank des gejagten, alten Mercedes in der Garage langsam entwichen. Murat, Sherif und Arjun sassen vor den leeren Kaffeetassen und keiner schien so wirklich eine Ahnung zu haben, wie es nun weitergehen sollte.
«Auf jeden Fall müssen wir dein Taxi erstmal aufmotzen, damit ihr nicht gleich ins Fahndungsnetz gelangt», sagte Murat und verschwand in einem überstellten Raum, der einmal ein Büro gewesen sein musste.
«Verlierst du nun deinen Job?», wollte Arjun von Sherif wissen.
«Keineswegs, mein Kleiner, ich verlege nur meine Ferien vor. Ich hatte nach meinem Job auf dem Bau keine Lust mehr auf Anfeindungen. Bei Taxi Bern konnte ich fortan arbeiten, die waren froh um Menschen, die Nachtschichten aneinanderreihen wollten. So langsam lernte ich nicht nur, wie man in Bern alles und alle in nützlicher Frist erreichte, sondern auch, wie das Taxigeschäft funktionierte. Ich sparte so viel Geld wie möglich, bis ich mir eines Tages mein eigenes Taxi kaufen konnte, und fuhr fortan selbstständig. Wir Türken halten zusammen und viele vertrauen ihre Kurierfahrten mir an. Zugegebenermassen stelle ich oft lieber keine Fragen und vielleicht war nicht jede Fahrt ganz legal. Murat tat es mir nach, interessierte sich aber eher für die Motoren, hielt die Taxis in Schuss und machte sich später mit einer kleinen Garage selbstständig. Ehrlich gesagt, mit dem ähnlichen

Klientel, wie ich es habe. Solange wir unsere Steuern zahlen, einen kleinen Gewinn ausweisen und nicht mit dem Strassengesetz in Konflikt geraten, stellt niemand Fragen. Ich kann also tun und lassen, was ich will.» Damit schloss er seinen kleinen Monolog.

«Nicht ganz!», kam es aus dem vermutlichen Büro. Murat erschien mit einigen Farbmustern und sagte: «Gelb statt beige und wir beschriften dein Auto neu, das sollte fürs Erste reichen.»

Ganz schön clever, dachte Arjun, das Auto behielt alles, was für das Strassenverkehrsamt wichtig war, dieselbe Nummer, dieselbe Seriennummer, aber war ganz anders, als es die Polizei beschreiben würde. Selbst wenn sie die Nummer des Taxis kannten, man müsste erst mühsam beweisen, dass es wirklich er war, der hier Fahrerflucht begangen hatte.

«Aber sie würden dich doch wiedererkennen, du hast ja mit der Polizei gesprochen», erwiderte Arjun plötzlich.

«Ein Türke, wie es sie viele gibt, das dürfte schwierig werden zu beweisen, zumal mir Murat sicherlich ein Alibi gibt, dass ich zu besagter Zeit unmöglich auf der Strasse sein konnte, weil mein Auto in der Garage war.»

«Natürlich, den Fahrtenschreiber präpariere ich, die Aussage bestätige ich und meine Auftragsbücher passe ich entsprechend an, ein Kinderspiel für zwei ausgefuchste Kerle wie uns», lachte er.

Arjun staunte. So ausweglos, wie er die Situation noch Stunden zuvor mit einem Asylanten und einem Türken als Weltretter beschrieben hatte, war es vielleicht gar nicht. Zumal Sherif ein gut funktionierendes Netzwerk hatte. Mehr als ein Schmunzeln war ihm dieser Gedanke aber nicht wert. Noch immer plagte ihn die Frage, was mit Lan passiert war, und je länger je mehr kam das Gefühl dazu, dass er gar keine Möglichkeit hatte, sich bei den beiden erkenntlich zu zeigen. Er würde sie nur noch mehr in Gefahr bringen.

«Ich gehe nun allein weiter, ich will nicht, dass ihr wegen mir noch mehr Probleme bekommt», sagte er kurzentschlossen und war gerade im Begriff, die Garagentür zu öffnen, als Sherif ihm nachrief.

«Arjun, fühl dich frei, du kannst jederzeit gehen, aber glaubst du nicht auch, dass da draussen sehr wenig Freiheit auf dich wartet? Willst du nicht lieber mit mir herausfinden, wer diese Leiche ist?»

Hatte dieser Türke etwa in seinem Netzwerk jemanden, der im Leichenschauhaus arbeitete, oder was? Arjun drehte sich um und sagte: «Hast du denn einen Plan, wie es weitergehen soll?»

Da war es wieder, das herzhafte, aber viel zu laute Lachen von Sherif, das er fast ein wenig liebgewonnen hatte.

«Hey, wer bin ich? Ich bin Sherif, ich habe Freunde und die haben Freunde. Ich kann dir eine dreibeinige Milchkuh aus Peru organisieren, wenn das hilft.»

«Nein, das hilft mir nicht», antwortete Arjun, so dass nun auch Murat lachen musste. Dieser stand beim alten Audi und liess ihn von der Hebebühne runter. Mit einem Zischen flog der Autoschlüssel durch die Garage, den Sherif wenig später sicher aus der Luft fischte. Arjun wusste nun, was geschehen würde. Gleich würde es wieder eine Fahrt mit viel zu lauter Musik geben und er wusste wieder nicht, wohin die Reise führte, vermutlich in das nächste heikle Abenteuer. Er wurde aus seinen Gedanken gerissen mit den knappen Worten: «Los, steig ein, weiter geht's.»

Kapitel 14

Die Düsen sprangen an und verbreiteten einen Ton, den man auf dem Belper Flughafen seit dem Grounding von Skywork nicht mehr so oft vernahm. Inzwischen fuhr die schwarze Limousine mit den gepanzerten Scheiben vor. Das Kürzel CD für ‹Corps diplomatique› erlaubte es dem Fahrzeug, bis zur Maschine durchzufahren. Die drei Männer, die ausstiegen, waren in dunkle Anzüge gekleidet, einer trug einen chinesischen Pin. Drei Gestalten mit typgleichen Sonnenbrillen der Marke ‹Pechschwarz› bestiegen den Bombardier, ohne der imposanten Alpenkette, die sich gegen Süden hin öffnete, einen Blick zu schenken. Zurück blieb ein Chinese in einer schwarzen Limousine. Der Botschafter höchstpersönlich wollte die drei Beamten auf direktestem Wege ausser Landes schaffen. Je eher, desto besser. Dass dieser einfache Geflohene Lan Guo so bescheuert sein würde, aus dem Fenster zu klettern, nachdem sie ihm starke Beruhigungsmittel verabreicht hatten, konnte niemand ahnen. Ihn und elf weitere Chinesen aus der Schweiz schaffen und in China medienwirksam verurteilen, um anderen Fluchtinteressierten die Idee aus dem Kopf zu schlagen, so lautete der Plan, gestützt auf das kürzlich erneuerte Abkommen. Das war nun gründlich schiefgelaufen. Ein solcher Vorfall aber wäre auf eine ganz andere Art medienwirksam. Der Verdacht auf Folter würde sofort aufkeimen und international für Furore sorgen. Eine Inhaftierung barg zwar denselben Verdacht, hinter Gittern gelangten aber keine Informationen nach draussen. Der Befehl von China lautete klar: Ausschaffung oder unauffällig verschwinden lassen. Dazu gehörte auch, die Männer mit der Privatmaschine der Partei wieder unbemerkt nach China zu bringen. Niemand

würde ihre kurze Anwesenheit in der Schweiz je bemerkt haben. Selbst wenn die Polizei am Unfallhergang ihre Zweifel gehegt hätte, die Täter wären längst über alle Berge. Die Wohnung gehörte einer Immobilienfirma und stand zum Verkauf. In Folge dessen gibt es keine Spuren mehr.
Der Botschafter war ein Mann, der keine Zufälle kannte. Der Plan mit dem schnellen Rückflug hatte schon vor dem Unfall gestanden. An Bord waren allesamt Leute, die diplomatische Immunität genossen. Drei Personen, die nun wieder abflogen, obschon sie nie in der Schweiz gewesen waren. Diplomaten, die mit ihrem Namen herhielten, sollte es selbst im unwahrscheinlichen Fall zu Fragen kommen.
Der Botschafter schloss die Scheibe zum Fahrer im Innenraum und tätigte einen Telefonanruf, der nur wenige Sekunden dauerte.
«Sie sind auf dem Rückflug, einer ist tot, die anderen elf werden wir also noch verhören und rückschaffen müssen. Ich bitte freundlichst um Auskunft, wann die neuen Männer zur Verfügung stehen und der nächste Hinflug in die Schweiz ansteht.»
Er wartete kurz ab, dann hiess es am anderen Ende: «Verstanden, voraussichtlich in zwei Wochen sollten sie sich wieder bereithalten.»
Zeit, sich wieder um die wirtschaftlichen Beziehungen zu kümmern. Der Empfang von Bundesrat Schluef und einigen Wirtschaftsvertretern der Schweiz, deren Absätze oder Produktionen in China angedacht waren, standen nun im Vordergrund. Ein Anlass, zu dem der Botschafter einige Journalisten einladen

wollte. Die Schweiz sollte China als Handelspartner schätzen. Zwei Wochen Zeit, noch einen Katalysator einzubauen. Für den chinesischen Botschafter stand noch ein Treffen mit einigen EU-Funktionären aus. Ihnen wollte er mit Zugeständnissen für ihre eigenen Länder pro-chinesische Argumente liefern. Im Zusammenhang mit dem gescheiterten Rahmenabkommen der Schweizer mit der EU könnte er den Druck auf das kleine Alpenland erhöhen. Die Schweiz würde dadurch wieder einen Schritt näher an den Plan rücken, den China mit vielen lukrativen Nationen anstrebte: sie abhängig zu machen. Am Fenster huschten die ersten schönen Gebäude von Muri vorbei. Der Botschafter fühlte sich erhaben und am längeren Hebel. Manche hier würden die chinesische Strategie Erpressung nennen. In der chinesischen Kultur sah man das ganz anders. Loyalität sorgt für Stärke und wer stark ist, hat die Macht. So ist das seit tausenden von Jahren in China. Und schliesslich war dieses grosse Land schon eine hochzivilisierte Gesellschaft mit Wissenschaften und Schriftzeichen, als die Schweizer noch ein reines Volk von Bauern waren. Der Botschafter fühlte sich trotz des tödlichen Unfalls deutlich überlegen.

Kapitel 15

Nichts deutete mehr daraufhin, dass sich im Hof dieses Hauses am heutigen Morgen ein tragischer Unfall ereignet hatte. Offenbar hatte die Polizei Fotos gemacht, die Bewohnerinnen und Bewohner befragt und die Liegenschaft wieder freigegeben. So sei die Routine bei solchen Vorfällen, meinte sie.
«Befragen wir nun die Anwohner?», wollte Noël wissen, als Desiree vor dem Haus stand. Vorsorglich hatte sie das Redaktionsfahrzeug einige Strassen entfernt parkiert. Es war wenig förderlich, wenn vor dem Gebäude ein Kombi stehen würde mit der knallroten Aufschrift «Berner Kurier – bringts bärenstark.»
«Sag mir zuerst, welche Personen du nicht eruieren konntest», wollte sie wissen.
«Da war einmal Familie Eggimann, ein Dr. Yusuf Dhakar, eine Lydia Kneubühler und – ein leeres Klingelschild!», stiess der Praktikant hervor.
Er hatte recht, das war die spannendste Wohnung. Der Anordnung zufolge lag sie zuoberst im dritten Stock, kombinierte Desiree und klingelte kurzerhand bei der Familie Eggimann.
«Ja, bitte», dröhnte es aus dem Lautsprecher am Hauseingang.
«Winter mein Name», erwiderte Desiree sichtlich bemüht, freundlich zu klingen. «Wir sind mit dem Makler verabredet, um die Wohnung anzuschauen, er ist aber nicht gekommen, meinte aber, sie sei offen und wir dürften sie anschauen.»

«Klar doch, kein Problem, ich öffne Ihnen die Tür», sagte eine sympathische Frauenstimme.
«Weshalb wusstest du, dass die Wohnung zum Verkauf steht?», wollte Noël wissen.
«Das wusste ich nicht, ich habe geraten und falls ich falsch gelegen hätte, hätte ich mich eben in der Adresse geirrt», sagte seine Chefin nicht ohne Stolz, weil sie dem vorwitzigen Jüngling in Sachen Erfahrung halt doch noch überlegen war.
Als sie den Gang betraten, folgte die nächste Frage auf dem Fusse: «Und weshalb soll die Wohnung offen sein?»
«Das ist sie vermutlich gar nicht, aber das sehen wir gleich», erwiderte Desiree, die bereits in Richtung zweite Etage unterwegs war. Oben angekommen atmeten beide einige Male ein und aus – ohne Ying und Yang, dafür mangels Kondition, lediglich um wieder vernünftige Gedanken zu fassen.
«Die Tür ist verschlossen», sagte Noël, nachdem er die Klinke gleich dreimal nach unten gedrückt hatte.
«Dann gehen wir nun über zu Plan B», erwiderte Winter und suchte nach dem Türschild mit dem Namen ‹Eggiman›.
Nun war es Noël, der bereits wieder Richtung zweites Stockwerk unterwegs war. Anscheinend lernte er schnell und hatte die Logik der Schilderanordnung am Hauseingang auch verstanden. Oder er war beim Aufstieg aufmerksam gewesen, freute sich Desiree.
«Ja, bitte», sagte die sympathisch klingende Frau erneut, als Desiree klingelte. Nur stand sie diesmal einem Gesicht gegenüber, dass der Sympathie der Stimme in nichts nachstand. Die kurzhaarige Frau mit unzähligen Sommersprossen im Gesicht

hatte ein Lächeln, das offensichtlich weder aufgesetzt noch künstlich war. Das verraten die Falten, die vom vielen Lachen kommen müssen, dachte Desiree, ehe sie sagte: «Entschuldigen Sie, wir haben eben unten schon geklingelt, offenbar hat der Makler vergessen die Tür zu öffnen. Wissen Sie vielleicht, wer der Hausmeister ist und ob dieser einen Schlüssel hat?» Sie versuchte nun auch ein Lächeln.
«Oh, das weiss ich nicht. Es hat mich ohnehin erstaunt, dass Sie gefragt haben. Ich bin relativ viel zu Hause, Sie wissen schon, Homeoffice. Eine Besichtigung habe ich bis dato aber noch kein einziges Mal mitbekommen und ausgeschrieben habe ich die Wohnung auch nicht gesehen. Nachdem es heute Nacht einen schrecklichen Unfall gegeben hat, dachte ich nicht, dass jetzt gerade ein Besichtigung anstehen könnte.»
«Was ist denn passiert?», fragte Noël. Er wirkte mit seinem vorwitzigen Gesichtsausdruck ziemlich glaubwürdig.
«Jemand ist aus dem Fenster in den Innenhof gestürzt und kam dabei ums Leben, vermutlich ein Eindringling in diese Wohnung. Sicherlich ein Junkie, sonst wäre er wohl kaum aus dem Fenster gefallen», mutmasste Frau Eggimann und ergänzte hastig: «Vielleicht ist die Wohnung deshalb wieder verschlossen, da muss wohl noch sauber gemacht werden.»
«Hat denn niemand den Verletzten fallen hören?», wollte Nöel wissen.
«Bis vor wenigen Monaten hätten wir das zweifelsohne. Die Stockwerkgemeinschaft hat nun aber alle Fenster, auch die zum Innenhof, mit Dreifachverglasung erneuern lassen», erzählte die

Frau. «Uns wäre das ja viel zu teuer gewesen, schon allein weil der Innenhof ja keine Lärmquelle ist. Aber die Immobilienfirma von Dubois als Besitzerin dieser Wohnung argumentierte mit dem Fluglärm und übernahm die Kosten freiwillig für alle Parteien, da sagt man natürlich nicht nein»
«Natürlich nicht», entgegnete Desiree.
«Aber etwas fragwürdig ist das schon, dass eine Firma solche Kosten auf sich nimmt, ohne einen Mehrwert zu haben, finden Sie nicht?»
«Von Dubois gehört halt zu den grossen Immobilien-Playern in Bern. Vermutlich gehört das für sie zum Standard für eine Wohnung an dieser guten Lage», mutmasste Eggimann.
«Vermutlich», bestätigte Winter.
«Aber Sie wären mir durchaus sympathisch, mit ihrem Sohn», lächelte Frau Eggimann und steckte damit Noël an.
Desiree fand diese Aussage wenig erbaulich, fing sich aber schnell wieder und entgegnete: «Ich werde den Makler nochmals anrufen.»
Nöel hatte bereits das Handy gezückt und war auf der Website der Immobilienfirma fündig geworden. Eine 4.5-Zimmer-Dachwohnung an bester Lage, Preis auf Anfrage, Status ‹reserviert› stand da geschrieben. Eine Kontaktperson war keine zu finden.
Zurück im rot beschrifteten Kombi, wandte sich Desiree Winter an ihren Praktikanten: «Das Ganze stinkt zum Himmel.»
Noël nickte zustimmend, obschon er nicht sicher war, ob er ihren Gedanken gänzlich folgen konnte.

Kapitel 16

«Ich will ehrlich mit Ihnen sein. Vermutlich ist Arjun gerade dabei, sich in Schwierigkeiten zu bringen. Sein Freund ist verschwunden und er wird seither ebenfalls vermisst. Vermutlich, weil er ihn sucht.»

Pfarrer Liniger beobachtete das Gesicht von Metzger Konrad, als er beschloss ihm reinen Wein einzuschenken. Er hielt nicht viel von Halbwahrheiten und wollte auf ehrliche Weise Arjun suchen.

«Das muss eine tiefe Freundschaft sein, so zuverlässig wie Arjun sonst ist», antwortete Konrad. «Dennoch, mir fehlt eine Arbeitskraft und wenn er in den nächsten Tagen nicht wieder auftaucht, werde ich ihm kündigen müssen und mich nach einem Ersatz umsehen», ergänzte er.

Liniger verstand die Bredouille des Dorfmetzgers. «Ich hoffe dennoch, Sie drücken ein Auge zu in Anbetracht dessen, dass Arjun sicherlich keine schlechten Absichten hegt», appellierte er an Konrads Gewissen.

«Halten Sie mich bitte auf dem Laufenden», beendete der Metzger das Gespräch, um wieder nach der Kundschaft zu sehen, deren Anwesenheit ein Klingelzeichen am Türeingang ankündigte.

Von diesem Mann war keine weitere Hilfe nach möglichen Aufenthaltsorten des jungen Afghanen zu erwarten. Der Pfarrer verliess den Laden und starrte draussen eine ganze Weile auf das

Toffenholz, bis seine Gedanken wieder in die ursprüngliche Richtung drehten. Wenn Arjun wirklich Lan suchte, dann würde er diesen wohl irgendwo in Bern vermuten und Richtung BFW gehen. Dort würde man ihn aber nicht mit offenen Armen empfangen, also musste er weitersuchen. Der einzige Kontakt, der ihm dann noch blieb, war wohl die chinesische Botschaft, mutmasste Liniger. Nach Bern zu fahren, hielt er für zeitraubend und wenig sinnvoll. Lieber wollte er von zuhause aus anrufen. Zudem beschäftigte ihn seit der Unterhaltung mit Kohler ein zweites Thema genauso: Gab es wirklich ein Abkommen zwischen China und der Schweiz im Zusammenhang mit Flüchtlingen? Er beschloss zu recherchieren. Anders als eine Journalistin witterte er nicht die grosse Geschichte, sondern begegnete diesen Schritten mit grösster Sorge um zwei junge Männer, die sich bis dato nichts haben zu Schulden kommen lassen. Selbst die kleinen Zweifel, dass er womöglich einfach zu gutgläubig an Arjun und Lans Unschuld glaubte, verflogen in Anbetracht seiner starken Intuition. Auf die konnte er sich normalerweise nämlich verlassen. Für ihn war sie so etwas wie eine göttliche Fügung, die man sich zunutze machen konnte.

Kapitel 17

Der Audi war das ideale Agentenfahrzeug für das Duo Sherif und Arjun. Nicht nur, weil es mit derselben türkischen Musik beschallt war wie der Mercedes, sondern vielmehr, weil es in keinerlei Verbindung zu einer ihrer Taten stand und mit der U-Nummer weniger gefährdet war, in eine Polizeikontrolle zu gelangen.
«Wo willst du hin?», erhob Arjun die Stimme gegen die Musik.
«Na, dorthin, wo man eine Leiche hinbringt», antwortete der Türke, als wäre die Frage gänzlich überflüssig.
«Also zum Bestatter?», folgerte der Afghane.
«Naja, eigentlich gibt es in Bern und Umgebung viele davon, aber die Polizei wählt vermutlich denjenigen aus, der am nächsten oder in der Ortschaft selbst beheimatet ist.»
«Und den kennst du zufällig?»
«Schön wär's. Ehrlich gesagt, habe ich keine Ahnung, aber ich weiss, wer das wissen könnte», ergänzte Sherif. Gekonnt kurvte er durch die Quartiere Berns, unter dem Bundeshaus vorbei zurück Richtung Köniz. Minuten später parkierte er den Audi auf einem Kiesplatz, an dessen Eingang eine Tafel mit einem christlichen Kreuz und der Aufschrift ‹Frieden Bestattungen› hing.
«Warte im Wagen, ich bin gleich zurück», sagte er kurz und liess Arjun im Auto sitzen.
Sherif hat recht, dachte Arjun. Er durfte nun kein Aufsehen erregen mit ihm, dem Afghanen, auf der Suche und der Flucht.

Dennoch wollte er nicht tatenlos zusehen, wie der Türke die Probleme löste, und begann nachzudenken, was er in der Zwischenzeit Sinnvolles tun konnte. Sherif hatte sein Handy auf der Mittelkonsole des Audis liegen gelassen. Das ist wohl Schicksal, dachte Arjun und nahm das Handy. Mit einer Tastenkombination als Sperre hatte es der Türke mit der denkbar unglücklichen Chronologie der Zahlen von 1 bis 6 «gesichert», wenn man dem überhaupt so sagen konnte. Arjun hatte einmal gelesen, dass eine Mehrheit der Menschen aus purer Angst, sie würden ihren Code vergessen, auf diese Kombination zurückgriffen. Schnell suchte er im Internet nach der Nummer von Metzger Konrad und rief ihn an.

«Arjun hier, es tut mir leid, dass ich vorläufig nicht zur Arbeit erscheinen kann, aber mir ist etwas Wichtiges dazwischengekommen», sagte er.

«Mach keinen Unsinn, Junge. Liniger sucht dich und war schon hier. Und die Polizei ermittelt», ermahnte ihn Konrad.

«Mein bester und einziger Freund wird vermisst. Ich muss einfach wissen, was mit ihm passiert Ist. Jemand muss es doch herausfinden», rechtfertigte sich Arjun. Er bemerkte erst jetzt, dass ihm eine Träne über die Wange rollte.

«Dafür gibt es doch die Behörden und die Polizei. Arjun, lass sie ihre Arbeit machen, die finden schon heraus, was los ist», erwiderte der Metzger.

Das klang plausibel. Aber vor Arjuns Augen huschten Erinnerungsfetzen vorbei, von der Polizei, die ihn verfolgte, von Meister Cui, vom Bestatter, ja sogar Sherifs Erzählungen von früher

tauchten auf.
«Was ich in den letzten 24 Stunden erlebt habe, überzeugt mich nicht gerade, dass das Schicksal meines Freundes jemanden interessiert. Ausser mir», ergänzte er.
Konrad seufzte tief. Im Hintergrund konnte Arjun bereits wieder die Türglocke des Ladens hören. «Na gut, bis Ende dieser Woche hast du Zeit, danach erwarte ich dich wieder hier», beendete der Metzger den Anruf. In diesem Moment öffnete Sherif die Fahrertür und stieg ein.
«Was tust du da mit meinem Handy?», fragte er, mehr verwundert als wütend.
«Ich habe meinem Lehrmeister gesagt, dass ich einige Tage fehlen werde», antwortete Arjun und legte das Telefon wieder in die Mittelkonsole.
«Aber hoffentlich nicht, wo du bist und mit wem.»
«Keine Sorge, Sherif, und es war ja dein Handy, du kannst sagen, ich hätte es unerlaubt entwendet für dieses Telefonat, wenn jemand zurückruft.»
«Das hast du ja auch», lachte Sherif und ergänzte: «Wenn das hier vorüber ist, solltest du deine eigene Metzgerei eröffnen.»
«Ich bin noch in der Lehre, du Idiot, und in der Schweiz bleiben darf ich vermutlich auch nicht.» Arjun klang wenig erfreut über diesen Spruch.
Sherif legte seine rechte Hand auf die Schulter des Afghanen und sagte: «Mein Kleiner, du kannst überall in der Welt Metzger werden. Lerne alles, sei fleissig und dir für nichts zu schade. Das hilft dir, wenn du eines Tages selbst einen Laden hast. Dann will

ich aber eine Einladung und das beste Stück Fleisch von dir geschnitten bekommen, das du im ganzen Laden hast», freute sich Sherif, als wäre das bereits nächste Woche der Fall.
Arjun fühlte sich nicht in der Lage zu antworten, das waren ihm gerade zu viele Gefühle gleichzeitig.
Stattdessen übernahm der Türke wieder und sagte: «Also, laut Bestatter Frieden kommen in Muri zwei Firmen in Frage.» Statt sie zu nennen, wedelte er zufrieden mit einem Zettel und startete den Motor.
«Und weshalb kennst du diesen Bestatter Frieden und kannst ihn sowas fragen?», fragte Arjun, einmal mehr verwundert über das Netzwerk des Türken.
«Ach, das ist schnell erklärt. Frieden gönnt sich ab und zu einen Aufenthalt in einem Rotlichtschuppen ein wenig ausserhalb von Bern. Es wäre vermutlich wenig ideal, wenn er mit dem Bestatterfahrzeug dort aufkreuzen würde. Deshalb bestellt er sich ein Taxi oder genauer gesagt immer mich, du weisst schon, der schweigsame und diskrete Sherif.»
«Schweigsam?», fragte Arjun zurück und hob seine Augenbrauen.
Sherif machte eine Handbewegung, als ob er den Mund mit einem fiktiven Schlüssel verschloss, um wenige Sekunden später weiterzureden.
«Ja doch, ich kann auch gut schweigen, wenn ich will», meinte er, einigermassen überzeugt von sich.
Er sah aber auch, dass Arjun seine Zweifel hatte. Aber nicht nur. Sobald er in Gedanken wieder bei Lan war, kullerte die nächste

Träne seine Wange hinunter. Sherif beschloss, dass jetzt ein guter Moment war, das mit dem Schweigen zu praktizieren.

Kapitel 18

Sie war spät dran und Judith Burren erinnerte sie zweimal daran, nun endlich aufzubrechen. Das Apéro im Hirschen begann bald. Das jährliche Treffen der parlamentarischen Gruppe für Integrationsförderung hatte sie schon besucht, als sie noch ganz am Anfang ihrer politischen Laufbahn stand. Heute aber musste sie sich aufraffen. Dieses China-Abkommen war ein Widerspruch zu all dem, was Nathalie Käppeli heute in ihrer Ansprache als Bundesrätin mitteilen wollte. Aber es half nichts. Raus aus dem Ostflügel des Bundeshauses, die alten Strassen hinunterhuschen Richtung Hirschen und wenig später schüttelte sie zahlreiche Hände, ehe die Präsidentin der Gruppe ihre Grussworte überbrachte und die Bundesrätin ankündigte.

«Geschätzte Damen und Herren», begann Käppeli förmlich, wie sie es gelernt hatte und las auf ihrem Zettel weiter. Was sie sagte, waren aber leere Worte, die sie kaum wahrnahm, ihre Gedanken waren woanders. Doch dieses alte Revoluzzergefühl, dasselbe, das sie in die Politik getrieben hatte und daran erinnerte, weshalb sie überhaupt diesen Weg einmal eingeschlagen hatte, es war noch da. Sie spürte, wie sich in ihr etwas aufbäumte und immer stärker wurde. Sie faltete fast unbemerkt den Zettel zusammen, richtete ihren Blick in die Menschenmenge, fasste sich ein Herz und begann wie von Neuem zu sprechen.

«Vieles, was ich gesagt habe, ist leider erst Theorie. Der Zugang

zu Integrationsprogrammen ist all jenen verwehrt, die schon viel zu lange in Aufenthaltszentren festsitzen. Jeder Tag ist wie der andere und trotzdem voller Spannung. Es könnte jeden Moment so weit sein, dass die Gestrandeten wieder in ein Flugzeug steigen und ihre Rückreise antreten müssen.»
Sie spürte, wie die Gruppe sich teilte; in jene, die dem BFW nahestanden, und jene, die gerne eine etwas offenere Asylpolitik betrieben hätten.
«Manche, meine Damen und Herren, manche erhalten nie eine Chance unsere humanitäre Seite kennenzulernen. Das stimmt mich traurig und macht mich wütend zugleich, denn wir haben noch viel zu tun. Gesetze müssen angepasst werden, doch zuallererst müssen wir endlich damit aufhören die wirtschaftlichen Interessen den sozialen vorzuziehen.» Damit endete sie und senkte den Kopf.
Zurück blieb eine verwunderte Gruppe. Was hatten diese Worte zu bedeuten? Manche mutmassten munter drauflos und liessen sich ihre Weingläser immer wieder auffüllen, andere beschlossen, bei Käppeli nachzufragen. Doch diese war noch immer erstaunt über ihren eigenen Freestyle-Speech. Es hatte sich zumindest für einen Moment gut angefühlt, sie war ihren Werten treugeblieben. Nun musste sie einfach dafür sorgen, nicht noch mehr preiszugeben und das Solidaritätsprinzip des Kollegiums nicht zu verletzen.
«Asylpolitik ist immer noch von viel Angst begleitet. Angst vor einer Invasion, vor Gewalt, zu hohen Sozialkosten und fehlenden Arbeitsplätzen», hielt sie sich gegenüber den verwunderten

Blicken bundesrätlich und ehrlich. Das Geschwafel im Saal blieb oberflächlich und die Bundesrätin ertappte sich dabei, nur noch artig zu nicken. Ihr Magen wog tonnenschwer. Zeit, aufzubrechen. Zeit, noch ein Treffen wahrzunehmen, das ihr vermutlich überhaupt erst dieses Unbehagen bescherte.
Der Hirschen warf sein schales Licht nur wenige Meter in die Gasse. Dahinter blieb es einige Meter dunkel, ehe ein grosser Platz wieder alles erleuchtete.
«Verzeihen Sie bitte, Frau Bundesrätin», erklang eine Stimme aus der Dunkelheit.
Käppeli spürte, wie ihr das Herz bis zum Hals klopfte. Keine gute Mischung zusammen mit dem mulmigen Magen.
Desiree Winter wusste, dass dieser Ort wenig optimal war, um ein gutes Gespräch zu starten, aber selbst wenn sie sich Zugang zum Anlass im Hirschen hätte verschaffen können, drinnen wäre keine Information zu erhalten gewesen. Weiter weg würde Käppeli sofort von allen erkannt werden und wohl kaum offen sprechen. Hier auf diesen wenigen Metern Dunkelheit lag ihre einzige Chance, Licht ins Dunkel der Chinasache zu bringen.
«Frau Winter! Sie haben mich vielleicht erschreckt», entgegnete Käppeli sichtlich bemüht, sich wieder zu beruhigen.
«Noël Affolter», sagte der junge Mann, der dicht neben der Journalistin stand. Er streckte der Staatsfrau seine Hand entgegen. Zögerlich gab auch sie ihm die Hand, als der Praktikant bereits zu reden begann: «Sie sind die einzige Person im Bundesrat, bei der ich glaube, Sie haben ein ehrliches Interesse an den Problemen der Minderheiten.» Das half. Käppeli beruhigte sich

allmählich.
«Sie beide lauern mir wohl kaum in der dunklen Gasse auf, um mir das zu sagen, befürchte ich.»
«Nein, Frau Bundesrätin, es geht um das Abkommen mit China», erwiderte Winter.
«Als Journalistin wissen Sie doch, dass es andere Wege gibt als diesen hier.»
«Nicht in diesem Fall, befürchte ich. Es gab einen toten Chinesen, der aus dem Fenster in einer Wohnung in Muri gesprungen ist.»
«Nun mal halblang, was soll dieser bedauerliche Vorfall mit einem Abkommen zwischen der Schweiz und China zu tun haben?», sagte Käppeli. Eigentlich sollte sie gehen, aber diese beiden Journalisten schienen ihrem geheimen Wunsch nach Aufklärung in Sachen chinesischer Verhöre auf den Grund zu gehen. Auch wenn sie es nicht sagen durfte, so freute sie sich doch über den Spürsinn der beiden.
«Ganz einfach, ich habe den Passus gelesen, der wenig später aus der Medienmitteilung der Bundesratssitzung wieder gelöscht wurde. Ich weiss, dass abgewiesene chinesische Asylsuchende bei uns verhört werden dürfen.»
«Und Sie glauben, der Tote aus Muri hat damit etwas zu tun?», fragte die Bundesrätin nach und ihre Besorgnis war nun sogar im Halbdunkeln in ihrem Gesicht zu erkennen.
«Lassen Sie es mich mal so formulieren, Frau Bundesrätin: ein Mehrfamilienhaus mit Eigentumswohnungen an bester Lage, eine Wohnung steht zum Verkauf und des Nachts gelingt es

einem Unbekannten sich Zugang zu verschaffen, nur um aus dem Fenster zu springen. Also, da gäbe es leichtere Methoden, sich umzubringen», triumphierte Winter ein wenig mehr, als ihr lieb war, nur um die Staatsfrau zu überzeugen.
«Das erscheint mir in der Tat etwas eigenartig. Aber genauso eigenartig ist die Verbindung dieses Vorfalls mit dem China-Abkommen», antwortete Käppeli.
«Aber immerhin möglich», warf Noël ein.
«Dafür gibt es ja die Kripo. Lassen wir die Fahnderin ermitteln, dann wissen wir mehr. Guten Abend, meine Herrschaften.»
Mit diesen Worten beendete die Bundesrätin das Gespräch. Sie lief rasch weiter Richtung Bundeshaus, innerlich ein wenig erleichtert, dass sich doch jemand der Sache annahm. Nicht irgendjemand. Desiree Winter, jene Journalistin, deren Artikel stets gut recherchiert waren und deren Inhalte gestandene Politiker eifrig verfolgten. Erst jetzt merkte sie, dass das mulmige Gefühl verflogen war. Sie hatte soeben wichtige Argumente für das bevorstehende Treffen gewonnen.

Kapitel 19

Arthur sah es nicht gern, wenn Polizisten von sich aus die Räumlichkeiten der Fahnderinnen und Fahnder der Kripo in Bern aufsuchten. Doch dieser Röthlisberger stand einfach plötzlich vor seiner Tür und konfrontierte ihn nicht ohne Übermut mit seinen Recherchen.

«Zwei abgewiesene Asylsuchende vom Rückkehrzentrum in Belp sind verschwunden, einer davon ein Chinese, ich wette, das ist unser Toter von Muri. Kommt ja nicht oft vor, dass wir in Bern einen toten Chinesen finden», sagte der Polizist stolz und wedelte mit einem Bund Papiere.

Arthur Bendicht wedelte mit anderen Papiere zurück. «Danke, Herr Röthlisberger, die Unterlagen haben wir von einem Herrn Kohler schon erhalten. Sie können dann gehen.»

Er versuchte, den grossgewachsenen Mann loszuwerden.

Zögerlich wandte sich Röthlisberger der Tür zu, schüttelte den Kopf und murmelte: «Diese Affen von der Kripo, wir machen die Drecksarbeit und sie profitieren.»

Im nächsten Augenblick waren die Töne, die seinen Mund verliessen, um ein Vielfaches lauter.

«Auaa!», stöhnte er, als ihm eine Frau den Arm hinter dem Rücken so weit hochriss, dass Röthlisberger kaum noch stehen konnte. Kommentieren mochte er diese Aktion nicht mehr.

Fahnderin Rickli mit ihren streng nach hinten gekämmten

Haaren liess keinen Zweifel aufkommen, dass sie noch mehr Tricks auf Lager hatte, um seine Kommentare im Keim zu ersticken.
Als sie Röthlisberger losliess, drehte sie sich zu ihrem Chef um und meinte: «Der andere, das könnte dieser Taxifahrer oder sein Komplize sein, die haben wohl nach dem Chinesen gesucht.»
«Haben Sie inzwischen irgendeine Spur der Flüchtigen?», fragte Arthur.
«Leider nein, wir haben sie eingangs Gümligen verloren. Das Taxi ist aber auf einen Sherif Demir eingelöst. In seiner Wohnung war niemand und nach dem Fahrzeug wird gefahndet», resümierte Rickli.
«Machen Sie Feierabend, es ist schon spät. Morgen wird die Pathologie uns mehr zum Todesfall sagen können, dann sehen wir weiter», sagte der Chef und erhob sich, um den Mantel überzustreifen und ein weiteres Mal viel zu spät bei seiner Frau zuhause anzukommen.

Kapitel 20

Es war wohl eines der wenigen Büros in Bern, das um diese Uhrzeit noch hell beleuchtet war. Doch das störte ihn wenig. Der Botschafter hatte inzwischen alles organisiert und blickte auf die Einladungskarten.
‹Persönliche Einladung der chinesischen Botschaft zum Wirtschaftsaustausch zwischen China und der Schweiz›, stand da geschrieben.
Solche Events waren die Hauptaufgabe des Attachés der Volksrepublik China. Nun musste er sich noch um die mediale Präsenz kümmern. Fernsehen kam nicht in Frage, der Empfang fand in den Botschaftsräumlichkeiten statt und er wollte diesen Teil Chinas nicht in jede Stube der Schweiz senden lassen. Also das Schweizer Radio und einige handverlesene Zeitungen, damit nicht mehr als ein Bild von irgendwelchen Wirtschaftsvertretern erschien. Digitale Medien? Die mochte er nicht, er schloss sie aus, bevor sie jemals in Frage kamen. Wo China draufsteht, ist auch China drin, dachte der Botschafter. Die digitale Welt musste kontrolliert und in Schranken gewiesen werden. Wikileaks? Was den USA widerfahren war, wäre in seinem Land undenkbar.
Er erwachte erst aus seinen Gedanken, als die Sekretärin an der Tür klopfte. «Treten Sie ein, Lin», sagte er und zupfte sich mit zwei Fingern die Lesebrille von der Nase, um den Anblick der bildhübschen Frau im ‹Deux-Pièces› zu geniessen.

«Gestatten, Herr Botschafter, Sie baten mich der Polizei mitzuteilen, dass wir bei der Identifizierung der Leiche behilflich sein würden.»
«Ja genau, ist der Leichnam freigegeben?»
«Das ist er, ja, Herr Botschafter. Fahnderin Rickli liess ihn in die Pathologie überführen, um den Tod genauer zu untersuchen.»
«Ich verstehe, ich kümmere mich nun persönlich darum», sagte er forsch.
Er konnte sich nicht mal mehr ihres Anblickes erfreuen. Würde die Polizei herausfinden, dass Lan Guo erstickt worden war, hätte die Botschaft unangenehme Fragen zu beantworten, ganz zu schweigen, wenn die Presse davon Wind bekäme. Die Sekretärin überreichte ihm just in diesem Moment den Medienspiegel mit den Vorschlägen für den Botschaftsempfang, fein säuberlich vorbereitet und alle Titel nach Seriosität und Chinafreundlichkeit eingestuft. Diese Liste musste nun warten. Die Sache ‹Lan› war delikat. Sie verlangte nach seiner tadellosen und minuziösen Planung. Er tat, was er in solchen Momenten immer tat: Er sorgte für Energie in Körper und Geist. Nun stand er auf, streckte seine Arme seitlich nach oben und begann langsam ein- und auszuatmen. Ying und Yang.

Kapitel 21

Lautlos rollte der alte Audi auf den Hausplatz. Schon als Sherif das Schild ‹Curore Bestattungen› sah, hatte er nach und nach alle Vitalzeichen des Autos abgestellt, erst die laute Musik, dann das Licht und auf den letzten Metern glitt das Auto im Leergang und mit abgestelltem Motor nur noch, ehe es, noch etliche Meter vom Vorplatz entfernt, in sicherer Distanz zu stehen kam.
«Was soll das?», fragte Arjun.
«Wir sind spät dran, es wird niemand mehr da sein. Wenn uns niemand sieht oder hört, geraten wir auch nicht in Gefahr», sagte Sherif. «Los, steig aus, wir schauen uns mal um, vielleicht haben wir hier mehr Glück und finden den schwarzen Tesla als Bestatterfahrzeug. Eine krasse Maschine.»
Arjun war ein Tesla in Leichenfahrzeugform so ziemlich egal. Sein Herz klopfte wie wild, nur noch eine Tür trennte ihn von der Gewissheit, ob Lan noch lebte oder nicht. Entschlossenheit im Blick, wackelig auf den Beinen stieg er aus und folgte dem Türken Richtung Eingang. Schon nach wenigen Metern erkannte der Bewegungsmelder die beiden Gäste und beleuchtete den ganzen Vorplatz. Sherif und Arjun blieben wie angewurzelt stehen.
«Was machen wir, wenn jemand kommt?», fragte der Afghane.
«Mir wird schon was einfallen», sagte Sherif, ohne sich zu rühren.
Arjun aber war zu nah an der befürchteten Information und lief

indes unbeirrt weiter. Als ob auch er das schon immer vorgehabt hätte, tat es ihm Sherif gleich und stolzierte theatralisch wie ein Matador vor dem Stier Richtung Eingangstür. Es war beiden klar, dass die Tür verschlossen war. Licht brannte keines mehr. Waren sie allein? Arjun schaute durchs Fenster neben dem Eingang und schob beide Hände seitlich ans Gesicht, damit die Vorplatzlampe nicht bloss sein Gesicht spiegelte.
«Hier geht's rein», flüsterte Sherif so laut, dass es eher ein Krächzen war. Der Türke fand im Anbau, der vermutlich als Garage diente, eine Seitentür, die zwar verschlossen war, dessen Schlüssel aber unter dem Topf mit dem Bonsai gleich nebenan lag.
«Wie dumm die Menschen doch sind, ein solch typisches Versteck zu wählen», frohlockte er.
«Etwa gleich dumm wie jene, die im Handy einen Code mit den Zahlen 1 bis 6 wählen», flüsterte Arjun und schüttelte den Kopf.
Sherif nickte anerkennend für diese Antwort, während Arjun ihm den Schlüssel aus den Fingern nahm und die Tür entriegelte.
«Schau, der Tesla.» Sherif zeigte mit dem Finger nur wenige Zentimeter an Arjuns Ohr vorbei.
«Ohne Licht finden wir die Leichen nicht», sagte Arjun und tastete sich gleichzeitig so gut es ging vor. Er gelangte an eine zweite Tür und drückte die Klinke so leise und langsam wie irgend möglich nach unten. Es öffnete sich vor ihnen ein neuer Raum, den Sherif als Gang bezeichnete, weil er lang und schmal war. Mehrere Türen gingen links und rechts davon ab; Arjun öffnete jede.
«Willst du wirklich Leichen anschauen ohne Licht?», fragte

Sherif im Flüsterton.
«Wenn es sein muss, schon, ja.»
«Ja klar muss es sein, wie willst du sonst sicher sein, dass dein Freund da ist?», meinte Sherif und war froh, dass die Dunkelheit seine alles andere als matadorenhafte Körperhaltung ungesehen verschluckte.
«Hier muss es sein», flüsterte Arjun und verschwand hinter einer der vielen Türen.
«Halt, wo bist du, weshalb weisst du das?», fragte Sherif und blieb wieder wie angewurzelt stehen, als ein schwacher Lichtkegel hinter einer Tür zu erkennen war. Der Türke küsste hastig seinen Ring, jenes Geschenk seines Onkels, das ihm bisher immer Glück beschert hatte.
«Los, Sherif, komm jetzt endlich rein», rief Arjun, der mutig wie ein Stier einfach das Licht anmachte und auf seinen Partner wartete.
«Danke», sagte der Türke zu seinem Ring, nahm erneut die Matadorenhaltung ein und stolzierte in den erhellten Raum.
«Als ich die Tür aufmachte, hallte es und es war deutlich kühler. So nahm ich an, dass es hier sein muss und der Raum vermutlich keine Fenster hat», schlussfolgerte Arjun.
Dieser clevere kleine Afghane! Zwei Särge, zwei Aufbahrungstische und jede Menge Schränke, manche mit grossen Ziehschubladen. Es sah alles feinsäuberlich aufgeräumt aus. Doch von Lan war nichts zu sehen. Die beiden wussten, was das bedeutet. Sie mussten die Schubladen öffnen. So als gäben sie sich gegenseitig Mut, nickten die beiden einander zu und griffen gemeinsam nach

dem ersten Schubladengriff.
«Leer», sagte Sherif und seine Erleichterung war ihm anzuhören. Die zweite, die dritte, alle leer. Zwei Schubladen waren noch übrig und schon beim Öffnen der vierten spürten die beiden, dass der Zug diesmal schwerer fiel. Ein weisses Tuch bedeckte hier offenbar einen toten Menschen. Arjun nahm Sherifs Hand und atmete tief ein und aus, Ying und Yang. Es brauchte eine Weile, ehe er mit der anderen Hand das Tuch langsam nach hinten geschoben hatte.
«Ach, du dicker Kebab», murmelte Sherif.
Arjun entblösste das Gesicht einer steinalten Frau.
«Die hat vermutlich ihren Führerschein noch mit Pferd und Wagen gemacht», meinte Sherif.
Arjun deckte sie wieder zu und schob das Gestell wieder zurück, bis es einrastete. Eine Schublade noch. Die beiden zogen erneut gemeinsam daran.
«Leer, leer, leer», wiederholte Arjun und sah nun selbst so blass aus wie die Frau in der Schublade.
«Vielleicht ist das eine gute Erkenntnis», meinte Sherif und ergriff Arjuns Schulter.
«Hände hoch», hallte es durch den Raum.
Beide erstarrten unverzüglich, als sie die zierliche Gestalt eines Mannes unter dem Türrahmen sahen, der mit zittriger Hand eine Weinflasche hochhielt. Einen Moment lang war es schwierig zu sagen, wer von den dreien am meisten Angst hatte. Es war der Mann mit dem Oberlippenschnäuzer, der schliesslich die Szene auflöste.

«Was tut ihr hier?»
«Wir suchen meinen Freund, Lan, er ist verschwunden, vermutlich verstorben, aber wir wissen es nicht so genau», stammelte Arjun.
«Und nun klappert ihr alle Bestatter ab und sucht nach einer Leiche. Sagt mal, spinnt ihr eigentlich?», erzürnte sich der Bestatter.
Erst jetzt erkannten die beiden Eindringlinge, dass er einen Pyjama anhatte und mit der Weinflasche in der Hand seinen mahnenden Worten wenig Gewicht verleihen konnte.
«Wir haben Ihren Tesla heute morgen in Muri gesehen und vermuteten, dass der Tote eben dieser Lan sein könnte», erwiderte Sherif und löste sich langsam aus der Schockstarre.
Der Mann beschloss nun endlich seine Weinflasche abzustellen, bevor er ihnen mit der professionell ruhigen Stimme eines erfahrenen Bestatters entgegnete: «Meine Herren, jenen jungen Mann musste ich im Nachhinein in die Pathalogie überführen, die Polizei will den Vorfall untersuchen.»
«Aber war es Lan?», wollte Arjun nun wissen.
«Soweit ich weiss, hat die Polizei keine Papiere gefunden und muss ihn noch identifizieren», sagte er und fügte mit einer Handbewegung nach draussen hinzu: «Aber es war ein junger Chinese, soweit ich das beurteilen kann.»
Sherif verstand die Geste und nahm Arjun am Arm, um der Aufforderung zu gehen so schnell wie möglich Folge zu leisten, ehe sich der Bestatter sich noch besann und die Polizei rief.
«Was nun?» fragte Arjun. «Hast du auch Freunde bei der Poli-

zei?»
Sherif schüttelte den Kopf und blieb für seine Verhältnisse erstaunlich ruhig. Je mehr sich die Anspannung löste, desto trauriger wurde Arjun. Noch wusste er nicht, ob Lan die besagte Leiche war, aber es deutete viel darauf hin. Auch sein Bauchgefühl. Es war mulmig und tonnenschwer zugleich. Sherif tat das, was er in solchen Momenten immer tat: Er fuhr mit dem Auto durch die Gegend, um nachzudenken.

Kapitel 22

«Und jetzt?», wollte Noël wissen und sah Desiree fragend an. Was er sah, beantwortete ihm keine Fragen, sondern addierte fleissig neue dazu. Winter lief mit einem zufriedenen Gesicht und strammen Fusses los.
«Wohin gehen wir?»
Ohne den Gang zu verlangsamen, beschloss die Journalistin den Jungspunt einzuweihen. Es sollte die Krönung ihres Vorhabens werden, den vorwitzigen Praktikanten in die Schranken zu weisen.
«Wir wissen nun, dass Käppeli das Abkommen keineswegs gutheisst und wir unbedingt weiterrecherchieren müssen.»
«Und weshalb wissen wir das?», hakte Noël nach.
«Die Bundesrätin hat sich erstens Zeit genommen, um uns in dieser dunklen Szene anzuhören, zweitens hat sie mit keinem Wort das China-Abkommen verteidigt und drittens hat sie uns einen entscheidenden Hinweis gegeben.»
Noëls Gedächtnis ging die einzelnen Sätze der Bundesrätin noch einmal durch. Winter war schlau und erfahren genug, die Aussagen der Bundesrätin zu deuten und ursächlich zu verstehen.
‹Der Name der Rose› schoss ihm durch den Kopf. Jenes geniale Buch, in dem der Mönch William von Baskerville mittels Logik und Semantik mysteriöse Mordfälle aufklärte.
«Das heisst, du hast zwischen den Zeilen der Aussagen gelesen

und herausgehört, dass Käppeli bestätigt, dass es so ein Abkommen gibt und sie das verurteilt», versuchte sich Nöel in der Logik. Auch Desiree musste an das Buch von Umberto Eco denken. Adson von Melk, der Jüngling, der den Franziskanerpater William von Baskerville begleitete. Er lernte schnell und begann Schritt für Schritt die Art, wie sein Meister die Rätsel entzifferte, zu verstehen. Genau wie Noël. Dieser Vergleich gab ihr eine gewisse Genugtuung. Ihre Eitelkeit durfte sie behalten, schliesslich erging es Adson nicht anders. Aber das Vorwitzige und Neugierige in ihrem Jüngling gelangte in die richtigen Bahnen: journalistische Recherche weitab von Internet und Suchmaschinen hin zu den menschlichen Abgründen.
«Was also ist nun dieser dritte Hinweis, Noël?», fragte sie nach und klang dabei fast wie William von Baskerville.
«Mal sehen, sie meinte im Zusammenhang mit der Leiche, wir sollen die Polizei ermitteln lassen und dann weitersehen.»
«Nicht ganz», frohlockte Winter. «Wörtlich sagte sie, wir sollen die Fahnderin ermitteln lassen. Du musst genau zuhören und die entscheidenden Wörter springen dich quasi an.»
Noël griff routiniert in die Tasche, zückte das Handy und begann das zu tun, was er am besten konnte: Internet und Suchmaschinen durchforsten.
«Es gibt bei der Kripo Bern nur drei Fahnderinnen. Zwei sind in der digitalen Forensik und eine heisst Rickli.»
«Gut gemacht, Adson», gluckste Desirée. Die beiden brachen in lautes Lachen aus, als sie merkten, dass jenes Buch von Umberto Eco nicht nur beiden bekannt, sondern gerade omnipräsent war.

Sie merkten kaum, dass sie schon die Brücke überquert hatten, bis Adson alias Noël merkte, dass er noch nicht alle Fragen beantwortet hatte.
«Weshalb wusste die Bundesrätin, dass Fahnderin Rickli diesen Fall untersucht? Hat sie sich bereits schlau gemacht? Und wie hat sie von einem – aus staatspolitischer Sicht belanglosen – Todesfall erfahren?»
Desirée musste sich Mühe geben, ihren Stolz auf diesen Praktikanten nicht allzu stark zu zeigen, das würde ihrem Ruf als harte und direkte Journalistin nicht gut stehen. Sichtlich bemüht, seine gute Frage nicht zu kommentieren, meinte sie nur: «Deshalb sind wir unterwegs in die Redaktion, genau das versuchen wir herauszufinden. Wir suchen Zusammenhänge zwischen früheren Fällen, bei denen diese Rickli aktiv war, und Bundesrätin Käppeli. Das wird aber meine Aufgabe sein, ich weiss, wo im Zeitungsarchiv solche Überschneidungen zu finden sind.»
«Ich wäre aber deutlich schneller», erwiderte Noël und kniff dabei ein Auge zu.
«Dich brauche ich für etwas anderes. Etwas, das du noch gar nicht hinterfragt hast.»
Nöel begriff und fasste zusammen: «Ich soll herausfinden, wen Käppeli um diese späte Uhrzeit noch trifft und ob dies eher privates Vergnügen oder möglicherweise mit diesem Fall zu tun hat.»
«So ist gut, Adson. Es ist doch immer wieder erstaunlich, welch zahlreiche Geheimnisse Menschen preisgeben, ohne es zu merken», übte sich Winter in der Sprache jenes Mönchs, der

siebenhundert Jahre vor ihr gelebt haben soll.
«In der Tat, Williamine», scherzte Nöel mit und öffnete die Tür zur Redaktion, ohne zu merken, dass sie es waren, denen nun jemand auflauerte, im Schattenwurf vor dem Eingang der Redaktion.

Kapitel 23

Die Tür am Hauseingang stand schon angelehnt offen. Nathalie Käppeli huschte den Gang hinauf und sah im ersten Stock des Altstadt-Reihenhauses unweit vom Bundeshaus eine weitere Tür sperrangelweit offen stehen, der Gang war hell beleuchtet.
«Hallo», rief sie in den Raum hinein.
«Komm rein, schliess die Tür und setz dich», antwortete ein Mann.
Sollte eine Stimme mächtig klingen, sie müsste genau diesen Tonfall haben – tief, aber nicht zu tief, klar, aber nicht übertrieben und keine Melodie in den Worten, dafür ein Rythmus.
Nathalie tat, wie ihr geheissen. Im Salon erkannte sie im breiten Sessel von hinten nur einen Kopf mit graumelierten Haaren und eine rechte Hand, die ein Whisky-Glas mit goldigem Inhalt hielt. Mit der linken Hand zeigte er kurz auf den freien Sessel. Sie war aufgefordert, darin Platz zu nehmen.
«Du siehst müde aus, das Bundesratsmandat bekommt dir nicht», begann er das Gespräch und schenkte ihr, ohne zu fragen, ein Glas Whisky ein.
«Du warst noch nie charmant, daran hat sich wohl nichts geändert», entgegnete sie.
«Dafür ehrlich, klar und unmissverständlich», erwiderte er, stellte sein Glas ab und sah sie lange an.
«Ist noch was nicht in Ordnung mit mir?», wollte Käppeli wissen.

«Es stresst dich, dieses Abkommen, wonach die Chinesen ihre eigenen Männer mit der Privatmaschine nach Bern einfliegen und chinesische Flüchtlinge verhören dürfen.»
«Uiguren oder Tibeter, die bei uns Asyl erfragen, meist aus gutem Grund», ergänzte sie und nahm einen kleinen Schluck des rauchigen, schottischen Destillats.
«Das, meine Liebe, ist der Preis, den die Schweiz bereit ist zu zahlen, um milliardenschwere Wirtschaftsabkommen abzuschliessen. Zölle fallen, Firmen können exportieren oder vor Ort produzieren und China kann in einen Markt importieren, der zwar klein, aber potent ist. Da spielt eine solche kleine Gefälligkeit keine grosse Rolle.»
«Ist das deine Meinung oder jene des Wirtschaftsministers Rudolf Stärchi?», fragte sie und begann sich zu ärgern.
«China verhandelt nicht, China schafft Anreize, um dich gefügig zu machen, damit du das Gesamtpaket annimmst. Den Vertrag anzupassen, das funktioniert bei den Chinesen nicht. Sie haben in der Regel das gleiche Angebot schon einem anderen Land in Aussicht gestellt für den Fall, dass wir es ablehnen.»
«Wir, warst du etwa dabei und nimmst du Stärchi in Schutz?»
«Nathalie, du weisst, dass ich darüber nicht sprechen darf.»
«Verdammt, Charlie, du warst schon immer geheimnisvoll und vorsichtig, aber das nun, das verschlägt mir die Sprache.»
«Umsichtig, nicht vorsichtig. Sonst wäre ich ja nicht mutig», sagte er mit der nach wie vor rhythmischen Stimme und nippte erneut am Whisky.
«Schon damals als Student bist du nicht mit an die Demos gekom-

men, weil du meintest, das würde nichts bringen. Ich hätte dich schon damals verlassen sollen und nicht erst Jahre später.» Sie war genervt und überlegte erstmals, ob sie diese Szene in einer Wohnung, die offenbar von mächtigen Menschen in Bundesbern für intime Unterredungen genutzt wurde, verlassen sollte. Ein Ort, den nicht mal sie als Bundesrätin kannte.
«Du hast deinen Weg in der Politik gemacht, ich meine dort, wo die wirklich wichtigen Entscheidungen getroffen werden. Du bist Bundesrätin geworden, ich gratuliere, die Demos haben dir offenbar nicht geschadet.»
«Und du warst Berater im Departement des Inneren, dann in der Diplomatie und nun Bundesanwalt. Ein sonderbarer Weg, wenn du mich fragst.»
«Entlang der Orte, wo es um Entscheidungen von grösserer Tragweite geht. Ganz einfach dort, wo ich nicht nur gebraucht wurde, sondern etwas bewirken konnte.»
«So etwas, wie dieses bescheuerte Abkommen einzugehen», sagte sie ärgerlich.
«Ich habe nie gesagt, dass ich dabei war.»
«Ach, komm, du bist erst seit einem Jahr Bundesanwalt und vorher warst du mehrmals als Chefunterhändler engagiert.»
«Anscheinend liegt dir immer noch etwas an mir, sonst würdest du meinen Weg wohl kaum so genau verfolgen», meinte Charlie und lächelte sie an. Es war kein Lächeln, dass zu diesem machtvollen Auftritt passte, dafür war es viel zu herzlich. Es sieht immer so aus, als würden seine Augen mitlächeln, dachte Käppeli, wollte aber auf keinen Fall zurücklächeln.

«Auf alle Fälle dachte ich mir, wenn jemand mir sagen kann, wie man diese Farce beenden kann, dann bist du es.»
«Ihr habt es selbst im Bundesrat abgesegnet, nun ist es rechtsgültig verlängert, da kann man nicht mehr viel machen.»
«Nicht viel heisst aber, du siehst eine Möglichkeit?»
«Sie wird dir sogar gefallen, obwohl sie illegal ist, aber ja, es gäbe einen Weg.»
«Nicht für mich, wenn es illegal ist, ich bin Bundesrätin, das geht nicht.»
«Und für mich als Bundesanwalt schon?» Er sah ihr direkt in die Augen und hob die linke Augenbraue. Nun musste Käppeli in sein Gesicht blicken, diese Eigenart von ihm, die fand sie schon immer süss.
«Ihr müsst im BFW dafür sorgen, dass chinesische Staatsangehörige auf alle Fälle im verkürzten Verfahren immer eine Aufenthaltsgenehmigung erhalten, damit sie gar nie erst auf der Liste der Chinesen auftauchen können. Alle Chinesen erhalten sozusagen einen Blankoscheck.»
«Wenn dieses Vorhaben zu den Rechtskonservativen gelangen würde und diese wüssten, dass wir alle Menschen des einwohnerreichsten Landes der Welt bei uns ungefiltert aufnehmen, kommt es zu einem Riesenskandal.»
«Das ist das Risiko, genau.»
«Da hoffe ich lieber darauf, dass die Presse den Vorfall aufgreift und die Politik unter Druck setzt», meinte sie.
«Dieser bedauerliche Fehler, dass die Kommunikationsstelle zuerst den ganzen Passus der Mitteilung aufs Netz stellte, um ihn

anschliessend zu löschen, der trägt eigentlich deine Handschrift», sagte Charlie und sah sie dabei direkt an.
«Nein, das war einmal, nun bin ich als Teil eines Kollegiums an das Solidaritätsprinzip gebunden.»
«Bist du. Warst du aber nicht immer.»
«Deshalb hat jemand anders für diesen Fehler gesorgt», entgegnete Käppeli. Nun war sie es, die Charlie direkt in die Augen sah.
«Es könnte sein, dass ich jemanden kenne, dem vielleicht dieser dumme Fehler unterlaufen ist», sagte sie und blickte auf sein leeres Glas, um den direkten Augenkontakt zu vermeiden. «Der Berner Kurier hat es gesehen, Winter recherchiert», ergänzte sie, um die Reaktion ihres Gegenübers genau zu betrachten.
«Davon bin ich ausgegangen. Solche kleine Zeitfenster reichen meist, dass diese verbissene Desiree Winter Wind davon kriegt.»
«Du bist gar nicht so emotionslos, wie du immer tust, Charlie. Hinter deiner geschliffenen Oberfläche kommt durchaus ab und an auch mal was Menschliches hervor», antwortete sie, als sie sah, wie er ein zufriedenes Lächeln auf dem Gesicht trug. Aber sie wusste auch, dass er solche Aussagen gar nicht mochte.
«Das Problem ist nur, die Presse kann das Thema hochspielen, im Volk den poiltischen Druck erhöhen, das Abkommen aber läuft indes unbeirrt weiter. Du hast selbst gesehen, wie die Kräfteverhältnisse im Bundesrat sind, du weisst wie sie im Parlament sind und ich kann dir versichern, dass die chinesische Botschaft als Informantin aus der Schweiz in Richtung China dies bestens weiss.»
«Vermutlich sogar von dir als ehemaligem Berater», zischte sie.

«Wie gesagt, seit einem Jahr habe ich ganz andere Aufgaben.»
«Ja, der jüngste Bundesanwalt, der Vorzeigevollstrecker, der solch heisse Eisen aber nie anfassen würde.»
«Dezent zu sein ist und war schon immer meine Aufgabe.» «Dann schieb doch mal dezent die Namen rüber, die eine solche Anpassung beim BFW erreichen könnten, ich bin sicher, meine Partei findet einen Weg.»
«Wohl eher nicht, die hätte es nicht mal geschafft, dich Bundesrätin werden zu lassen.»
«Nein, ich habe die anderen Parteien überzeugt von mir.» Sie ärgerte sich wieder über seinen Hochmut.
«Sagen wir es mal so: Es gab im Hintergrund dezente Impulse Richtung Fraktionsspitzen», sagte Charlie und öffnete die Flasche, um eine zweite Runde Whiskey einzuläuten.
«Das glaub ich jetzt nicht! Hör zu, Charlie, wir sind nicht mehr zusammen und deine Hilfe habe ich noch nie benötigt», schnaubte sie ihn an, stand auf und schüttete den Rest Whisky aus ihrem in sein Glas.
Sie erreichte gerade die Tür, als Charlie, ohne sich umzudrehen, sagte: «Eigentlich schade, das mit uns.»
Das Nächste, was er hörte, war, wie die Tür um einiges lauter als nötig ins Schloss fiel. Frau Bundesrätin war gegangen. Er zückte sein Handy, wählte eine Nummer und hörte die Worte: «Guten Abend, Charlie Ducret. Schön, dass Sie anrufen. Ich hoffe, Ihre Informationen rechtfertigen die späte Stunde.»

Kapitel 24

Einer wie er würde jetzt nicht gleich aufgeben. Er nicht. Schliesslich verdankte diese aufgeblasene Fahnderin Rickli das Wissen rund um Lan Guo und Arjun nur seiner Spürnase. Sollten sie doch die Pathologie abwarten, er, Polizeiwachtmeister Röthlisberger, würde wieder im Dreck wühlen gehen. Nur diesmal, ohne die Kripo zu informieren, so viel stand fest. Einzig die Identifizierung des Chinesen musste selbst er der Gerichtsmedizin überlassen. Aber diesen Arjun zu finden, um die fehlenden Puzzleteile im Konstrukt zu bauen, das war sein Fall. Niemand kannte die verborgenen Winkel im Grossraum Bern so gut wie er. Wenn sich jemand im Untergrund aufhielt, dann würde er diesen jemand früher oder später finden.

«Hätten Sie die Güte nun wieder ihre Polizeiwache aufzusuchen und uns Spezialisten hier die Arbeit machen zu lassen?», weckte Rickli den Polizisten aus seinen Gedanken. Erst jetzt merkte er, dass er im Flur einfach stehengeblieben war, die flackernde Neonröhre anstarrte und sämtliche Gedanken laut vor sich hinmurmelte. Er wusste nicht, wie viel davon Rickli mitbekommen hatte, aber vielleicht war es tatsächlich ein guter Moment aufzubrechen.

«Wir werden ja sehen, wie weit ihr ohne meine Hilfe kommt», schmetterte er ihr entgegen, ehe Röthlisberger die Tür aufriss,

als wollte er diese drangsalieren.
Zurück im Polizeiwagen, befahl er seinen Kollegen loszufahren und begann auf dem Beifahrersitz seine Gedanken zu sezieren. Der einzige Unterschied zu vorher: Nun achtete er darauf, dass kein einziger Ton über seine Lippen ging, und presste diese die ganze Zeit zusammen. «Hast du Zahnschmerzen?», fragte Kollege Werder. Röthlisberger schüttelte nur den Kopf.
Das Auto war nur noch wenige Meter vor der Dienstzentrale, als Röthlisberger plötzlich sein Schweigen brach: «Kehr um, los, fahr Richtung Kurzzeitparking beim Bahnhof.»
«Wieso, was steht denn noch an? Unser Dienst ist bald beendet.»
«Du kannst mich dort ausladen und mich pünktlich abmelden, ich habe etwas in eigener Sache zu erledigen», hielt er sich nach wie vor bedeckt.
Werder gehorchte, wenn auch ohne allzu grosse Freude, dass seinem Kollegen das erst jetzt in den Sinn gekommen war. Röthlisberger sass nun mit entschlossenem Blick auf der Beifahrerseite, so als wollte er augenblicklich die Tür aufreissen und einem Dieb nachhechten.
«Tschüss, ä schöne», lautete die gegenseitige und knappe Abschiedsfloskel, dann stand Röthlisberger nur wenige Meter von den hübsch eingereihten Taxis. Hier würde er so lange wühlen, bis er wusste, wer dieser Taxifahrer war, dieser angebliche Komplize des Flüchtigen. Den Rapport zur Fahrerflucht am Fundort der Leiche war für ihn ein Hinweis, dass es wohl kein Zufall war, dass jemand aufkreuzte und wieder verschwand. Entweder die mutmasslichen Mörder, sollte die Pathologie das

bestätigen, oder irgendjemand, der darin verwickelt war und mehr wusste. Taxi für Taxi arbeitete er sich vor. Die Polizei hatte die Taxinummer, die Fahrzeugbeschreibung und eine Personenbeschreibung. Genug, um erfolgreich das zu tun, was Röthlisberger so liebte: im Dreck wühlen.

Kapitel 25

«Verzeihen Sie, sind Sie Reporter?», ertönte eine laute Stimme aus der Dunkelheit mit deutlichen Akzent.
«Man sagt Journalistin oder in meinem Fall und etwas genauer: Redaktorin. Aber vermutlich meinten Sie so etwas, nehme ich an», antwortete Desiree Winter in die Dunkelheit hinein, ohne mit der Wimper zu zucken. Noch so ein Erfahrungsvorteil gegenüber Noël. Der Praktikant erschrak dermassen, dass er sich hinter Winter verkroch wie ein Hund hinter seinem Frauchen.
Ein schlechtrasierter Mann mit mächtigen Pranken trat aus dem Schatten neben dem Redaktionseingang. Seine Gesichtszüge zeigten eine Mischung zwischen Sorgenfalten und Freundlichkeit.
«Verzeihen Sie, wir sind auf der Suche nach der Pathologie und haben keine Anhaltspunkte, wo sie sich befindet.»
«Dann sind Sie hier aber gründlich falsch», erwiderte Winter.
«Dass sie sich aber nach Reportern erkundigt haben, deutet daraufhin, dass sie offenbar nicht nur die Pathologie aufsuchen wollten.»
Da musste mehr an dieser nächtlichen Begegnung dran sein. Das war auch dem zweiten Kombinierer im Bunde, Noël, bewusst.
«Schon klar, aber wir sind auf der Suche nach einem Freund. Es könnte sich dabei um den Verstorbenen von Muri handeln. Wir wollen herausfinden, ob er es wirklich ist», erklärte Sherif und

zerrte gleichzeitig Arjun aus dem Schatten heraus.
«Der Chinese?», fragte Winter wieder knapp nach.
«Falls es mein Freund ist, heisst er Lan Guo», antwortete Arjun.
«Und du bist?»
«Mein Name ist Arjun, ich bin 21 Jahre alt, komme ursprünglich aus Afghanistan, mache die Lehre zum Metzger in Toffen und kenne Lan aus dem Rückkehrzentrum in Belp», stellte sich Arjun so gekonnt vor, dass Sherif verwundert die Augenbrauen hob.
«Weisst du, weshalb Lan dort gelandet ist?», schob Winter die nächste Frage nach.
«Verzeihen Sie, falls es Lan überhaupt ist», warf Sherif ein, als er sah, wie diese Fragen Arjun immer näher an die Tränen brachten.
«Nicht so genau, aber ein paar Dinge haben mich stutzig gemacht. Ich bin angetrieben vom Gefühl, dass etwas nicht stimmt», antwortete Arjun.
«Und ich bin ebenfalls angetrieben von einem Gefühl, dass etwas nicht stimmt», sagte Desiree Winter, öffnete mit dem Batch die Tür ins Zeitungsgebäude und bat das ungleiche nächtliche Duo mit hineinzukommen.
Bevor sie auch nur einen Fuss ins Innere setzen konnten, stand plötzlich Noël mit verschränkten Armen unter dem Türrahmen und warf ein: «Wie seid ihr überhaupt auf uns gekommen und woher wisst ihr von unseren Recherchen?»
Desiree packte die Schulter des sich in Pose setzenden Jünglings und zog einmal kräftig daran, so dass er das Gleichgewicht verlor und fast hinfiel. Sein Blick an die Adresse seiner Chefin war eine Mischung aus Frage- und Ausrufezeichen. Auf alle Fälle ein

Zeichen, dass er nicht mit ihrer Geste einverstanden war. Mit einer kurzen Handbewegung, die ins Innere des Gebäudes wies, bat Winter die beiden, ihr zu folgen.
Mit dem ungleichen Duo im Schlepptau wandte sie sich nun an Noël und meinte: «Das frage ich mich auch. Aber erstens sollte dir klar sein: Welcher Grund auch immer die beiden zu uns brachte, sie könnten hilfreich für uns sein. Zweitens wird vermutlich nach dem jungen Afghanen gefahndet, wenn er seinen Freund sucht. Er sagte, er sei in einem Rückkehrzentrum, da geht man nicht einfach mal ein paar Tage weg», kombinierte sie und schaute Noël an, als erwarte sie, dass er fortan die neuen Punkte auf der Landkarte verband.
Vor der Glastür im zweiten Stock musste der Tross kurz warten, ehe Desiree den Batch an die Seite hielt, um den Zugang in die Redaktionsräume des Berner Kuriers zu öffnen. Ihre nächste Handbewegung zeigte Richtung Lounge, wenige Meter neben dem Empfangspult. Arjun musterte die Bildschirme an der Wand. Offenbar zeigten sie die Besucherzahlen und Klicks der einzelnen Artikel. Noël streckte seinen Körper und zeigte mit dem ausgestreckten Arm auf einen Artikel am Bildschirm mit dem Titel ‹Die Mitte ist gar nicht die Mitte – bürgerliche Taten ohne linkes Gedankengut.› Arjun konnte den Worten nicht ganz folgen und wandte seinen Blick zu Sherif, doch dieser zuckte nur mit den Schultern, also sah er nochmals hin. Jetzt erst erkannte er, dass der Praktikant gar nicht auf den Titel zeigte, sondern auf die Autorin: ‹Desiree Winter› stand darunter. Sie hatte offenbar den Artikel geschrieben, der aktuell am meisten Klickzahlen

erzeugte. Oder anders gesagt: Noël wollte mit dieser einfachen Geste zeigen, dass er, Arjun, der kleine Flüchtling aus Afghanistan, gerade mit einer der besten Journalistinnen sprach.
«Und ich bin der Freund vom Freund sozusagen, also der Freund für alle», erläuterte Sherif seine Funktion im Ganzen und riss damit alle anderen aus ihren Gedanken.
«Na schön, jetzt mal der Reihe nach. Was wissen Sie beide über den Todesfall und wie kommen Sie hierher?» Winter hielt sich nun etwas weniger knapp.
Arjun erzählte der Reihe nach vom Fussballspiel mit den Eritreern, vom Fehlen seines Freundes, von seiner nächtlichen Abhöraktion, von seiner Flucht, seinen Gedanken zwischen BFW und chinesischer Botschaft, vom Einsteigen ins Taxi am Rotlicht.
Darauf hatte Sherif gewartet. Das Warten und Schweigen fiel ihm sichtlich schwer. Kaum hatte Arjun den Punkt der Geschichte erreicht, als er im Taxi sass, übernahm der Türke. Er schilderte, weshalb er nicht zur Botschaft gewollt hatte, sondern zu Meister Yiun Cui, was dieser erzählt und wie sie dann ein Gebäude zwischen Botschaft und Flughafen gesucht und die Polizei mit dem Absperrband und den Leichenwagen gesehen hatten und fliehen müssten. Murats Garage hingegen liess Sherif gekonnt aus. Das sollte ihr sicherer Rückzugsort sein.
Nöel hatte inzwischen allen eine Tasse Kaffee hingestellt, setzte sich hin und wiederholte nun seine Frage: «Und wie seid ihr nun auf uns gekommen?»
«Ich sagte doch, Meister Cui hat unheimliche Fähigkeiten. Nachdem wir beim Bestattungsdienst Curore erfahren hatten,

dass die Leiche bereits in die Pathologie überführt war, musste ich erst meine Gedanken sortieren.»

«Dann fährt er jeweils einfach durch die Gegend und hört laut Musik», ergänzte Arjun.

«Ich wusste nicht mehr weiter und beschloss, erneut den alten Chinesen um Rat zu fragen. Dieser meinte, dass wir nicht einfach in die Pathologie marschieren könnten. Nach uns werde bestimmt gefahndet und damit stand uns der Weg zur Polizei und in die Gerichtsmedizin nicht mehr offen.»

Arjun war nach einem Schluck Kaffee bereit zu übernehmen, während Sherif vier Stückchen Zucker nach und nach im Kaffee aufzulösen versuchte.

«Yiun Cui meinte, dass uns noch ein Weg offen stünde. Er war sicher, dass die Presse von dem Todesfall wusste und recherchierte. Hier würden wir vielleicht Antworten finden.»

«Dann ist es also Zufall, dass wir euch in die Arme gelaufen sind?», fragte Noël, während Desiree ihren Kaffee bereits leergetrunken hatte und sich Nachschub holte.

«Nicht ganz», erwiderte Arjun. «Die meisten Zeitungen sind ja hier an dieser Strasse, wie Sherif als Taxifahrer weiss. Der Berner Kurier auch. Just jene Zeitung, die Meister Cui auf seinem Tisch liegen hatte. Immer wieder tippte er mit dem Finger auf dieses Blatt, während er uns empfahl bei der Presse nachzufragen.»

«Guter Mann», sagte Desiree und setzte sich wieder hin.

«Dass ihr aber jemandem vor dem Eingang auflauert und wir ausgerechnet dann erscheinen, ist aber doch eher ein glücklicher Zufall», ergänzte sie.

«Das sind die geheimen Kräfte von Meister Cui», frohlockte Sherif und klopfte Arjun auf die Schulter, als hätte er soeben den letzten Beweis dafür gefunden.
«Naja, wir wissen ja gar nicht, ob sie uns nun helfen wollen oder können», meinte Arjun.
«Dieser Cui hätte also sicherlich gewusst, wo die Pathologie ist, die Frage war also nicht wirklich ernst gemeint» resümierte Winter und rückte sich den Stuhl zurecht, um nun etwas ernster zu werden: «Also, hört mir jetzt genau zu: Wenn ihr Informationen wollt, dann müsst ihr uns auch alle von euch geben, eure Geschichte hat nämlich einige Lücken.»
«Aber keine Sorge, wenn ihr unsere Informanten seid, steht ihr unter unserem Schutz, Journalisten geben nie ihre Quellen preis.» Noël klang fast ein wenig aufgeblasen. Es erfüllte ihn mit Stolz diesen Spruch einmal sagen zu dürfen. Schon als er von diesem Quellenschutz in der Schule erfuhr, hatte er sich ausgemalt, wie es wohl sein würde, wenn er das mal wirklich sagen konnte.
«An was erinnert ihr euch am Fundort der Leiche, wer war dort?», fragte Winter nach.
Nun war es Sherif, der informieren wollte. «Da war eine Fahnderin mit streng nach hinten gekämmten Haaren, die unsere Ausweise sehen wollte. Sie erkannte sofort, das mit uns etwas nicht stimmte, wegen ihr mussten wir fliehen.»
Nöel zückte das Handy und nach wenigen Wisch- und Tippbewegungen zeigte er ein Bild in die Runde, sodass Arjun und Sherif gleichzeitig die Augen aufrissen.

«Ja genau, das ist sie!», rief Sherif viel zu laut.
«Fahnderin Rickli», sagte Nöel und zeigte das Bildschirmfoto seiner Chefin.
«Gut, so weit sind wir auch schon. Also weiter im Text: Arjun, was weisst du noch von den Informationen im Zentrum, die du gesehen oder gehört hast?»
«Asyl, Lan Guo, nicht zuständig. Das waren die Worte, die ich im Büro vom Chef Herbert Kohler auf jenem ausgedruckten Schreiben lesen konnte, ehe er das Papier schredderte. Zuvor hatte er ein Telefonat zu später Stunde, in dem er nichts gross fragen oder sagen konnte», rapportierte Arjun.
Desiree Winter sprang von ihrem Loungesessel auf, verschwand eine ganze Weile und hinterliess eine schweigende Runde, in der sich alle fragend anblickten.
«Und was wissen Sie nun über den Fall?», fragte Sherif den Praktikanten. Dieser zögerte mit einer Antwort, er wollte keinesfalls einen Fehler machen, nicht in dieser heiklen Phase.
«Eine ganze Menge, sonst hätten sie uns nicht hierhergelassen und sogar die Fahnderin auf Anhieb erkannt», sagte Arjun.
Erneut freute sich Sherif über die Cleverness seines neuen Freundes. Ja, sie waren hier genau richtig.
Die Rollen des Flipcharts bahnten sich quietschend den Weg über den Redaktionsboden. Winter schob die Tafel vor den Empfang, damit alle freie Sicht hatten, griff nach dem schwarzen Stift, zeichnete einen Kreis und schrieb in dessen Mitte die Worte: Geheimes Chinaabkommen. Sherif und Arjun sahen sie verwundert an, als sie erklärte: «Zum Inhalt gibt weder die

Schweizer noch die chinesische Seite nähere Auskünfte. Die Schweiz ist grundsätzlich an einer Fortsetzung der Identitätsabklärungen im Rahmen der geltenden Vereinbarung interessiert und steht diesbezüglich in Kontakt mit den zuständigen chinesischen Behörden. Die Kernpunkte des Vertrags sind: Der Bund erlaubt Beamten des chinesischen Ministeriums für öffentliche Sicherheit, in die Schweiz zu reisen und hier die Nationalität und Identität von Personen zu ermitteln, die sich illegal in der Schweiz aufhalten und vermutlich chinesischer Nationalität sind.
Das war der offizielle Wortlaut vom Bundesrat, welcher wenig später wieder von der Internetplattform verschwand. Dein Freund, Arjun, ist vielleicht das erste Opfer eines Abkommens zwischen der Schweiz und China, das an die Öffentlichkeit gelangen könnte. Das werden aber China und der Bundesrat tunlichst vermeiden wollen.»
Sie begann vom Kreis aus verschiedene Striche nach aussen zu zeichnen, die ebenfalls bei Kreisen endeten. Der eine trug die Aufschrift ‹Lan Guo?›, ein weiterer ‹Nathalie Käppeli›, ein anderer ‹Chinesische Botschaft›, dann folgte ‹von Dubois Immobilien› und ein letzter ‹Fahnderin Rickli/Polizei›.
«Die Ausgangslage ist heikel«, kommentierte Winter, «aber auch vielversprechend. Als erstes müssen wir wissen, ob es sich wirklich um Lan Guo handelt, dann, wie er in diese Wohnung in Muri gelangt ist. Danach wissen wir, ob er der Beweis ist, dass die Schweiz solche Machenschaften duldet.»
«Und wenn dem so ist, dann schreiben wir darüber und machen den Bundesrat für den Tod dieses Flüchtlings verantwortlich»,

ergänzte Noël.
Seine Chefin nickte ihm zu und er konnte sich ein Lächeln nicht verkneifen.
Für Sherif war das zu viel, er sprang vom Hocker und rief: «Ha siktir!»
Was das bedeutete, war den Anwesenden nicht ganz klar, aber aus dem Kontext heraus musste es ein türkischer Fluch sein.
«Was können wir tun, um zu helfen diesen Skandal aufzudecken?», wollte Arjun wissen.
«Im Moment nichts, ihr müsst untertauchen, damit ihr für uns als Zeugen verfügbar bleibt», sagte Desiree Winter, sah Sherif an und ergänzte: «Ein Versteck habt ihr ja.»
«Wie kommen Sie darauf?», wollte der Türke wissen.
«Ich sagte ja, eure Geschichte hat Lücken. Eine davon ist, wohin ihr geflohen seid. Ihr macht mir einen cleveren Eindruck und ich glaube nicht, dass ihr mit einem Taxi unterwegs seid, das die ganze Polizei sucht.»
«Ah, du bist eine sehr intelligente Frau», kommentierte Sherif und klatschte in die Hände.
«Ja, das stimmt», begann Arjun und verriet die Episode mit Murat und dem Vorhaben, das Taxi aufzupeppen, aber auch vom alten Audi, der ihnen im Moment als fahrbarer Untersatz diente.
«Geht wieder dorthin. Stellt die Handys ab oder werft sie weg. Morgen um 23 Uhr treffen wir uns wieder hier am Eingang», befahl Winter.
Die beiden standen auf und waren gerade im Begriff zu gehen, als Winter die gesamten Notizen auf der Tafel einfach ausradierte.

«Was tun Sie da?», fragte Arjun.
«Ich achte darauf, dass morgen in der Redaktion niemand davon Wind bekommt, sonst wird es ein Thema für die Kaffeepause und dann sind die Informationen nicht mehr sicher.»
Noël zückte sein Handy und zeigte auf sein Display: «Aber alles ist fotografiert, keine Sorge.»
«Die letzten werden kurz nach halb elf abends die Redaktion verlassen, wenn die Zeitung in den Druck geht und die Website aktualisiert ist. Deshalb treffen wir uns erst so spät. Alles klar?»
Die beiden Freunde nickten.
«Dann lasst uns alle eine Runde schlafen, es ist bald halb vier morgens. Wir zwei, Noël, treffen uns um acht Uhr vor der Pathologie an der Universität Bern», befahl die Journalistin und lief zügig los, im Schlepptau drei Männer, die unterschiedlicher nicht hätten sein können, die aber etwas miteinander verband: den Willen einen Todesfall aufzuklären, der möglicherweise zum Symbol für ein Verbrechen stand und die Schweiz nicht gut aussehen liess.

Kapitel 26

‹07.45› stand auf der Tafel am Eingang des Instituts für Pathologie der Universität Bern, ‹06.24› auf dem Display der schwarzen, gepanzerten Limousine, die vor dem Haupteingang vorfuhr. Früh genug, um zu erkennen, dass der Eingang noch in dunkles Schwarz gehüllt war. Der Botschafter, der Chauffeur und die beiden Männer der Kategorie ‹Widerstand ist zwecklos› warteten geduldig, Ein- und Ausatmen, Ying und Yang. Ruhig und routiniert beendete der Botschafter seine Atemübung, wenngleich draussen ein junger Mann mit dem Fahrrad vorfuhr, das üppige Schloss an den alten Drahtesel montierte und sich aufmachte, kurz vor sieben die Pathologie zu betreten. Ein kurzes Nicken des Botschafters, die beiden Männer stiegen aus und schlossen sich kurz vor der Tür dem jungen Mann an. Als die Tür aufging, überraschten sie den Braunhaarigen, indem sie ihn von links und rechts am Arm packten und mit hineinschleppten.
«Wo sind die Leichen?», lautete die kurze, präzise Frage.
«Da... weiter den Flur hinunter» stammelte der junge Mann und versuchte gleichzeitig mit den Beinen nach den Männern zu treten. Doch diese erduldeten das Gezappel, so als wäre es nicht mehr als ein unangenehmes Stören einer Fliege.
Der Botschafter achtete zuerst darauf, ob die Szene unerkannt blieb, verliess dann sein Fahrzeug und schritt ruhig und dezent Richtung Pathologie. Auf sicherer Distanz folgte er seinen

Männern und gelangte wenig später zusammen mit dem überwältigten Mann in jenen Raum, in dem die Leichen schubladisiert auf die Untersuchung warteten.
«Der Chinese von gestern Abend, welche Schublade», fragte einer der Männer nach.
«Ich weiss es nicht, ich war gestern nicht da», sagte der Braunhaarige und sah inzwischen ein, dass sein Zappeln nicht den gewünschten Erfolg erzielte.
«Lasst ihn los», sagte der Botschafter von hinten und schritt langsam auf den Pathologen zu.
«Verzeihen Sie, Herr ...»
«Fuhrer, Armin Fuhrer», antworte der junge Mann artig.
«Herr Fuhrer, bei diesem Mann handelt es sich um einen chinesischen Staatsangehörigen, den die Polizei unrechtmässig vom tragischen Unfallort entfernt hat. Die Nachricht ereilte uns von der Botschaft zu später Stunde, weshalb wir erst heute Morgen vorbeikommen können, um ihn abzuholen.»
«Vielleicht», sagte Armin Fuhrer und versuchte wieder ein wenig die Fassung zu erlangen, «aber davon weiss ich nichts und müsste zuerst in den Unterlagen nachsehen.»
«Sehen Sie, das haben wir Ihnen schon abgenommen, hier, lesen Sie», sagte der Botschafter und hielt ihm ein Papier entgegen. Das goldige Signet der Botschaft zierte den Briefkopf, darunter bestätigte der Botschafter höchstpersönlich, dass er befugt sei anhand mehrerer Gesetzesparagrafen, den Leichnam zur Überführung in die Volksrepublik China an sich zu nehmen.
Mit Blick auf die beiden kräftigen Männer sagte Fuhrer nur: «Ich

nehme an, dass ich nicht in unseren Unterlagen nachzuschauen habe?»
«Nur, wo sich der Tote befindet», ergänzte der Botschafter.
Fuhrer weckte den Computer aus dem Ruhezustand, gab seinen Code ein und öffnete wenige Sekunden später eine Tabelle.
«Mittleres Fach, zweite Reihe, Nummer acht.»
Die Männer öffneten die Schublade, deckten das Tuch am Kopfende ab und überzeugten sich. Nun nickten sie dem Botschafter zu.
«Wunderbar, bitte packen Sie ihn in einen Leichensack, damit wir ihn gleich zum Flughafen bringen können. Der nächste Flug nach China startet in einer knappen Stunde, deshalb sind wir etwas in Eile und waren anfänglich noch etwas grob mit Ihnen.»
Fuhrer war sehr wohl bewusst, dass jeder Widerstand zwecklos war. Das einzige, worauf er jetzt noch hoffen konnte, war, dass bald jemand in der Pathologie aufkreuzte. Das Glück war ihm zu dieser frühen Morgenstunde jedoch nicht hold. Sobald er zusammen mit den Männern den Leichnam verpackt hatte, legten sie ihn auf die Bahre und schoben ihn Richtung Ausgang.
Der Botschafter nahm sein Handy zur Hand und wählte eine Nummer. Wenig später sagte er: «Du kannst jetzt mit dem Wagen vor den Eingang fahren, so nah wie möglich.»
Als er den beiden Männern und der Bahre nachlief, drehte er sich noch einmal kurz Richtung Armin Fuhrer um und sagte: «Vielen Dank für Ihre Mithilfe, bitten verzeihen Sie die Umstände und das Missverständnis zwischen der Polizei und der Volksrepublik China.»

‹07.23› stand auf der Uhr in der schwarzen Limousine, als der Chauffeur wegfuhr, an Bord zwei Männer, eine Leiche und den Botschafter.
Drinnen griff Armin Fuhrer unverzüglich zum Telefon und wählte den Polizeinotruf. «Da ist die Pathologie der Universität Bern, Fuhrer mein Name. Drei Männer von der chinesischen Botschaft haben soeben eine Leiche entwendet.»
Es dauerte nur wenige Minuten, bis auch Fahnderin Rickli davon erfuhr. Sie wuchtete die Kaffeetasse so heftig gegen den Tisch, dass ein wenig Kaffee über den Tassenrand schwappte.
«So ein Mist», fluchte sie. «Wir können nicht einmal eine Fahrzeugfahndung in die Wege leiten, diese verdammten CD-Nummernschilder verbieten es uns.» Ausser sich vor Wut, stand sie auf, schnappte sich ihre Lederjacke und verliess das Polizeigebäude.
«Wo gehst du hin?», rief Arthur ihr nach.
«In die Pathologie, hoffentlich hat dort jemand noch irgendeine Information zum Toten», schnaubte sie in den Gang, ohne anzuhalten.

Kapitel 27

Viel geschlafen hatte sie nicht. Das war zwar, seit sie als Bundesrätin vereidigt worden war, ziemlich normal geworden, doch seit dieses Chinaabkommen im Bundesrat angenommen worden war, raubte ihr dieser Entscheid noch zusätzlich jeden Schlaf. Der Tee sollte helfen, die Gedanken etwas klarer zu machen. Aber noch während der Chai seine Wirkung in der heissen Tasse entfaltete, nahm Käppeli zum zweiten Mal in kürzester Zeit wieder jenes Handy hervor, das sie sonst viel zu selten benutzte. Dasjenige mit den privaten Nummern. Sie wünschte sich, der Grund wäre ein erfreulicher, aber der Gedanke verflog so schnell wieder, wie sie die Nummer wählte, die als Notfallkontakt darin gespeichert war.
«Das ist jetzt kein guter Zeitpunkt.» Die Stimme am anderen Ende klang wenig erfreut.
«Nur kurz, weisst du schon etwas über den Toten aus Muri?»
«Nein, und ich werde vermutlich auch nie etwas erfahren», schnauzte Rickli in den Hörer.
«Ich kann dir nicht folgen», stellte Nathalie Käppeli eher eine rhetorische Frage, um ihr Gegenüber wieder zum Sprechen zu animieren. Es funktionierte.
«Wir können aber davon ausgehen, dass es ein Chinese war, denn heute Morgen stahl die chinesische Botschaft die Leiche aus der Pathologie.»
«Wie bitte?»

«Ich bin in wenigen Minuten vor Ort und erkundige mich, ob vielleicht gestern Abend zu später Stunde noch irgendetwas vom Eingang des Leichnams protokolliert wurde, das uns weiterhilft», sagte Rickli.

«Damit deutet doch viel daraufhin, dass die Chinesen den Vorfall vertuschen wollen und es sich daher höchstwahrscheinlich um ein illegales Verhör mit Todesfolge gehandelt hat», kombinierte Käppeli.

«Deuten, höchstwahrscheinlich – Nathalie, das sind nicht gerade die Wörter, die in der Polizeiarbeit viel Gewicht haben.»

«Deshalb bist du ja mit dem Fall vertraut, ich bin mir sicher, dass du das hinbekommst», versuchte Käppeli Rickli und sich selbst zu beruhigen.

«Die Hoffnung stirbt zuletzt.» Die Fahnderin drängte auf das Ende des Telefonats hin.

«Denk einfach an damals an der Uni, da hast du diesen Jurastudenten, der sich an mir vergangen hat, überführt, ohne dass es eine Tatortsicherung und Beweise gab.» Käppeli wollte ihr Mut machen.

«Ja, nur kannte ich den Täter, das hier ist anders», erwiderte Rickli und schickte noch ein «Tschüss, und ich melde mich, sobald ich mehr weiss» hinterher.

Käppeli hatte nun ein doppelt mulmiges Gefühl im Magen. Zum einen schien dieser Fall tatsächlich mit dem Abkommen zusammenzuhängen und zum anderen kam die ganze Situation von damals an der Uni wieder hoch. Dieser Medizinerball an dem sie einen schönen Abend verbracht hatte und auf dem Heimweg beinahe brutal vergewaltigt worden wäre. Dieser Typ war gerade dabei, ihr die Kleider vom Leib zu reissen, da stürzte eine junge blonde Frau mit streng nach hinten gekämmten Haaren herbei, riss den Mann von ihr weg und vertrieb ihn. Was danach geschehen war, verwunderte sie bis heute. Während sie, Nathalie Käppeli, kaum in der Lage war zu reden oder zu reagieren, machte diese Rickli noch ein Foto mit dem Handy, um den Typen zu identifizieren. Zwar waren die Kameras damals bei Weitem nicht so gut wie heute, aber es reichte, um in den kommenden Tagen den Jurastudenten ausfindig zu machen und zu überführen. Es war der tragische Beginn einer langen Freundschaft. Käppeli hatte Monate gebraucht, um über den Vorfall hinwegzukommen, und Rickli hatte ihr beigestanden. Wenigstens konnte sie sich bei ihr ein wenig revanchieren. Rickli war zwar eine mutige Frau und scharfe Analytikerin, sprachlich aber hatte sie so ihre Grenzen. Hier kam nun die rhetorisch ausgefeilte Jungpolitikerin ins Spiel, die ihr so manche Semesterarbeit korrigierte und den Feinschliff verpasste. Die beiden teilten sich sogar wenig später eine WG und unterstützten einander auf ihren Wegen. Dann war Charlie gekommen, der schon von jeher den Erfolg wie magisch anzog, Käppelis grosse Liebe. Der Kontakt brach nahezu ab. Erst als Charlie fremdging und sie Hals über Kopf die gemeinsame Wohnung verliess, hatte sie wieder vor Ricklis Tür gestanden. Sie lächelte. Die damals noch angehende Fahnderin wollte auch Charlie an den Kragen. Nein, Männer waren nicht ihr Ding. Wenn einer bis zu Ricklis Herz vordringen wollte, musste er vermutlich einiges über sich ergehen lassen, stellte sich Käppeli vor. Seither aber war der Kontakt nie mehr abgerissen. Sie trafen sich zu regelmässigen Apéros, die sie längst ritualisiert hatten und die sie selbst als Bundesrätin fast immer wahrnahm, wenn irgend möglich. Gestern wollte sie ihr eigentlich nur schnell für ein ebensolches Apéro absagen, die Terminkollision mit dem Auftritt im Schweizer TV am kommenden Freitag war der Grund. Es käme ihr gerade recht, meinte Rickli nur, sie hätte da einen Todesfall mit einem vermutlich chinesischen jungen Mann, der werfe Fragen auf und sie wolle nun dennoch eine Autopsie anfordern, wenngleich der Arzt vor Ort den Sturz für den Tod verantwortlich machte, meinte sie. Käppeli dachte sich erst nicht allzu viel bei einem toten «Vielleicht-Chinesen», aber als Rickli die Situation kurz erläuterte, kam ihr das China-Abkommen in den Sinn.

«Halt mich auf dem Laufenden», sagte sie zum Erstaunen von Rickli, die ihr das jedoch unverzüglich bestätigte. Um sich selbst zu schützen, tat sie es dennoch als zu grossen Zufall ab und versuchte den Vorfall so gut es ging aus dem Tagesgeschäft zu verdrängen. Bis der überfallartige Auftritt von Desiree Winter gekommen war. Die Sache war in ihrem Kopf nicht mehr länger ein Zufall und omnipräsent. Um sich zu beruhigen, war der Chai-Tee in etwa so nützlich wie ein einzelner Handschuh im Wintersturm. Käppeli schlürfte ihn zu Ende und beschloss, noch einen Anruf zu tätigen, ehe sie sich auf den Weg in den Ostflügel des Bundeshauses machte. Sie brauchte nicht mal das Handy zu wechseln.

«Also doch, du vermisst mich, sagte ich doch», zwitscherte

Charlie vergnügt ins Telefon.
«Hör zu, ich habe jetzt keine Zeit für deine Spielchen. Sag mir, wen ich im BFW kontaktieren muss, damit wir die China-Anfragen durchwinken können.»
«Heute Abend um 23 Uhr bei mir?», fragte er nur zurück. «Nein, ich will nur den Namen», antwortete Nathalie Käppeli streng.
«Also gut, dann bis heute Abend, ich freue mich», beendete Charlie das Telefonat, bevor sie nochmals reagieren konnte.
«Dieser Arsch, muss ich mich wirklich mit diesem arroganten Stück Anzug nochmals rumschlagen», ärgerte sich Käppeli lauthals.
«Na, das sind aber nicht sehr staatstaugliche Worte, Frau Bundesrätin», erklang eine Stimme vom Eingang ihrer Wohnung im Spiegel bei Köniz.
«Tut mir leid», sagte sie zu ihrem Fahrer. Der ging nicht näher darauf ein und sagte freundlich: «Kommen Sie, Frau Bundesrätin. Laut Judith Burren haben Sie bereits in einer halben Stunde Ihre erste Sitzung, wir sind also reichlich spät dran.»

Kapitel 28

«Es sollte verboten sein, um diese Uhrzeit schon arbeiten zu müssen.» Mit diesen ärgerlichen Worten begrüsste Desiree Winter ihren Praktikanten, obschon sie es gewesen war, die die Uhrzeit gewählt hatte. Eigentlich war sie es gewohnt, dass auch er die Morgenstunden eher als Qual betrachtete. Heute aber war er putzmunter und wartete bereits, mit zwei Coffee to go bewaffnet, vor der Pathologie.

«Danke», sagte Winter, ohne sich Mühe zu geben, freundlich zu klingen.

«Hast du einen Plan, wie wir Informationen von der Pathologie erhalten?», fragte Noël.

«Ich hatte noch keine Zeit mein Hirn einzuschalten, ich bin erstmal nur froh, dass ich ohne Hilfe stehen kann», murrte sie.

«Aber ich», sagte der junge Mann und schoss los, ehe Winter etwas sagen konnte: «Also, mit deinem schönen Presseausweis wirst du hier nicht weit kommen. Also gehen wir gar nicht erst rein, sondern hacken uns erstmal ins System.» Er gluckste vor Freude.

«Idiot, wenn du schon ins System der Pathologie kommst, dann müssen wir doch nicht noch extra hierherkommen.» Winter verwarf die Hände und verschüttete fast den Kaffee.

«Doch», erwiderte der Jüngling. «Das habe ich zuhause schon versucht. So gut bin ich nun auch wieder nicht, dass ich ohne Wei-

teres in ein fremdes System komme. Und Freunde da mit reinzuziehen, wäre wohl nicht sehr klug. Also lautet mein Plan, ins Gebäude zu gehen. Du lenkst eine Person am Computer ab und ich kopiere derweil den Inhalt des PCs», erläuterte er seinen Plan.
«Also doch die altmodische analoge Art», erwiderte sie und korrigierte seine Aussage: «Hacken.»
«Nenn es, wie du willst, aber um Daten zu kopieren, brauchst du schon etwas mehr Ahnung als nur zu wissen, wo man einen USB-Stick reinstöpselt», konterte Noël ins Leere. Desiree war nämlich bereits unterwegs Richtung Eingangstür und schmetterte gekonnt aus deutlicher Entfernung den leeren Kaffeebecher in den Abfalleimer vor der Tür. Noël beeilte sich. Auf keinen Fall wollte er verpassen, wie die grosse Desiree Winter nun investigativ arbeitete.
«Guten Tag, Winter mein Name vom Berner Kurier. Ich bin angemeldet für ein Interview mit Frau Dr. Schöpf.»
«Guten Morgen», sagte die ältere Dame am Empfang mit weit geöffneten Augen. «Frau Winter hier bei uns? Ich lese all ihre Artikel, Sie sind meine liebste Reporterin, wissen Sie.»
«Journalistin oder in meinem Fall Redaktorin», korrigierte Winter.
«Ach, verzeihen Sie, selbstverständlich. Na schön, wollen wir doch mal schauen», sagte die Empfangsdame, zog sich die Lesebrille über und betätigte den Computer einigermassen umständlich.
«Das ist aber komisch, Frau Schöpf ist noch gar nicht da und einen Eintrag in der Agenda sehe ich auch keinen», meinte sie

nach etlichen Minuten.
«Das kann schon sein. Wir kennen uns von früher und Sie wissen ja, wie schnelllebig unser Beruf ist. Ich musste sie gestern noch dringend kontaktieren für einen Termin heute Morgen. Bestimmt kommt sie gleich», sagte Winter in einem dermassen freundlichen Ton, wie ihn ihr Noël gar nicht zugetraut hätte.
«Na schön, warten Sie doch bitte hier, Frau Winter», erwiderte die Dame.
«Sagen Sie, hat es hier einen Kaffeeautomaten, sodass ich mir noch kurz einen genehmigen dürfte?», fragte Winter, nach wie vor ungewohnt freundlich.
«Ja, am Ende des Flurs, aber da dürfen Sie eigentlich nicht rein, das ist die Cafeteria der Pathologen.»
«Würde es Ihnen etwas ausmachen, mir einen Kaffee zu holen?»
«Selbstverständlich nicht, ich bin gleich zurück», sagte die Dame, zwinkerte dem Praktikanten zu und ergänzte: «Und ihrem Sohn eine heisse Schokolade?»
«Vielen Dank, lieber einen Kaffee», antwortete Noël sichtlich vergnügt.
Sobald die Dame den Platz verlassen hatte, befahl Desiree ihren Praktikanten an den Computer. Er steckte den USB-Stick ein, und schon flogen seine Finger geschmeidig und flink über die Tastatur.
«Bist du drin?», fragte Desiree, als sie plötzlich hörte, wie hinter ihr die Tür aufging.
«Morgen. Kripo Bern, Rickli mein Name. Ich muss in die Pathologie», sagte die Dame mit den streng nach hinten gekämmten

Haaren und zeigte Noël ihren Ausweis. «Ähm ja, ist gut, gehen Sie doch einfach durch», sagte dieser sichtlich verstört.
«Wo ist eigentlich Frau Eggimann?», fragte Rickli nach.
«Die ist in der Cafeteria», ergänzte Nöel hastig.
Als die Fahnderin den restlichen Raum durchscannte, unterbrach sie ihren Gang Richtung Flur plötzlich und sagte: «Winter, Desiree Winter vom Berner Kurier. Ich glaube nicht an Zufälle, was machen Sie da?»
«Ich habe ein Interview mit Frau Schöpf.»
«Oder vielleicht eher einen Vorwand, um an Informationen zu kommen?»
«Informationen zu was?», fragte Winter nach und ergänzte: «Ich bin ganz Ohr, wenn Sie mir etwas Spannendes erzählen möchten, Frau Rickli.»
«Ach, tun Sie nicht so scheinheilig. Setzen Sie sich hin und rühren Sie sich nicht von der Stelle, ist das klar?», schnauzte die Fahnderin sie an.
«Und Sie achten darauf, dass Frau Winter den Empfang hier nicht verlässt», wandte sie sich an Noël.
«Selbstverständlich, Frau Kommissarin», erwiderte er.
Die Fahnderin ging den Flur hinunter und zeigte mit zwei Fingern auf ihre Augen, dann richtete sie sie auf Winter.
Kaum verschwand sie den Gang hinunter, flüsterte Desiree: «Los, komm, wir müssen gehen.»
«Gleich, ich hab's gleich», murmelte Nöel.
Schon drang die Stimme von Frau Eggimann an ihre Ohren, die mit klappernden Kaffeetassen kurz innehielt und Frau Rickli

einen schönen Morgen wünschte.
«Los jetzt», sagte Desiree, stand auf und lief Richtung Tür.
«Fertig», sagte Nöel, riss den USB-Stick raus und sprang ebenfalls Richtung Ausgang.
Das letzte, was die beiden am Ausgang noch hörten, war, wie Rickli rief: «Stehen bleiben!» Doch es war zu spät. Desiree und Noël waren schon draussen. Sie schlugen sich in die Häuserschluchten, liefen immer weiter und wechselten kreuz und quer viele Male die Richtung.
«Ui, das war knapp», kicherte Noël ausser Atem.
«Ja, und es ist noch nicht vorbei. Rickli weiss jetzt, dass wir etwas wissen, und wird uns wohl demnächst kontaktieren», erwiderte Desiree schnaufend.
«Aber beweisen kann sie uns nichts», triumphierte Noël, der sich partout über dieses Abenteuer freuen wollte.
«Hoffentlich hat es sich gelohnt», meinte Desiree und bog auf einen kleinen Platz ein, um wenig später im Restaurant ‹Le Carrousel› ein stilles Plätzchen zu suchen. Noël zog seinen Laptop aus dem Rucksack und stöpselte den USB-Stick ein. Desiree bestellte zwei Kaffee.
«Bingo», sagte Noël wenig später und zeigte auf ein Foto. Ein asiatischer, junger, schlanker Mann. Nur sein Kopf war abgedeckt und zu sehen.
«Das könnte er sein», sagte Desiree. «Nur woher wissen wir, dass es sich um den besagten Toten von Muri handelt?»
«Das, liebe Desiree, ist nun wieder Logik und Semantik», frohlockte Noël. «Im ganzen System ist nur ein aktiver Fall eines

Asiaten. Alle anderen sind europäische oder südländische Personen, die dazugehörige Nummer trägt den Vermerk ‹Lan Guo›, jedoch mit einem Fragezeichen versehen. Aber heute Abend wird uns Arjun das wohl bestätigen können. Betreut hat den Fall eine Frau Schöpf.» Er war gleichermassen erstaunt, dass es derselbe Namen war, den Desiree Winter am Empfang als Interviewpartnerin genannt hatte.
«Gut gemacht, Adson», sagte Winter und wirkte zum ersten Mal heute Morgen zufrieden. Auch weil sie schon wusste, dass der nächste Schritt einer sein würde, der ihre Logik unter Beweis stellen würde.
«Wie wollen wir nun herausfinden, woher dieser vermutliche Lan Guo stammt?», wollte sie von ihrem Nerd wissen. «Und wie bringen wir ihn in Verbindung mit dem China-Abkommen?»
«Von Dubois Immobilien?», lautete seine Antwort, die wie eine Frage klang.
«Das ist mein Teil. Du, Noël, musst nun zurück in die Redaktion und meine Recherche übernehmen. Finde die Verbindung zwischen Bundesrätin Käppeli und Fahnderin Rickli», erklärte seine Chefin.
Noël nickte. «Sobald ich die Immobilienhaie aufgesucht habe, komme ich in die Redaktion zurück.» Er nippte noch ein letztes Mal an seinem Kaffee und verstaute sein Notebook im Rucksack.
«Falls sich die Polizei meldet, soll Mel bestätigen, dass ich einen Interviewtermin hatte. Die werden ihre Kräfte woanders brauchen, als diesen Teil noch gross nachzukontrollieren», ergänzte sie. «Ach ja, genau, woher wusstest du, dass eine Frau Schöpf hier

arbeitet? Es waren ja keine Namensschilder angebracht und ich nehme nicht an, dass du vorher im Internet nach den Mitarbeitenden der Pathologie gesucht hast.»
«Erfahrung», entgegnete Desiree und erbarmte sich dann doch, dem Praktikanten etwas mehr Erklärung zu geben: «Wir hatten schon das eine oder andere Mal das Vergnügen im Zusammenhang mit einigen Artikeln, deshalb wusste ich, dass es eine Frau Schöpf gibt.»
«Ich weiss schon, deine Landkarte hat schon viel mehr Punkte, die miteinander verbunden sind», meinte Noël und schickte trotzdem noch etwas von seinem kecken Wesen hinterher. «Aber den Kaffee bezahlst du. Mehr Erfahrung heisst ja bekanntlich auch mehr Lohn. Du kannst es dir eher leisten.»

Kapitel 29

Auf und ab, auf und ab. Arjun legte eine beachtliche Anzahl Meter in Murats Garage zurück.
«Jetzt setz dich mal wieder hin, wir können im Moment nichts tun ausser warten. Du kannst ja dieses Atemding machen, das hilft sicher», meinte Sherif.
«Gelb ist auch schön», hallte Murats Stimme durch die Halle. Stolz präsentierte er das neue Taxi.
«Der Fahrtenschreiber ist angepasst und nun schreibe ich mal eine Rechnung.»
«Eigentlich sollte ich das bezahlen, aber mir fehlt das Geld», sagte Arjun mit gesenktem Kopf.
«Junge, weder du noch Sherif müsst bezahlen. Es geht nur darum, das Taxi polizeitauglich abgesichert zu haben.»
Murat verschwand in dem Raum, der mal ein Büro gewesen sein musste respektive offenbar noch war.
«Jetzt weiss ich, was wir tun könnten», sagte Arjun zu seinem türkischen Freund.
«Ja, die Füsse stillhalten. Aber das kannst du offensichtlich so schlecht wie ich schweigen», lachte Sherif.
«Nein, im Ernst, wir können doch den Journalisten dort helfen, wo sie Nachteile haben.»
«Und das wäre?», war Sherif nun neugierig.
«Naja, sie sagten ja, diese Wohnung stünde zum Verkauf. Wir

könnten doch anrufen und uns dafür interessieren», meinte Arjun.
«Junge, die kostet sicherlich ein Vermögen. Schau uns doch an, wer würde uns glauben, dass wir uns eine solche Wohnung leisten können.»
«Naja, das wäre nun dein Part, du kannst ja schliesslich eine dreibeinige Kuh aus Peru organisieren», meinte Arjun und sah in fragend an.
«Lass mich mal überlegen. Jemand mit Geld, jemand, den diese Immobilienfirma unbedingt als Kunden gewinnen will? Nein, das ist zu gefährlich, vergiss es», wedelte Sherif mit den Händen und schüttelte gleichzeitig mit dem Kopf.
«Wer? Sag schon!», bat ihn Arjun. Nun war er es, der den Türken an der Schulter fasste. Möglicherweise nützte die Geste bei dem Türken.
«Soll das helfen mich umzustimmen?», brummte Sherif.
«Wenn's hilft», witzelte Arjun.
«Ja, verdammt, es hilft. Aber hör zu, wir müssen sehr vorsichtig sein, das ist ein gefährlicher Typ, dieser Tarik.»
«Tarik?»
«Tarik Zaimi ist Mitglied der albanischen Mafia. Die schleust die meisten Mädchen, die sich in den Puffs prostituieren, von Osteuropa in die Schweiz. Sie rotieren alle paar Wochen, damit die Polizei nicht hinterherkommt. Das ist ein lukratives Geschäft. Tarik hat mehrere Clubs und Bars in Bern, er verdient nicht nur am Mädchenhandel, sondern auch noch an den Freiern und ihren teuren Konsumationen», erklärte Sherif.

«Und weshalb sollte er dir helfen?», wollte Arjun wissen.
«Wie du dir denken kannst, mache ich die eine oder andere Kurierfahrt mit den Damen, wenn sie mit Escort gebucht werden. Tarik vertraut mir. Er wird mir sicherlich einen Gefallen tun, aber genauso sicher wird dieser nicht gratis sein», sagte Sherif mit besorgter Miene.
«Dann lass es lieber», meinte Arjun mit den gleichen Sorgenfalten im Gesicht wie bei seinem Freund.
«Schnell, hierher!», rief plötzlich Murat durch die Garage, sprang an den Lift, öffnete die Tür des alten Audi, bat die beiden ins Fahrzeug und drückte den Knopf, damit der Lift das Fahrzeug anhob.
«Geht in Deckung!», rief er noch nach und löste in Windesweile ein Rad vom Wagen.
«Guten Tag, Rickli mein Name, wir sind auf der Suche nach einem Taxi.»
«Frau Rickli, sehr erfreut, mein Name ist Murat und ich flicke hier nur Taxis, buchen können sie da keines.»
Die Fahnderin hielt ihm ihren Polizeiausweis fast an die Nase.
«Ich bin von der Kripo, will heissen, ich weiss, dass Sie hier das Taxi von Sherif Demir warten. Also sagen Sie mir, ob es hier ist.»
«Jaja, hier steht es. Aber darf ich fragen, weshalb die Kripo das wissen will?»
«Es ist beschlagnahmt, es ist ein Fluchtfahrzeug in einem Mordfall.»
«Mordfall, um Gottes Willen, ja klar, selbstverständlich. Nehmen Sie das Fahrzeug mit. Doch ich bezweifle, dass es sich um dieses

Fahrzeug handelt.»
«Darf ich erfahren, weshalb?», brüskierte sich Rickli.
«Naja, es steht nun seit bald einer Woche hier für den Service, Herr Demir weilt in den Ferien in der Türkei», sagte Murat, ohne mit der Wimper zu zucken.
«Vonwegen. Ich selbst habe das Auto identifiziert. Es ist beige und trägt die Nummer …»
«Nein, gelb, verzeihen Sie, aber Herr Demirs Taxi ist gelb», sagte Murat und zeigte auf den Wagen.
«Ich ahne es schon, das heisst, Sie haben weder Herrn Demir noch den flüchtigen Afghanen jemals gesehen oder sachdienliche Hinweise zu deren Aufenthaltsort.»
«Naja, was Sherif Demir angeht, so kann ich durchaus sachdienliche Hinweise auf seinen Aufenthaltsort geben. Ich weiss ja, aus welcher Ecke der Türkei er stammt. Schreiben Sie ihm doch einen Brief, denn in dem Bergdorf, wo er sich aufhält, hat es nach wie vor keinen Handyempfang. Und Internet gibt es nur in vereinzelten Gebäuden. Was den Flüchtling hingegen angeht, da haben Sie recht, da kann ich Ihnen leider nicht weiterhelfen», sagte Murat und verschränkte die Hände, als wollte er jederzeit beten.
«Wir werden sehen. Das Fahrzeug kommt auf alle Fälle mit ins kriminaltechnische Labor», sagte Rickli mit einer Stimmlage, die ausgezeichnet zu ihrer strengen Frisur passte.
Mit einem kurzen Wink schickte sie zwei Streifenpolizisten zum Ausschwärmen in die Garage. Murat würdigte sie keines Blickes und schraubte friedlich das zweite Rad vom Audi ab. Als die Polizisten alles mehrmals umgedreht hatten, kehrten sie zur

Fahnderin zurück und schüttelten beide den Kopf.
«Auf Wiedersehen», sagte sie mit mürrischer Stimme.
Murat antwortete fast ein wenig übertrieben freundlich: «Jederzeit gerne, schöne Frau.»

Kapitel 30

Pfarrer Liniger war alles andere als begeistert, als er den Telefonhörer wieder in die dafür vorgesehene Ladestation steckte. Die chinesische Botschaft wisse von keinem vermissten Flüchtling, wäre aber auf jeden Fall behilflich, wenn es denn nötig sei.
«Lippenbekenntnisse, nichts als Lippenbekenntnisse», murmelte der Pfarrer vor sich hin. Da klingelte das Telefon erneut. Hoffnungsfroh, er würde doch noch eine Information von der chinesischen Botschaft erhalten, nahm er den Hörer ab.
«Metzger Konrad hier, guten Tag, Herr Pfarrer. Arjun hat mich kontaktiert und sich bis Ende Woche frei geben lassen, weil er seinen Freund sucht», sagte er in seiner gewohnt direkten Art.
«Hat er von seinem Handy aus angerufen?», wollte Liniger wissen.
«Ja und nein.»
«Wie jetzt?»
«Ja, er hat mit einem Handy angerufen, nein, es war nicht seine Nummer.»
Der Pfarrer liess sich die fremde Handynummer geben und hatte nun endlich einen Anhaltspunkt. Diesmal legte er den Hörer gar nicht mehr auf die Ladestation, sondern wählte direkt die Notfall-

nummer der Polizei. Der Riggisberger konnte sehr überzeugend sein und landete mit seiner Bitte, den geflüchteten Arjun per Handylokalisation zu suchen, schnell bei der Kripo.

«Berchtold», sagte ein Mann am anderen Ende, welcher der Stimme nach in etwa Linigers Alter teilte.

«Guten Tag, ich gebe Ihnen die Nummer an, mittels derer der vermisste Flüchtling Arjun zuletzt Metzger Konrad aus Toffen kontaktiert haben soll.»

«Ich notiere», sagte Arthur und winkte im Büro gleich den Techniker herbei, der auf dem Laptop parallel die Nummer eingab.

«Vielen Dank, wir melden uns», sagte Arthur und legte auf. Genauso schnell war aber auch die Handyortung abgeschlossen. Die letzten eingewählten Funkmasten waren, wie zu erwarten, in Bern Süd, lagen aber schon eine ganze Weile zurück. Das Handy musste abgeschaltet sein.

«Melde dich unverzüglich, wenn sich was tut», bat Arthur seinen technischen Mitarbeiter und unterrichtete in der Folge gleich wieder Pfarrer Liniger.

«Wir empfangen seit Längerem keine Signale mehr, das deutet daraufhin, dass sie das Handy weggeworfen haben oder zumindest abgestellt.»

«Wem gehört denn das Handy überhaupt?», fragte der Riggisberger Pfarrer nach.

«Einem Taxifahrer namens Sherif Demir. Er ist flüchtig und wird verdächtigt, Arjun behilflich zu sein. Deshalb gehen wir davon aus, dass die beiden sich ihrer Handys entledigt haben.»

Liniger bedankte sich artig für die offene Auskunft des Kripochefs und spürte, wie sich Freude in seinem Bauch breitmachte. Arjun hatte Hilfe und offenbar agierten die beiden ziemlich clever. Der zweite Teil seiner Suche gestaltete sich jedoch weitaus schwieriger. Er wollte herausfinden, ob es solch ein China-Abkommen mit Verhören auf Schweizer Boden tatsächlich gab. Er selbst würde vermutlich kaum in die innersten Gemächer des Bundeshauses vordringen können, um solch delikate Informationen zu erhalten. Wer also könnte so etwas? Am ehesten die Presse, aber sicherlich nicht jeder dahergelaufene Journalist, der sich in seinen Artikeln lieber selbst für sein Wissen beweihräuchert, statt sich für eine Sache einzusetzen. Nein, es müsste jemand sein, der sich in der Politszene Berns bestens auskennt und ein gutes Netzwerk hat.
«Jemand wie Desiree Winter», hörte er sich murmeln.
Nach wenigen Klicks auf dem Computer fand er die Redaktionsnummer des Berner Kuriers und gelangte dennoch nur an den Empfang. Nicht alle werden einfach so zur Redaktion durchgestellt, dachte er.
«Guten Tag. Könnten Sie Frau Winter eine Notiz hinterlassen?», bat er um Mithilfe von der Person am anderen Ende des Telefons.
«Wenn Sie eine Nachricht hinterlassen wollen, dann schreiben Sie ihr doch eine E-Mail», wandte die Empfangsdame ein.
«Nein, ich möchte, dass sie diese Nachricht unbedingt so schnell wie möglich erhält.»
Mit einem deutlich hörbaren Murren machte sich die Frau am anderen Ende bereit, seine Nachricht aufzunehmen.

«Falls Sie von diesem China-Abkommen gehört haben, könnte ich sachdienliche Hinweise liefern zu einem vermissten Chinesen und dessen Freund. Möglicherweise gibt es hier einen Zusammenhang.» Er hielt sich so knapp es ging, damit die Empfangsdame keine allzu genauen Details erfuhr. Sollte es ein solches Abkommen geben, hätte er anhand ihrer Antwort die Gewissheit, falls nicht, ebenfalls. Liniger war zufrieden mit seinem Zwischenresultat. Sein Bauchgefühl, auf dass er sich normalerweise verlassen konnte, verriet ihm, dass Hoffnung bestand.

Kapitel 31

Als die schwarze Limousine auf dem Kiesplatz am Eingang vorfuhr, stieg der Botschafter aus und huschte, ohne sich umzudrehen, ins Gebäude. Seine Männer wussten, was zu tun war. Verschwinden lassen, lautete die Anweisung aus Peking in solchen Fällen. Das ist am helllichten Tage in Bern gar nicht so einfach. Deshalb musste man die nächste Nacht abwarten. Zuvor befahl er seinen Leuten, die Leiche in der Tiefkühltruhe im Keller einzulagern. Da heute der grosse Empfang mit alle seinen Gästen anstand und ohnehin in wenigen Stunden ein ganzes Catering angefahren kam, würde niemand Zugang in den Keller benötigen.

«Lin, hast du schon etwas von der Polizei gehört?», wollte er wissen.

«Ja, habe ich, Herr Botschafter. Sie baten explizit darum, dass Sie sich höchstpersönlich bei der Kripo melden. Bei einer Frau Rickli.»

«Ich wünsche in den nächsten Minuten nicht gestört zu werden», befahl er in den Raum und zog sich in sein Büro zurück.

Lin hatte feinsäuberlich den Zettel mit der Nummer der Kripo und einen zweiten Anrufzettel auf sein Pult gelegt, beide mit dem dazugehörigen Internetscan und einigen Zusatzinformationen zu den Personen. Das wollte der Botschafter so. Er war seinem Gegenüber gern einige Schritte voraus. Das hingegen setzte

Wissen voraus. So hatte man das Überraschungsmoment immer auf seiner Seite. Sei es, um Schwachpunkte aufzudecken oder Peinlichkeiten des Gegenübers auszunutzen.
Bei Fahnderin Rickli stand da eine beeindruckende Zahl an gelösten Fällen, einige Zeitungsberichte, in denen sie als unnahbar, streng und fokussiert beschrieben wurde. Eine Frau, die genau die Vorlieben des Botschafters traf, ihn geradezu reizte. Er spürte, wie eine Lust aufkeimte, mit dieser Frau zu spielen. Den anderen Zettel mit einem Anruf eines Pfarrers vom Lande warf er weg; dafür hatte er keine Zeit.
«Rickli.»
Die Frau am anderen Ende klang genauso streng wie er nach der Beschreibung angenommen hatte. Der Botschafter wartete eine ganze Weile, ehe er zu sprechen begann, das erhöhte die Aufmerksamkeit und demonstrierte Macht.
«Hallo?», fragte die Frau am anderen Ende ungeduldig nach.
«Guten Tag, Frau Rickli, hier ist der Botschafter der Volksrepublik China. Sie baten um meine persönlichen Informationen bezüglich des Leichnams.» Er sprach extra staatsmännisch und mit einem leicht arroganten Ton.
Rickli mochte dieses Lackaffengetue überhaupt nicht, stellte sich aber gerade vor, wie der Botschafter an einem wuchtigen Pult sass und mit ihr spielte. Soll er es doch versuchen, ich weiss, wie man solche Typen provoziert, dachte sie.
«Genau, Sie haben eine Leiche gestohlen, das ist ein schwerwiegendes Delikt, das wir strafrechtlich verfolgen müssen, ob sie nun Botschafter oder der Papst höchstpersönlich sind.» Sie setzte

schon mal eine gehörige Portion Druck auf.
Doch ihr Gegenüber erschrak nicht so schnell. «Die Frage muss lauten, wer hier unerlaubt diese Leiche entwendet hat. Wir sind es den Angehörigen schuldig, die Leiche zu überführen, damit sie sich in nützlicher Frist von ihm verabschieden können und sie bestatten dürfen. Wir vertreten die Interessen der Chinesen in ihrem schönen Land. Wenn nun aber einer stirbt, dann übernehmen dessen Verwandte die Rechte darüber zu entscheiden», sprach er besonders langsam und bedächtig.
Statt dass Rickli ihn provozieren konnte, fühlte sie sich nun getriggert. «Das heisst, Sie wissen, wer er ist, und können ihn definitiv als Lan Guo identifizieren?», fragte sie zurück.
«Das ist korrekt, Frau Rickli. Wir hatten bereits Kontakt mit ihm aufgrund der bevorstehenden Rückführung, deshalb kennen wir seine Akte und können das bestätigen.»
Rickli ballte die Faust. Immerhin hatte sie nun den Beweis, dass es sich bei der Leiche um den vermissten Flüchtling aus Belp handelte, noch ehe jemand vor Ort mit dem Foto in der Hand nachfragen musste. Weshalb die Botschaft sich da einmischte, das hingegen war ihr ziemlich suspekt.
«Weshalb schaltet sich denn die chinesische Botschaft in eine solche Ausschaffung ein? Normalerweise ist das BFW für solche Fälle verantwortlich.»
Es war ihr klar, dass nun kein Geständnis folgen würde, das auf eine menschenrechtswidrige Verhörmethode hinweisen würde, wie ihre Freundin Nathalie Käppeli befürchtete. Aber die Frage nicht zu stellen, wäre geradezu grobfahrlässig.

«Die Chinesen sind dank ihres Botschaftsnetzes in der Lage, überall auf der Welt in nützlicher Frist für ihre Staatsangehörigen da zu sein. In diesem Fall bat uns Lan Guo um Hilfe, nachdem er einen negativen Entscheid vom BFW erhalten hatte. Wir haben ihm einen Rückflug verschafft.»
Das war verdammt clever. Eines musste Rickli zugeben, ihr Gegenüber war gerissen und nicht weniger intelligent als sie. Sie versuchte den Gedanken wieder loszuwerden, damit keine weiteren Sympathien aufkommen konnten.
«Sie werden verstehen, dass ich da meine Zweifel habe, Herr Botschafter.»
«Das ist bedauerlich. Viel zu oft verkennen die Europäer unser kulturelles Verständnis von Loyalität.» Er amüsierte sich fast ein wenig.
«Ich glaube, an diesem Punkt kommen wir nicht weiter», schwenkte Rickli um. «Also, wo ist die Leiche nun?»
«Bereits im Flugzeug Richtung Peking. Deshalb hatten wir es eilig, den Leichnam zu überführen. Die China Airlines fliegen heute Vormittag von Zürich aus nach Peking.»
Die Fahnderin spürte, dass der Mann log. Beweisen liess sich das natürlich nicht. Also blieb ihr nichts anderes übrig, als den Druck aufrechtzuerhalten. «Dennoch bleibt es eine kriminelle Tat, die wir zur Anzeige bringen müssen», wandte sie ein.
«Sehen Sie, Frau Rickli, das dürfen Sie gerne tun, nur verfügen wir über die rechtlichen Befugnisse und unsere staatsbürgerliche Autonomie. Sie können keine Chinesen anklagen, die nach chinesischem Recht amten.»

«Doch», widersprach die Fahnderin. «Eine Inderin darf in der Schweiz auch nicht minderjährig verheiratet werden, eine solche Partnerschaft wird von uns weder eingetragen noch akzeptiert.»
«Trotzdem geschieht das. Den Indern ist egal, was Ihre Gesetze dazu sagen, sie funktionieren in ihrem kulturellen Rahmen.»
«Wir werden sehen», sagte Rickli einigermassen entgeistert und war erstaunt, als sie noch einmal den Botschafter hörte, als sie gerade den roten Knopf zum Beenden des Gesprächs auf dem Handy betätigen wollte.
«Kommen Sie doch heute Abend vorbei. Ich gebe einen Empfang für einige auserwählte Polit- und Wirtschaftsvertreter. Dann werden Sie sehen, dass wir für die Schweiz ein wertvoller Partner sind und uns an dieser Freundschaft viel gelegen ist. Ich hinterlege Ihren Namen am Eingang, Türöffnung ist um 19 Uhr», sagte er und beendete das Telefongespräch.
Das Gefühl von Erhabenheit machte sich in seinem Körper breit. Soll doch diese Rickli versuchen ihn anzuzeigen. Noch heute Abend würde er Bundesrat Schluef klar machen, dass er hier unverzüglich Abhilfe erwartete. Dieser Bundesrat, der nur Frankenzeichen in den Augen trug und nach wie vor dem – aus chinesischer Sicht – Irrweg des Kapitalismus verfallen war, würde unverzüglich handeln, nur um das breit abgestützte und milliardenschwere Wirtschaftsabkommen nicht zu gefährden. Vor allem da heute Abend weitere Zugeständnisse gemacht werden, um die Abhängigkeit in Schwung zu bringen. Würde Rickli tatsächlich erscheinen, könnte er das ein für alle Mal regeln. So geht Diplomatie, dachte er und hoffte ein klein wenig, die blonde Frau mit

den streng nach hinten gekämmten Haaren und dem nicht minder strengen Ton zu Gesicht zu bekommen. Solche kratzbürstigen Frauen, die noch dazu gut aussehen, die mochte er. Sie waren nicht so langweilig und demütig wie die Chinesinnen, das wird sich im Bett sicherlich auch bemerkbar machen, fantasierte er und spürte, wie sich sein Glied in der Hose plötzlich meldete. Abhilfe verschaffte ihm nicht etwa der Gedanke an Rickli, nein, das war eine weitere Zuständigkeit von Lin, die er nun in sein Büro bat. Sie konnte es dem Botschafter schon anhören, wann sie wieder seine Gelüste zu befriedigen hatte. Widerstand war zwecklos. Der Botschafter hatte auch bei ihr für Abhängigkeiten gesorgt. Ihr Bruder war nur aus der Haft entlassen worden, weil sie ihm zeitlebens gefügig sein würde. Das war der Deal und den konnte er jederzeit rückgängig machen. Sie hielt von den Loyalitätsgebaren der kommunistischen Partei und ihren Vertretern deutlich weniger als der Botschafter.

Kapitel 32

«Desiree Winter vom Berner Kurier, guten Tag. Würden Sie mir freundlicherweise ein paar Fragen zum Appartement in Muri beantworten?» Die Journalistin schob dem ersten Makler, der ahnungslos am Eingang vor dem Gebäude der ‹von Dubois Immobilien› stand, ihren Presseausweis unter die Augen.
«Soweit ich weiss, ist das Appartement in Muri reserviert, aber da müssen Sie meinen Chef fragen, Herr von Dubois hat die Immobilie höchstpersönlich betreut.»
Er machte dabei einen Schritt zurück und nahm mit seinen hochgezogenen Schultern und dem etwas gesenkten Kopf eine äusserst demütige Position ein. Vermutlich nicht mal absichtlich. Ein Mann ohne Eier. Lieber keinen als so einen.
«Dann bringen Sie mich doch zu ihm.»
«Ich befürchte, wenn Sie keinen Termin haben, wird Sie Herr von Dubois nicht empfangen können», erwiderte er in einem Standardprogramm, das ihr verriet, dass sie wohl nicht die erste war, die diesen Mann sprechen wollte und abgewimmelt wurde.
«Dann richten Sie ihm doch bitte aus, wenn er morgen im Berner Kurier keine schlechte Presse über sein Unternehmen erhalten will, dann soll er sich gefälligst Zeit nehmen.»
Der Makler nickte artig, ging einmal quer durch das Foyer und klopfte an einer Flügeltür, die gut in dieses herrschaftliche Haus mitten in der Altstadt passte. Ein älterer Mann mit einem grob-

karierten Sakko und einem eingesteckten Tuch in Knallorange öffnete die Tür. Er schob sich seine modische Brille mit viel zu breiten Bügeln, ebenfalls knallorange, von der Nase.
«Ich hoffe, es ist wirklich dringend.»
Herrn von Dubois' Worte klangen zwar so ruhig wie ein verlassener Bergsee, aber auch so kalt.
«Frau Winter vom Berner Kurier», meldete der Makler. «Sie sagt, wenn Sie sich keine Zeit für ein Gespräch mit ihr nehmen, würde morgen etwas Schlechtes über uns in der Zeitung zu lesen sein.»
«Frau Winter, wie schön, dass Sie uns beehren. Treten Sie doch bitte ein.»
Wie auf Knopfdruck wechselte seine gesamte Körpersprache. Fast machte es den Anschein, als hätte er seine Person in einer Art Umkleidekabine gelassen und soeben die Theaterbühne betreten. Seine ausfallende Handbewegung prallte dem Makler mitten ins Gesicht, worauf sich dieser so demütig, wie er gekommen war, wieder verkroch. Winter war fast ein wenig überrascht über so viel Schauspielkunst, folgte der Einladung aber postwendend.
«Bitte nehmen Sie Platz», sagte er beflissen und zeigte auf eine Verergruppe an Fauteuils, die jeder einzeln einige hundert Kilo schwer sein musste.
Winter versank in einem der riesigen Sessel, von Dubois hingegen ging Richtung Seitenwand und entzweite eine hölzerne Weltkugel, in dessen Inhalt offenbar exquisite Destillate bereitstanden. Er schnappte sich zwei Gläser, schenkte sich ein Glas aus der Flasche mit der Aufschrift ‹Hennessy Cognac› ein und

sah sie fragend an. Winter schüttelte den Kopf und beschloss lieber gleich mit den Fragen zu beginnen.
«Gestern gab es in einer Immobilie, die bei Ihnen im Verkauf steht, einen Todesfall. Wie konnte die Person ins Innere dieser Wohnung gelangen?»
«Sehen Sie, das wüsste ich auch gern, schliesslich ist das Schmuckstück bereits reserviert und nun muss ich nochmals sämtliche Schlösser auswechseln, saubermachen lassen und vielleicht die Einbruchsicherheit erhöhen.»
«Nachdem Sie schon die Fenster verbessert haben. Ziemlich viel Aufwand für eine einfache Eigentumswohnung, dann noch vom Chef höchstpersönlich», kommentierte die Journalistin.
«Sehen Sie, den Standard, den unsere Kunden an solch auserlesenen Lagen gewohnt sind, duldet keine Kompromisse. Wir sprechen hier von einer Wohnung im Wert von über zwei Millionen Franken», sagte von Dubois mit einem Lächeln wie aus der Werbung.
«Das heisst, Sie gehen davon aus, dass jemand mit einem Schlüssel in die Wohnung kam, um dann aus dem Fenster zu stürzen? Ziemlich komisch, finden Sie nicht auch?» Winter mutmasste frisch drauf los.
«Wir engagieren eine grosse Reinigungsfirma, die verfügt über gewisse Schlüssel, dann wäre noch der Hausmeister. Es kann leider sein, dass sich hier jemand mutmasslich Zugang verschafft hat, das kann ich nicht ganz ausschliessen, deshalb reagieren wir ja.» Der Immobilienprofi klang immer noch gelassen.
«Ob es sich um jemanden aus dem Umkreis der Eigentümer

handelt, haben Sie daran mal gedacht?» Desiree beschloss, den glitschig-freundlichen Mann langsam aufs Glatteis zu führen.
«Selbstverständlich, Frau Winter. Nur ist das ganz und gar ausgeschlossen», sagte er noch immer freundlich und locker. Sein Körper aber bäumte sich erstmals ein wenig auf. Volltreffer, dachte Desiree, er will diesen Bereich nicht länger beleuchtet haben.
«Dann können Sie mir bestimmt sagen, wer noch im Besitz dieser Immobilie ist?»
«Selbstverständlich kann ich das. Das bin ich selbst.» Er lachte laut auf. Nun war er es, der die grosse Desiree Winter aufs Glatteis geführt hatte. Und nicht nur das, sie war gleich der Länge nach hingefallen. Zudem war er nun alarmiert, dass sie herumstocherte, kein Vorteil für ihre weiteren Recherchen. Winter war wütend. Nicht auf den Charmebolzen ihr gegenüber, sondern auf sich selbst. Aber dieses Aufbäumen, das hatte sie sich doch nicht eingebildet. Einen letzten Versuch wollte sie noch wagen.
«Weshalb verkaufen Sie die Wohnung?»
«Naja, ein guter Kunde von mir sagte, er suche genau so etwas. Deshalb beschloss ich kurzerhand mein Appartement zu verkaufen. Ich mache ein gutes Geschäft, er kann seinen Traum realisieren und alle sind zufrieden», gluckste er.
«Ich nehme nicht an, dass Sie nun auf der Strasse stehen», stocherte sie weiter nach.
«Frau Winter, ich weiss, das übersteigt jetzt vermutlich deutlich ihre Gehaltsklasse, aber unsereins kann sich durchaus mehrere

Immobilien leisten. Variety is the spice of life. Abwechslung ist das Gewürz des Lebens. Aktuell erfreue ich mich ohnehin etwas mehr an dem umgebauten Bauernhaus in Herrenschwanden.»
Sie kam hier keinen Millimeter weiter. Wie würde der alte Bovin vorgehen, wenn er hier feststeckte? Er würde provozieren, bis das Gegenüber den ersten Fehler machte. Genau, das war es! Sie hatte es in der Hand. Dieser alte Bovin war selbst tot noch wertvoll.
«Sehen Sie, Herr von Dubois, genau das glaube ich nicht. Ich gehe davon aus, dass die Immobilie der chinesischen Botschaft gehört. Weiter glaube ich, dass diese dort Flüchtlinge verhört. Bei einem solchen Verhör ist vermutlich der junge Mann gestern auf tragische Art und Weise gestorben. Also, wenn ich darüber schreibe und diese Fragen aufwerfe, dann stecken Sie, lieber Herr von Dubois, mittendrin im ganzen Schlamassel.»
Es geht doch, Desiree, lobte sie sich. Sie war wieder am Drücker, zurück im Sattel, wieder Pilot statt Passagier im Flugzeug. Bevor ihr noch mehr Metaphern in den Sinn kamen, ertappte sie den Immobilienhai zum zweiten Mal. Sein Körper verspannte sich, das Lachen fror ein und er stellte nun das Glas mit dem teuren Inhalt auf den Glastisch.
«Ich kann mich nicht daran erinnern, dass wir uns zur Märchenstunde getroffen haben. Ich habe Sie unangemeldet und freiwillig empfangen, diese Anschuldigungen sind nicht nur haltlos, sondern auch taktlos.»
Er regte sich nun sogar richtiggehend auf. Sie hatte ins Schwarze getroffen.

«Deshalb bin ich ja hier. Damit Sie morgen in meinem Artikel nicht in Verruf geraten, können Sie hier und jetzt Stellung nehmen. Ein Blick auf den Grundbuchauszug und ich sehe, wer der Besitzer ist.»
«Meinetwegen, wenn Sie mir versprechen, dann zu verschwinden, gebe ich Ihnen sogar einen Auszug mit.»
Er stand auf, lief Richtung Pult, drückte den Knopf der Freisprechanlage und befahl: «Bringen Sie mir den Grundbuchauszug meiner Liegenschaft in Muri als Ausdruck mit ins Büro.»
Die Wartezeit gestaltete sich still und schweigsam. Zeit. Winter nutzte sie, um ihre Gedanken zu sortieren. Offenbar stand von Dubois tatsächlich als Besitzer im Grundbuch, sonst würde er ihr den Auszug wohl kaum aushändigen. Hier hatte sie nun genug aufgescheucht, Menschen alarmiert, die sie nun auf dem Radar haben würden. Der Botschafter und dieser übermodische und selbstgefällige Immobilienmensch mussten sich also kennen und miteinander Geschäfte machen. Das stand für Desiree Winter nun fest. Nur die Beweise gab es nicht schriftlich, sondern nur in Form von Logik, Semantik und Körpersprache.
«Bitte sehr», sagte der demütige Makler, als er eintrat und ihr zwei Blätter entgegenhielt.
‹Von Dubois Immobilien› stand als Eigentümer vermerkt.
«Desiree Winter wollte gerade gehen», sagte von Dubois und der Makler hielt daraufhin die Flügeltüren geöffnet, damit die Journalistin doch nun endlich gehen möge. Sie war bereits auf halber Strecke, da rief ihr von Dubois nach: «Wir haben auch noch ein paar günstigere Immobilien im Angebot, wenn Sie

etwas suchen.»
Winter drehte nicht den Kopf, als sie antwortete: «Lieber eine freie Mieterin als das Leben lang überschuldet, weil man eine überteuerte Liegenschaft gekauft hat.»
Dann rumpelte es gewaltig und sie prallte mit einem Mann zusammen, der gerade um die Ecke ins Chefbüro kam und dessen breite Schultern genauso beeindruckend waren wie seine Frisur, mit rasierten Streifen zwischen beiden Ohren, den gesamten Hinterkopf entlang.
«Tschuldigung», sagte dieser mit osteuropäischem Akzent.
«Herr Zaimi, willkommen bei den von Dubois Immobilien! Treten Sie ein!», rief von Dubois.
Winter und Zaimi blickten sich lange an, ehe er fast schon zögerlich weiter in den Raum ging. Wieder so ein Widerling, einfach nur eine andere Variante. Das war die Kategorie niveauloser Macho, der noch dazu glaubte, Frauen würden bei Männern auf Trainerhosen stehen. Sie ging aus dem Gebäude zurück auf die Altstadtgasse und war für einmal heilfroh, eine ganz gewöhnliche Singlefrau zu sein.

Kapitel 33

An diesem frühen Abend war es ungewöhnlich hektisch am Bahnhof Bern. Immer wieder huschten ein paar Flüchtlinge vorbei, getreu ihrem Namen offenbar auf der Flucht. Ein einziger Mann war in der Lage, diese Nervosität aufzubauen: Polizist Röthlisberger. Mit seinem schwankenden Gang, bei dem er die Hüften übertrieben bewegte, um seiner Statur noch etwas Nachdruck zu verleiten, schlenderte er durch die Katakomben und Emporen, um immer dort anzuhalten, wo einige mit Bierdosen bewaffnete Jugendliche abhingen. «Röthlisberger, Kantonspolizei Bern. Kennen Sie diese beiden Personen?», fragte er einige dutzend Male und hielt jeweils zwei Bilder vom Dossier des Rückkehrzentrums Belp in der Hand.
Einmal mehr verscheuchte er mehr Leute, als er Antworten erhielt. Einmal mehr waren schusssichere Weste und ein Holster voller Gerätschaften keine Kleidung, die besonders beruhigend auf die am Bahnhof gestrandete Community wirkte. Es war ihm sehr wohl bewusst, dass er keine Antworten erhielt; es waren die Reaktionen, die er erkennen wollte. Eine besonders überraschte Person könnte mehr wissen, die galt es dann festzuhalten und mit etwas Nachdruck zu befragen. Das war sein Plan. Gleich oberhalb der grossen blauen Anzeigetafel sassen zwei junge Männer auf den Massagesesseln, ohne dass sich diese bewegten. Sie waren dermassen in ein Gespräch vertieft, dass sie das herannahende

Ungemach gar nicht kommen sahen. Er witterte seine Chance. Das mussten Afghanen, Syrer, Iraner, irgendetwas aus der Ecke sein, mutmasste er. Er schlich nah genug heran, um mit beiden Armen die Lehne des einen Sessels zu fassen, so dass der junge Mann wie gefangen darin festsass.

«Ganz ruhig sitzenbleiben, ich habe nur eine Frage», ermahnte er.

Der junge Mann schrie vor Schreck laut auf, während der andere aufsprang und sich in sichere Distanz begab. Die vorbeihuschende Menschenmenge blieb wie angewurzelt stehen, als hätte jemand in einem Video den Pausenknopf gedrückt.

«Gleis 6 Einfahrt des Intercity nach Thun, Spiez, Visp, Brig, Domodossola» war aus den Lautsprechern der Bahnhofsansage zu hören, ehe der Festgehaltene versuchte aufzustehen und von Röthlisberger unsanft zu Boden geschmettert wurde.

«Ganz ruhig, ich habe nur ein paar Fragen.»

Der Mann verstand nur Bahnhof, die Situation aber, die kannte er so ähnlich von seiner Flucht. An der EU-Aussengrenze in Kroatien war er mehrmals windelweich geprügelt worden. Das Déjàvue katapultierte ihn direkt in das damalige Trauma zurück. Er hechelte, strampelte und rief wie verrückt ein paar Worte, die Röthlisberger nicht verstand. Ehe er die Situation neu überdenken konnte, beschloss der Freund des jungen Mannes, dabei nicht tatenlos zuzusehen, ergriff das Messer und fuchtelte wie wild vor dem Beamten hin und her.

«Arschloch!», rief er Röthlisberger zu.

Augenblicklich drohte die Situation zu eskalieren. Doch der

erfahrene Polizist wusste, wenn er schon den Fehler gemacht hatte auf eigene Faust zu recherchieren, durfte er nun nicht per Funk Hilfe anfordern. Sein Verhalten war bereits jetzt mehr als fragwürdig. Er liess den jungen Mann los, stand langsam auf und schaute auf das Messer. Langsam löste er die Pistole aus dem Holster. Plötzlich kam wieder Bewegung in den Bahnhof. Nun stand das vermeintliche Video nicht mehr auf Pause, sondern es machte den Anschein, als würde jemand die Szene beschleunigen. Die Menschen brachten sich in Sicherheit, sofort bildete sich eine Gasse. Doch ehe Röthlisberger die Szene vollends begriff, durchschoss ein tiefer Schmerz seinen Rücken. So stark, dass er zu Boden sackte und nach vorn kippte. Blut quoll aus seinem Rücken und verteilte sich langsam auf dem glänzenden Boden. Nun waren es die Menschen, die schrien. Dahinter stand jener junge Mann, den Röthlisberger eben noch festgehalten hatte. Er war es, der sein Messer gezückt hatte und den Polizisten daran hindern wollte, die Pistole zu ziehen. Als er begriff, was er gerade getan hatte, warf er das Messer neben den verletzten Polizisten und flüchtete Richtung Bubenbergplatz, um in der Menschenmenge zu verschwinden. Die Passanten waren damit beschäftigt, die Szenerie zu beglotzen, manche gar mit einem Handy bewaffnet. Nur einer drückte eine Taste, um das Ganze aufzunehmen. Es war jene, welche die Aufnahme speicherte. Im Büro der Sicherheitsabteilung des Bahnhofs betätigte er den Alarmknopf und versuchte auf den 200 Kameras verzweifelt den Täter ausfindig zu machen. Nur Sekunden später eilte die erste Polizeipatrouille herbei und versuchte den stark blutenden Röthlisberger zu versorgen. Der andere Mann war längst Richtung Kurzzeitparking verschwunden. Zurück blieben Passanten, die sich nur mühselig auf Distanz halten liessen. Einer davon zoomte gerade sein Handy heran und erkannte genau, wie die inzwischen eingetroffenen Sanitätskräfte einen Druckverband anlegten, den Patienten umdrehten und verzweifelt zu reanimieren versuchten. Mit einer Handbewegung übers Gesicht schloss der Sanitäter die Augen des Opfers.

Kapitel 34

«Und?», begrüsste Noël seine Chefin erwartungsfroh, als diese gegen 17 Uhr in der Redaktion ankam.
«Und selbst?», fragte sie zurück, um etwas Zeit zu gewinnen, ihren Mantel abzustreifen und sich einen Kaffee zu genehmigen. Doch der Blick auf den Praktikanten reichte, um zu erahnen, was los war. Ja, er war fündig geworden.
«Käppeli und Rickli kennen sich tatsächlich. Und zwar schon lange», fasste er zusammen.
«Nicht hier», entgegnete Desiree und zog den Jüngling am Ärmel in Mels Büro, um hinter sich die Tür zu verschliessen. «Ich will nicht, dass die anderen etwas davon erfahren und sich dann verplappern.»
«Ja, schon klar, ich weiss», erwiderte Noël und setzte seine Erläuterungen fort.
«Es gab einen Vergewaltigungsfall, als Käppeli noch Studentin war. Rickli war damals ebenfalls noch an der Uni Bern, erwischte den Täter in flagranti und überführte ihn wenig später. Das stand sogar in unserer Zeitung. Was allerdings nirgends in unserem Archiv stand, sondern den unendlichen Weiten des Internets zu entnehmen war, ist die Tatsache, dass sie seither nicht nur in Kontakt geblieben sind, sondern sogar einmal eine Zeit lang zusammen gewohnt haben.» Damit schloss er seine Ausführungen.

«Sieh an, sieh an. Und was sagt uns das, Herr Praktikant?», wollte Winter wissen.
«Na, dass Käppeli genau deshalb von diesem scheinbar belanglosen Todesfall erfahren haben könnte und deshalb dieselben Vermutungen anstellt wie wir», sagte er und platzte fast vor Spannung.
«Korrekt. Und im Umkehrschluss bedeutet das wiederum, dass Fahnderin Rickli vom China-Abkommen wissen könnte.»
«Dann wird es Zeit sich zusammenzutun, oder etwa nicht?»
«Noch nicht, wir müssen einen Trumpf im Ärmel haben, den die Polizei nicht kennt, damit wir ins Geschäft kommen», gab Winter routiniert zu bedenken.
«Dein Besuch bei von Dubois?»
«Das wäre theoretisch denkbar, praktisch habe ich aus dieser Begegnung nur zahlreiche Vermutungen ohne Stichhaltiges», fasste nun Desiree zusammen und erläuterte Noël die Details der Konversation.
«Was tut ihr da in meinem Büro?», krächzte Mel mit heiserer Stimme, als sie die Tür zu ihrem Büro öffnete und einigermassen erstaunt die beiden am Pult angelehnt diskutieren sah.
«Der Fall nimmt Fahrt auf, wir sind bald so weit», entgegnete Winter.
«Gut so, das will ich auch hoffen, ich habe nämlich inzwischen eine weitere Story für dich, Desiree», sagte Mel in einem Befehlston. «Ein Polizist wurde am Bahnhof von einem Flüchtling mit einem Messer tödlich verletzt. Die Polizeimeldung kam soeben rein.»

«Hat es was mit unserem Fall zu tun?», fragte Noël.
«Es gibt Überwachungsvideos, die Polizei hofft, dass wir Fahndungsbilder abdrucken», antwortete Mel.
«Ach, guck mal, wenn die Polizei einen der ihren verliert, sollen wir helfen, wenn es nur ein Flüchtling ist, der vermisst wird, brauchen sie uns nicht.» Winter dachte an Lan, Sherif und Arjun. Noël hatte das Büro schon verlassen und ging an Desirees Schreibtisch. In Windeseile hatte er Mels Mail geöffnet und das Fahndungsfoto angeschaut.
«Nein, es ist keiner aus unserem Fall», gab er Entwarnung, als die beiden Frauen in das Grossraumbüro traten.
«Wie zum Geier bist du an mein Passwort gekommen, um dich bei mir einzuloggen?», fragte Desiree leicht verärgert.
«Naja, ich habe schon neben dir gestanden und mir die Tastenkombination gemerkt. Man weiss ja nie, wann man die einmal brauchen könnte», meinte er in einer Mischung aus Stolz und Verlegenheit.
Mel fand das ziemlich witzig.
«Mistkerl», murmelte Desiree, wählte die Betonung aber so, dass nun alle lachen mussten.
«Ich weiss, das ist politisch brisant, schürt wieder Ängste in der Bevölkerung. Die Rechtskonservativen werden den Fall hoch- und runterbeten, aber jetzt gerade habe ich keine Zeit mich darum zu kümmern.»
«Na schön, dann mache ich es selbst, dann können wir es zumindest miteinander abstimmen», fauchte Mel wenig erfreut.
Noël wollte die Chefredaktorin wieder aufheitern: «Ich wünsche

Ihnen heute Abend viel Vergnügen, es wird sicherlich vorzügliches Essen geben.»
«Hä?» Mel war verdutzt.
«Naja, die Medieneinladung auf Ihrem Pult. Die chinesische Botschaft und das Wirtschaftsapéro mit Bundesrat Schluef.»
Nun war es Desiree, die unverrichteter Dinge aufstand und zurück an Mels Pult huschte.
«Weshalb weiss ich davon nichts?», fauchte sie und fuchtelte mit der Einladungskarte in der Luft.
«Weil es an mich adressiert war und vermutlich eh nur ein Geplänkel mit viel Schönrednerei ist», argumentierte Mel.
«Bis dato wolltest du noch nie an so einen Anlass gehen. Im Gegenteil, normalerweise umfährst du solche Events grossräumig.»
Noël nickte so vehement, dass Desiree ihm einen Schubser verpasste. Aber sie wusste selbst, dass Mel recht hatte und der Praktikant sie inzwischen gut genug kannte, um es sich bildlich vorstellen zu können.
«Aber an diesem Apéro könnten wir mehr über das China-Abkommen in Erfahrung bringen», meinte Desiree.
«Niemand wird dir wohl in aller Öffentlichkeit freizügig Informationen geben.» Mel gab ein wenig Widerstand.
«Das nicht“, erwiderte Noël, «aber wir könnten erkennen, wer wen kennt, das ist für unsere Recherche wichtig.»
Desiree war fast ein wenig entzückt von seiner Schützenhilfe.
«Unter zwei Bedingungen», gab Mel nach. «Erstens ihr blamiert uns nicht und zieht euch etwas Passendes an. Zweitens habe ich

bis morgen um neun Uhr eine schriftliche Stellungnahme auf dem Pult, weshalb ihr in die Pathologie eingedrungen seid. Die Polizei faselte etwas von Behinderung laufender Untersuchungen und drohte mit Anklage.»

«Einverstanden», sagte Noël und erhielt den zweiten Ellbogencheck seiner Chefin.

«Du meinst Abendkleid und der ganze Scheiss?», fauchte Desiree wenig erfreut.

«Ja genau, und zwar der ganze Scheiss.» Mel grinste schadenfreudig.

«Aber der Anlass fängt ja schon in knapp anderthalb Stunden an», sagte Noël und verriet damit, dass er die Einladungskarte offenbar sogar kurz geöffnet hatte.

«Der Bericht ist also kein Problem, aber die hochhackigen Schuhe und das Kleid schon?», amüsierte sich Mel immer mehr.

«Du sagst es», sagte Desiree ziemlich genervt, als sie aus der Redaktion schritt. Im Vorbeigehen verpasste sie dem Ellbogen des Praktikanten aber diesmal keinen Check, sondern ergriff ihn und schleppte ihren Kompagnon aus der Redaktion. Noël konnte gerade noch den gelben Zettel mitnehmen, der auf Desirees Pult lag. Mel gab dem ungleichen Duo noch die Einladung mit und stellte sich mit einem breiten Grinsen im Gesicht vor, wie Desiree, sich sichtlich unwohl fühlend in ihrem Abendkleid, sich einen Abend lang benehmen musste.

Kapitel 35

Nein, Mühe hatte er sich nicht gegeben, um «von Dubois Immobilien» zu versichern, dass er potent genug war eine teure Immobilie zu erstehen. Er stand in seinen weissen Turnschuhen, den losen Trainerhosen und dem Kapuzenpulli in einem Büro voller adrett gekleideter Menschen wie ein Allien und genoss richtiggehend die entgeisterten Blicke. Um so mehr, als diese verwundert zur Kenntnis nahmen, dass der Chef höchstpersönlich diesen Typen zu sich ins Büro gebeten hatte. Nein, Mühe geben musste er sich nicht. Tarik Zaimi war dem Patron des Traditionshauses kein Unbekannter.

Sherif staunte nicht schlecht, als er dem Chef der albanischen Mafia in Bern am Telefon seinen Wunsch offenbarte, er würde gern im besagten Büro Unterlagen über die Liegenschaft in Muri einsehen, und dieser sagte, kein Problem, er kenne diesen Mann. Sherif wollte sich nicht ausmalen, wie und weshalb, begleitete nun aber Arjun beim Auf- und Ablaufen in Murats Werkstatt.

«Vielleicht sollten wir die Atemübungen machen, die bringen möglicherweise Glück», sagte er zu seinem Freund. Arjun nahm Sherifs Hand und küsste dessen Ring. «Nein, atmen bringt kein Glück, aber das hier schon.»

Die beiden hielten einen Moment lang an und lachten. Dann ging es weiter mit Hin- und Herlaufen. Das mit dem Ein- und Ausatmen, das mochten sie gerade beide nicht versuchen.

«Du willst also ein Haus kaufen. Das ist eine gute Idee, dann machst du mehr Rendite als mit den Mietpreisen, die du monatlich bezahlst», begann von Dubois das Gespräch, nachdem er die Tür geschlossen hatte.
«Gibt es hier eigentlich nichts Anständiges zu trinken?», fragte Tarik, als hätte er den modisch gekleideten Mann gar nicht gehört. Dieser zeigte auf die hölzerne Weltkugel und ehe er etwas sagen konnte, öffnete der Albaner das Konstrukt und füllte sich ein Glas mit Hennessy.
«Nicht fürs Geschäft mit den Mädchen, für mich. Es muss in Muri sein, hier will ich meine Beine hochlagern», sagte Tarik und schlürfte ziemlich laut am Cognac.
«Im Moment habe ich keine Liegenschaft in Muri, aber in Gümligen, die könnte dir gefallen», sagte von Dubois.
«Gümligen ist nicht sexy. Du hast eine Wohnung in Muri mit Status reserviert. Die will ich.»
«Ich befürchte, das geht nicht.»
Tarik öffnete die Sporttasche und zeigte auf mehrere Bündel mit Tausendfrankenscheinen. «Ich zahle bar auf die Hand, du kannst selbst ausrechnen, wieviel Provision du willst und welchen Preis du beim Kunden abrechnest.» Er befahl fast mehr, als dass er es sagte.
Von Dubois nahm all seinen Mut zusammen. «Das geht nicht, die Wohnung ist vergeben.»
«Gut, das Zeug», kommentierte Tarik den Hennessy, von dem er den Rest in einem Zug austrank und das Glas hinstellte.
Langsam schritt er auf den Patron zu, ergriff dessen Hals und

sprach ganz langsam: «Weshalb kannst du mir diese Wohnung nicht geben? Sag mir, weshalb.»
«Ähm, naja, die gehört eigentlich den Chinesen und die reagieren ziemlich empfindlich, wenn ich vertragsbrüchig werde», stammelte von Dubois.
«Was die mit dir anstellen, ist im Vergleich dazu, was ich mit dir mache, wenn du mir die verdammte Wohnung nicht gibst, nicht mehr als ein schlechter Fick mit einem meiner Mädchen.»
Von Dubois räusperte sich. «Hör zu, Tarik, ich schätze dich als Mieter und du zahlst mehr als abgemacht, damit nehme ich schwarz einige Franken ein, das will ich nicht aufs Spiel setzen.»
«Und die Mädchen, vergiss die Mädchen nicht», fügte Tarik hinzu.
«Ja, ich darf frei Haus vögeln, ich weiss.»
«Siehst du, und wir wollen doch diese gute Partnerschaft nicht aufs Spiel setzen», sagte der Albaner und setzte sich nun auf einen der Fauteuils.
Endlich konnte von Dubois wieder etwas klarere Gedanken fassen. «Glaub mir, du willst die Wohnung nicht, sie ist teuer, langweilig und die Nachbarn sind erzkonservative Menschen, du würdest dort nur auffallen. Du bist ein Typ für ein Haus mit Pool und wunderschönen Mädchen rundherum.»
«Ja genau, das bin ich, du hast ja recht, Horay, du verstehst etwas von deinem Job. Also los, ich warte, bring mir die besten Villen, ich will Dossiers anschauen.»
«Alles klar, warte hier und nimm dir noch einen Cognac», antwortete der Patron und eilte aus dem Büro, um schnell ein

paar Immobiliendossiers zusammenzustellen.
Kaum schloss er hinter sich die Tür, stand Tarik auf und durchstöberte das Büro nach den besagten Unterlagen. Viele der Leitz-Ordner standen nicht im Haller-Regal. Die meisten Liegenschaften betreuten hier wohl andere. Umso besser, dachte er und griff nach dem ersten Ordner. Darin waren lauter Verträge, Juristengeschwafel, von dem er nichts verstand. Im zweiten Ordner aber wurde er bereits fündig. Ein Vertrag mit der chinesischen Botschaft, ein Grundbuchauszug, ein Stockwerksreglement, alles da. Tarik zückte sein Handy und fotografierte den Vertrag sowie den Grundbuchauszug. Dann hörte er plötzlich, wie sich die Tür öffnete. Er knallte den Ordner zu und setzte sich in den Chefsessel hinter dem Pult.
«Du hast es gut hier, ganz mein Geschmack, dein Büro», sagte er, um herauszufinden, ob von Dubois etwas bemerkt hatte.
Doch dessen Augen waren im Gehen noch auf die Dossiers in seinen Händen gerichtet.
«Hier, mein Freund, nicht Muri, aber viel besser: eine Villa mit Pool, Veranda, Sauna und Dreifachgarage in Ittigen. Das ist das neue Muri, steuergünstiger und auch weniger verstaubt als Muri», argumentierte er.
Tarik schnappte sich das Dossier, schaute kurz drüber und sagte: «Ja, wieso nicht. Ich will eine kleine Party dort steigen lassen. Wenn es meinen Gästen und mir gefällt, kaufe ich die Hütte.»
«Das Haus ist noch bewohnt, ich kann da nicht einfach eine Party veranstalten.»
Tarik stand auf, rollte das Dossier zu einem Rohr zusammen,

sagte: «Wir werden sehen», und verliess das Büro.
Als das Werkstatttelefon bei Murat endlich durch die Halle schepperte und dieser «Guten Tag, Herr Zaimi» sagte, eilte Sherif herbei und übernahm den Hörer.
«Und? Hast du etwas?»
«Klar doch», entgegnete Tarik. «Aber das kostet dich etwas.»
Sherif hatte schon erwartet, dass ein Mafioso aus Albanien nichts umsonst tat, und beschloss, kein Risiko einzugehen. «Ja klar, alles, was du willst.»
«Nächste Woche erwarte ich eine Lieferung mit vier Mädchen aus Rumänien. Sie sind Teil einer grösseren Lieferung für die ganze Schweiz. An der Grenze in Diepoldsau werden sie ausgeladen und gehen nachts rüber. Du wartest auf sie und nimmst sie mit bis nach Bern. Gratis, versteht sich.»
«Wird erledigt.» Sherif wollte gerade hinzufügen, dass er ihm die Koordinaten wie üblich aufs Handy schicken sollte, als ihm in den Sinn kam, dass er gar keines mehr hatte. «Ich habe kein Telefon mehr.»
«Okay, komm in die Secrets-Bar, du erhältst dort ein Handy und die Koordinaten, wo und wann die Mädchen ankommen.»
«Verstanden. Und die Unterlagen?»
«Die gibt's am selben Ort. In einer halben Stunde», sagte Tarik und beendete den Anruf.
«Sherif, sei vorsichtig», mahnte Arjun. Er war sich nicht mehr sicher, wie gut seine Idee, unbedingt weiterzumachen, eigentlich noch war.
«Keine Sorgen, mein Junge, dem alten Sherif geschieht schon

nichts», sagte er und lief Richtung Audi.
«Du, Arjun, wartest aber besser hier.»
«Genau wie du», hallte Murats Stimme durch die Werkstatt.
«Ihr zwei wartet hier, ich hole die Unterlagen. Wohin musst du?»
Murat schnappte sich die Schlüssel des schwarzen Audis. Sherif schenkte ihm einen exakten Beschrieb bis zur Secrets-Bar und küsste seinen türkischen Freund vor der Abfahrt auf beide Wangen.
Murat öffnete das Garagentor, stieg ins Auto, drehte die Scheibe herunter und rief: «Wir retten die Welt, nicht vergessen.»
Zurück blieben Arjun und Sherif, die das taten, was sie seit Stunden schon taten: Sie liefen auf und ab.

Kapitel 36

«Mal sehen, das hier müsste gehen», sagte Desiree und streckte dem Praktikanten einen günstigen Smoking hin. D&B hatte keine hochklassigen Stücke, aber für den einen Abend und ein Shopping in aller Eile müsste es reichen. Als Noël aus der Umkleidekabine trat, kam Desiree auf ihn zu, umfasste seinen Hals und befestigte die schwarze Fliege.

«Nicht gerade James Bond, aber für einen Nerd ganz passabel», witzelte sie.

Noël hingegen konnte kaum etwas sagen. Die Situation machte ihn definitiv etwas verlegen.

«Jetzt du», stammelte er und schweifte aus, um nach Abendkleidern zu suchen. Er hielt ihr mehrere Kleider am Bügel zur Schau vor und jedes Mal schüttelte sie den Kopf. Das eine Schwarze mit dem tiefen Ausschnitt, das wagte er nicht ihr zu zeigen. Dann aber war sie es, die in seine Richtung lief, zielsicher jenes Kleid hervornahm und wortlos Richtung Umkleide verschwand. Noël lief ihr hinterher, wie ein Hund seinem Frauchen. Gespannt wartete er, gefühlt viel zu lange, bis sich der Vorhang endlich lichtete. Desiree Winter ohne Jeans und Schlabberpulli, dafür mit einem tiefen Ausschnitt, einer rückenfreien Partie und bis knapp übers Knie entblössten Beinen.

«Oh, wow», stammelte der Praktikant, so dass Desiree schmunzeln musste und beschloss, die Szene noch etwas anzufeuern. Sie

schritt langsam auf ihn zu, legte ihre Hand auf seine rechte Schulter und hob ihr linkes Bein.
«Na, bereit für den Einsatz, James Bond?»
«In der Rolle von Adson habe ich mich sicherer gefühlt», stammelte er.
Desiree lachte vergnügt, ergriff seinen Ellbogen und lief Richtung Kasse. «Scannen Sie uns, wir behalten die Kleider gleich an», sagte sie an der Kasse.
«Und Ihre Kleider, sind die noch in der Kabine?», fragte die Verkäuferin.
«Ja, wir holen sie gleich, nun brauchen wir aber noch beide ein Paar Schuhe.»
Die Verkäuferin verdrehte die Augen und suchte die Kleider nach den Barcodes ab. «Hier, diese könnten passen», meinte sie und zeigte auf ein paar schwarze Highheels.
«Packen Sie sie ein und für den jungen Herrn hier finden Sie sicherlich auch noch ein Paar. Grösse 37 für mich, und du?» Sie blickte Noël fragend an.
«43», lautete seine viel zu leise Antwort. Es war ihm peinlich und angenehm zugleich, er war verzückt und verlegen im selben Moment.
Draussen auf der Strasse war es viel zu kalt für diese Kleidung. Die beiden kramten ihre Jacken aus dem D&B-Sack hervor und stülpten sich diese über. Wenig später bestieg das Duo das Tram, das vom Bahnhof Richtung Muri fuhr.
«Wie wollen wir vorgehen?», wollte Noël auf halber Strecke wissen. «Man kann einen Empfang nicht planen. Die Leute

bewegen sich frei und die Gesprächsrunden sind allesamt langweiliges Geplänkel», ergänzte er gleich selbst.
«Was aber verändert sich nicht?», stellte Desiree eine der mittlerweile schon typischen Gegenfragen.
«Die Kleider, das Essen, die Getränke, das Gebäude.»
«Bingo.»
«Bingo was?» Der Praktikant stand offenbar auf dem Schlauch.
«Das Gebäude. Wir müssen die Chance haben, uns aus dem Staub zu machen, dann können wir in den Räumlichkeiten nach Beweisen suchen, dass es solche Verhöre gibt.
«Desiree, wir leben im digitalen Zeitalter«, entgegnete er. «Du glaubst doch nicht allen Ernstes, dass die Chinesen auf Papier solche Informationen feinsäuberlich für uns bereit halten.»
«Psst, nicht so laut, wir sitzen in einem Tram», flüsterte Desiree und fügte hinzu: «Die Chinesen haben es nicht so mit dem Digitalen, das ist ihnen zu gefährlich. Viel eher werden heikle Dossiers gänzlich fern jedweder Technologie versteckt und das ist noch nicht alles.»
Es klang wieder so ähnlich wie eine Frage, ein Test sozusagen.
«Wir könnten vielleicht den einen oder anderen befragen.»
«Fast. Befragen bringt nichts. Aber wenn man einem Menschen fortwährend das Gefühl gibt, man denke genau wie er, fasst er Vertrauen und vielleicht verrät er etwas mehr, als ihm lieb ist. Der Alkohol kann da ein freundlicher Helfer sein», flüsterte sie ihm ins Ohr.
«Aber als Journalisten gewinnen wir wohl kaum dermassen schnell so viel Vertrauen», gab er zu bedenken.

«Wer sagt denn, dass wir in den Gesprächen Journalisten sind?»
Mehr konnte Desiree nicht verraten. Das war aber keinem Hintergedanken geschuldet, sondern der Tatsache, dass sie noch keine Zeit gehabt hatten für tiefergehende Pläne. Sie musste sich voll und ganz auf ihre Erfahrung, ihre Intuition und ihre Erinnerungen an Georg Bovin verlassen. Selbst dafür hatte sie kaum Zeit, denn am Eingang kontrollierte eine adrette Chinesin peinlich genau die Einladungskarten mit den Namen. Ihr Name war genauso wenig auf der Karte wie jener von Noël.
«Herzlich willkommen in der chinesischen Botschaft, ihre Einladung bitte», sagte die Dame im schwarzen Deux-Pièces und einem China-Emblem auf dem Kragen.
Desiree hielt ihr die Einladung entgegen und sagte: «Das hier ist mein Fotograf. Ich hoffe, das geht in Ordnung.»
«Aber selbstverständlich, die Presse ist uns herzlich willkommen.» Die Dame lächelte, machten einen kleinen Knicks und schon zeigte sie mit einer einladenden Handbewegung ins Innere der Botschaft.
«Ohne Kamera?», flüsterte Noël.
«Dafür mit zwei D&B-Säcken», erwiderte Desiree. «Los, gib die Säcke an der Garderobe ab», befahl sie und zog sich die Jacke aus. Umwerfend, sie sieht wirklich umwerfend aus, dachte Noël. Ungeschminkt und notdürftig im Tram frisiert hatte sie mehr Ausstrahlung als die meisten anderen Menschen im Inneren des Gebäudes.
Winter schnappte sich ein Champagnerglas und schlenderte an eines jener Stehtischchen, die etwas abseits standen.

«Da steht, glaub ich, Bundesrat Schluef», sagte Noël fast ein wenig ehrfürchtig und blickte Richtung hinteres Saalende.
«Ja, und sein Gesprächspartner ist vermutlich der Botschafter», ergänzte Desiree, die den einzigen Mann in einem Smoking mitsamt Kummerbund meinte.
«Auf alle Fälle trägt er einen Chinapin», ergänzte Noël.
Winter konnte es nur annehmen, denn sie war aus dieser Distanz nicht in der Lage, das leichte Glitzern auf dem Veston genauer zu identifizieren.
«Guten Abend, meine Schöne. Na, das nenn ich mal eine angenehme Überraschung», sagte eine Männerstimme von hinten, die Desiree nur allzu gut kannte.
«Hallo, Pascal. War ja zu erwarten, dass du da bist», erwiderte sie. «Darf ich vorstellen? Das ist Noël, mein Praktikant.»
«Angenehm, Pascal Udry. Ich bin der Bundeshaussprecher», antwortete er und streckte dem jungen Mann die Hand entgegen.
«Guten Abend, Herr Udry, es ist mir eine Ehre.»
«Na, nicht so förmlich, ich bin Pascal.»
«Noël ist ein grosser Fan von Bundesrat Schluef. Meinst du, du könntest ihn kurz mitnehmen, damit er ihm die Hand schütteln kann?», fragte Desiree mit einem Lächeln, das bestens mit dem Kleid harmonierte.
«Ja klar, komm mit», sagte Pascal und ging nach vorne. Desiree kniff Noël kurz in den Arm. Offenbar war das die erste Aufgabe für ihn. Nur, was hatte er zu tun? Er würde gleich jenen Bundesrat gut finden müssen, der so gar nicht in sein Weltbild passte. Das war schliesslich schwer genug.

«Darf ich kurz stören? Hier ist ein junger Journalist, der Sie unbedingt kennenlernen möchte», unterbrach Pascal das bundesrätliche Gespräch.
«Herr Bundesrat, es ist mir eine Ehre», sagte Noël und streckte ihm seine Hand entgegen.
«Ganz meinerseits. Darf ich fragen, für wen Sie schreiben, dass Sie mit Ihren jungen Jahren schon an einem solchen Empfang sein dürfen?»
«Für den Berner Kurier.»
«Na, dann nehm ich mich mal besser in Acht», scherzte Schluef und wendete sich wieder dem Botschafter zu.
«Natürlich, verzeihen Sie. Herr Botschafter, nehme ich an. Vielen Dank für Ihre freundliche Einladung, es ist mir eine grosse Ehre.»
Der Botschafter hatte einen so jungen Journalisten nicht erwartet. Aber umso besser, der würde sicherlich ehrfürchtig genug sein, um keine kritischen Fragen zu stellen.
«Sie sind ein fleissiger und ambitionierter junger Mann. Allein der Tatsache, dass Sie es schon bis hierher geschafft haben, gebührt alle Achtung», sagte er gekonnt staatsmännisch, aber auch distanziert. Sein Blick schweifte unaufhaltsam umher, irgendwie war er da und doch weit weg von jenem Stehtisch mit dem Bundesrat und ihm, dem kleinen Praktikanten.
«Gut, ich muss nun meine Rede halten. Wenn Sie mich bitte entschuldigen», sagte Schluef und ging vom Stehtisch Richtung Bühne, auf der im hinteren Bereich ein Flügel, eine Harfe und einige Notenständer ein bevorstehendes, klassisches Ensemble

vermuten liessen.
«Sehr geehrter Herr Botschafter, werte Gäste aus Politik und Wirtschaft, aus China und der Schweiz. Was du liebst, lass frei, sagte einst Konfuzius. Dieser grossartige chinesische Philosoph wusste offenbar schon, wie sehr wir unseren Schweizer Käse lieben, und trotzdem exportieren wir ihn. Am liebsten nach China. Unsere asiatischen Freunde schätzen ihn und die anderen Güter unseres kleinen Alpenlandes in ihrer typischen Art und Weise. Mit Respekt, Demut, Wertschätzung und Höflichkeit. Käse, Uhren, Schokolade sind längst in China angelangt. Aber die Schweiz hat noch viele weitere Güter, die bald auf dem chinesischen Markt präsent sein werden. Im Rahmen eines umfassenden Wirtschaftsvertrags ist es uns gelungen, die Handelshemmnisse gemeinsam abzubauen und weitreichende Verträge zu unterzeichnen, die zollfreie Wege zwischen unseren beiden Wirtschaftsräumen zusammenbringen können. Ich darf heute verkünden, dass die meisten SMI-notierten Börsenfirmen diese Chance packen wollen und den chinesischen Markt erschliessen werden. Einige CEOs sind heute Abend hier unter uns und wenn Sie ihnen noch ein Glas Champagner einschenken, werden sie Ihnen vielleicht sogar noch das eine oder andere Details verraten. Was du liebst, lass frei, sagten sich aber auch die Chinesen und haben uns mit unzähligen Produkten beschenkt, die wir hier nicht herstellen können. Sie lassen uns an ihrem Aufschwung, an ihrer Tüchtigkeit und ihrer geballten Wirtschaftskraft teilhaben. Im Namen der Schweizerischen Eidgenossenschaft danke ich der Volksrepublik China für diese Partnerschaft. Massgeblich

beteiligt an diesem Erfolg ist dieser Mann hier, der chinesische Botschafter in der Schweiz.»
Schluef applaudierte und die Gäste taten es ihm gleich.
Der Botschafter hielt die Hand hoch, als Zeichen, den Applaus doch bitte einzustellen, ehe er dem Bundesrat die Hand reichte und kurz darauf zu reden begann: «Geschätzter Herr Aussenminister, geschätzte Gäste. Das Zitat von Konfuzius geht noch weiter. Was du liebst, lass frei, kommt es zurück, gehört es dir. Wir in China glauben, dass sich Erfolg vergrössert, wenn man ihn teilt. Um etwas zu teilen, muss man aber vertrauen und den richtigen Partner finden. Die Schweiz ist für uns der richtige Partner. Vertrauenswürdig, potent und vorbildlich. Sie fragen sich, weshalb das grosse China solche Anstrengungen für das kleine Land mitten in Europa unternimmt? Nun, auch wir kennen die Gelehrten aus der Schweizer Geschichte und können Ihnen die Antwort in Form eines Zitats von Friedrich Dürrenmatt geben: Das Kleine ist wichtiger als das Grosse. Wir verlassen uns lieber auf die kleine Schweiz, als uns grossen Illusionen hinzugeben. Herzlich willkommen in China, herzlich willkommen in unserer Botschaft.»
Der Applaus war frenetisch und bot dem Orchester genügend Zeit auf die Bühne zu gehen, die Instrumente in Stellung zu bringen und mit ‹Mein Vaterland› von Bendicht Smetana zu beginnen. Die Harfenklänge versetzten die Räumlichkeiten in eine friedliche Atmosphäre des Respekts und des Sanftmuts. Zeit für Noël, wieder Desiree Winter aufzusuchen. Doch der Stehtisch am anderen Ende des Saals war inzwischen von anderen

Gästen in Beschlag genommen. Vergebens suchte er die Journalistin im Raum. Desiree Winter war verschwunden.

Kapitel 37

Der Beschrieb war klar genug, sodass Murat den alten Audi vor dem rot leuchtenden Schild mit der Aufschrift «Secrets» parkieren konnte, ohne vorher eine unfreiwillige Besichtigung des Industrieteils von Zollikofen zu machen. Zwei Kameras lasen die Umgebung vor der dichten Stahltür. Murat betätigte die Klingel daneben und wenig später blickte ihn ein Mann an, der deutlich slavische Züge trug. Ein Brocken jener Sorte, für die ein 500-Gramm-Teigwarenpack höchstens für eine Mahlzeit reicht. Früher hätte er aus so einem Kleinholz gemacht; heute tragen sie alle Waffen. Nein, es war nicht mehr wie früher, dachte er, als der Mann zur Seite trat, um den Türken reinzulassen.

«Danke, mein Freund», sagte Murat und lächelte, ohne dass sein versteinertes Gegenüber darauf reagierte.

«Schickes Outfit», gluckste eine Dame, die nur mit einem um die Hüfte geschlungenen Tuch an der Bar sass und den neuen Gast von weitem eintreten sah.

Erst jetzt sah Murat, dass er noch immer die blauen Überhosen anhatte. Ein Träger hing lose herunter, der andere kämpfte gegen den gut genährten Bauch darum, dass die Hose gerade noch hielt. Die Frau schlug ihre Beine übereinander, wackelte ein wenig mit ihrem nackten Oberkörper und klopfte auf den Barsessel neben ihr.

«Verzeihen Sie, geschätzte Dame, es ist mir sehr unangenehm,

aber ich bin schon verabredet», stammelte Murat mehr, als dass es sich wie Sprechen anhörte.
Sie zuckte nur mit den Achseln und wendete sich so schnell ab, wie der Bass aus den Lautsprechern dröhnte.
«Zaimi, ich muss zu Tarik Zaimi», stotterte Murat noch immer.
Die Frau hob ihre angemalten Augenbrauen und sah mit finsterer Miene zum Slavengesicht hinüber. Er verstand den Blick und lief auf den runden Türken zu, wie ein Bär, der seine Beute in die Enge treibt.
«Es gibt keinen hier mit dem Namen», sagte er und machte mit dem Kopf eine Bewegung Richtung Tür. Murat nahm all seinen Mut zusammen, dachte an Sherif und Arjun, erinnerte sich an die glorreichen Zeiten im Boxring. Er schob fast schon theatralisch seinen zweiten Hosenträger hoch, blickte sein Gegenüber an und fauchte: «Ja klar, deshalb bestellt er mich hierher, du Clown.»
Der Türsteher hatte vermutlich keine anderen Befugnisse, als solche Fragen mit dem direkten Rausschmiss zu quittieren. Ohne ein weiteres Wort packte er den Türken am Kragen und schleifte den kleinen Wonneproppen am Boden Richtung Tür, als ob er nur ein sperriger grosser Karton wäre.
«Sherif schickt mich, er muss etwas bei Tarik abholen!», rief Murat.
«Ist gut, Ivan, du kannst ihn loslassen», erklang eine Stimme von der Bartheke her.
Als der Bär seine Beute losliess, plumpste der Türke unsanft zu Boden. Er richtete sich auf und sah den Mann im Jogginganzug neben der barbusigen Frau stehen. Auf dem Weg Richtung Tarik

schaffte er es nicht, keinen Blick auf die Brüste der Frau zu richten.

«Schön, nicht wahr?», sagte der Albaner und hielt die beiden Brüste der Frau wie Früchte in seiner Hand. Er küsste sie theatralisch und wandte dann seinen Blick dem Türken zu. «So so, Sherif kommt also nicht selbst. Weshalb soll ich das nun glauben und dir vertrauen?»

«Er ist, wie Sie wissen, in eine heikle Sache verwickelt und sollte nicht unbedingt gesehen werden, bis sich alles ein wenig beruhigt hat. Ich bin sein Schrauber für das Taxi.»

Zaimi musterte Murat eingehend, dieser spürte förmlich, wie Zaimis Hirn die Situation auf alle möglichen Fallen hin prüfte.

Doch es klang plausibel, machte Sinn und die ölverschmierten Überhosen mit dem nun wieder herunterhängenden Latz schienen Murat treue Dienste zu leisten.

«Dann warte hier», sagte Tarik und liess keinen Zweifel daran, dass er wenig erfreut war.

Er verschwand hinter der Bartheke auf wundersame Art, wie durch Magie. Zwischen all den Spiegeln musste es einen Eingang in einen hinteren Bereich geben. Murat tat, was er schon längst hätte tun sollen: Er setzte sich auf den Hocker neben die Frau, um zu warten.

Sie nahm seine Hände und legte sie auf ihre Brüste. Sie spürte, wie er ein klein wenig zitterte.

«Hier, nimm das und geh jetzt», sagte Tarik.

Murat hatte das Gefühl für Zeit verloren und wurde jäh aus der Szenerie gerissen. Dieser Tarik war erneut wie aus dem Nichts

gekommen.
«Danke», stammelte er, nahm seine Hände von den Brüsten, ergriff das Päcklein und lief Richtung Ausgang.
«Und bestell Sherif, er soll sich jederzeit bereithalten», mahnte Tarik, ehe der Türsteher bereits die Tür aufhielt, damit der Gast, der eigentlich gar keiner war, endlich verschwinden würde.
Auf dem Weg Richtung Eingang schnappte sich Murat den losen Latzteil, schob ihn nach oben, zwinkerte der Frau zu und verliess das ‹Secrets›. So viel Würde musste einfach noch sein, bei einem ehemaligen Boxmeister wie ihm.

Kapitel 38

Noël scannte den ganzen Saal ab, von Desiree fehlte wirklich jede Spur. Wohin war sie verschwunden? Er spürte, wie sein Herz klopfte, wie seine Beine schwammig wurden, er wusste, dass er nun keine Fehler machen durfte. Pascal Udry schoss ihm durch den Kopf, er wusste vielleicht, wo Winter war, schliesslich kannten sie sich offensichtlich ziemlich gut.

«Verzeihen Sie, wissen Sie vielleicht, wo Desiree ist?», fragte er wenig später, als er den adretten Mann am Rande einer illustren Runde vorfand.

«Leider nein, aber das will bei ihr nichts heissen, sie ist eigentlich nicht gern an solchen Veranstaltungen», schmunzelte Udry.

Er musste wohl gegen die fünfzig sein und angesichts all der Wirtschaftsleute um ihn herum ein guter Netzwerker, vielleicht sogar ein Informant seiner Chefin, überlegte der Jüngling. Er beschloss, sie später zu fragen, bedankte sich kurz und wendete sich ab. Wieder scannte er den Saal. Nein, das würde nicht funktionieren, er musste sich einen anderen Weg ausdenken. Oder sollte er derweil etwas anderes erledigen? Was war zu tun? So sehr er sich auch anstrengte, so wenig gelang es ihm, die ihm angedachte Aufgabe zu erahnen.

«Was genau suchst du?», drang eine strenge Stimme von hinten an ihn heran. Als sich der Praktikant umdrehte, erschrak er gehörig. Vor ihm stand eine Frau in dunkelblauem Kleid und

streng nach hinten gekämmten blonden Haaren. Rickli. Es schauderte ihn, was der Kommissarin nicht entging.
«Was tut ein Gehilfe aus dem pathologischen Institut an diesem Ort?», fragte sie mit einer gehörigen Portion Ironie, die vermuten liess, dass sie ihm diese Funktion längst nicht mehr glaubte. Er erwiderte den Händedruck weitaus weniger kräftig als Rickli. Sie durchbohrte sein Inneres mit ihren Augen.
«Du gehörst wohl eher zu Desiree Winter als zur Pathologie», entlarvte Rickli die Lüge gleich selbst.
Er ärgerte sich über seine Unbeholfenheit in dieser Situation. Nur, was sollte er tun? Schliesslich waren sie ins Leichenschauhaus eingedrungen und der Polizei eine Erklärung schuldig, die er noch nicht gefunden hatte. Er musste Zeit gewinnen.
«Ah, verzeihen Sie», sagte er, griff in die Innentasche seines Billigsmokings und nahm das Handy heraus, um so zu tun, als würde er ein dringendes Telefonat entgegennehmen. «Ja, ich verstehe», stammelt er gerade noch, ehe Rickli ihm bereits den Hörer aus der Hand nahm und sich selbst ans Ohr hielt.
«Fertig mit den Faxen, wer bist du?», fragte sie und steckte ihm das Handy wieder ins Sakko.
«Noël, der Praktikant von Desiree Winter», stammelte er und blickte gen Boden.
«Und was ist nun so peinlich daran?»
Endlich erwachte Noël aus seiner Lethargie. Offenbar kaufte sie ihm seine Schüchternheit ab, das konnte er sich zunutze machen. Sicherlich würde sie ihn nur ausfragen und nicht beschuldigen, schliesslich war er ja nur der Praktikant.

«Ich bin etwas scheu, wenn mich eine schöne Frau anspricht», mimte er den Nerd und verbarg den Schalk, so gut es ging.
«Du bist wohl nicht allein da. Also, wo ist sie?», fragte Rickli, ohne auf die Aussage zu reagieren.
«Nein», murmelte er und blickte noch immer zu Boden.
«Wo ist sie?», fragte Rickli nochmals und beobachtete den jungen Mann und dessen Reaktion. Selbst ein Anfänger hätte den aufgeschreckten Blick als Volltreffer enttarnen können.
«Ich weiss es wirklich nicht», platzte es vor lauter Verwunderung aus ihm heraus.
«Ihr seid wohl zusammen gekommen und während der Reden hat sich die blonde Spürnase aus dem Staub gemacht», folgerte die Fahnderin.
Noël stand die Verwunderung ins Gesicht geschrieben. Diese strenge Kommissarin stand seiner Chefin in punkto Scharfsinn in nichts nach.
«Rickli nehme ich an, sehr erfreut», ertönte eine Stimme, die zu einem Mann gehörte, der langsam an sie heranschritt. Elegant, erhaben, abstossend, wie die Fahnderin befand. Blitzschnell wechselte sie von einem Verhör zum anderen. Wortlos streckte sie dem Botschafter ihre Hand entgegen. Dieser nahm sie mit seiner rechten und hielt die linke Hand auf ihrer Handoberfläche, gerade so lange, dass er sich sicher war, sie würde sie nicht wegziehen.
«Begleiten Sie mich, ich möchte Sie mit ein paar Personen bekannt machen», sagte er und öffnete seinen linken Arm, damit die Kommissarin einhaken konnte. Noël würdigte er keines

Blickes. Doch dieser schien jetzt seine Chance zu erahnen. Zum einen konnte Rickli ihn nicht mehr länger in diesem Stehtischverhör halten, zum anderen war das seine Chance, sich unbemerkt an die Fersen des Botschafters zu heften, um vielleicht an brauchbare Informationen zu gelangen. Innerlich bat er förmlich darum, dass Rickli endlich diesen angewinkelten Arm als Einladung annahm.
Du widerlicher Scheisskerl! Was glaubst du eigentlich, wer du bist?, hörte sie sich schreien. Glücklicherweise war das nur ihre innere Stimme, die rebellierte. Ihr Verstand aber sagte etwas anderes. Es war eine Chance sein Vertrauen zu gewinnen und seine Arroganz zu nutzen, um an Informationen zu gelangen. Sie hakte sich ein und schlenderte am Arm des Gastgebers durch die Menge. Dicht dahinter folgte Noël, diesmal hatte er sich in die Brusttasche gegriffen und das Handy herausgeholt, ohne etwas vorzutäuschen. Er beschloss, die Aufnahmetaste zu aktivieren, damit er gewisse Wortfetzen später herausfiltern konnte. Jetzt war er seines Smokings würdig, er fühlte sich endlich wie ein investigativer Journalist. Es war das erste Mal dass er sich nicht mehr wünschte, lieber einfach nur Adson zu sein. Bei diesem Gedanken kam erstmals an diesem Abend so etwas wie Entschlossenheit in ihm auf.

Kapitel 39

Wie weiter? Hier schien die Reise zu Ende, ärgerte sich Desiree Winter. Ihr war, während der Bundesrat zu den Gästen sprach, der Weg vorbei an den Gästetoiletten gelungen, Richtung Büroräumlichkeiten der Botschaft. Die rechtwinkligen Töpfe mit dem Bambus gaben ihr guten Schutz, um sich dahinter zu stellen, ohne dass die Wachen vor der mittleren Flügeltür von ihr Notiz nehmen konnten. Während im Saal der Botschafter seine Ansprache hielt, studierte sie die beiden Männer in ihren schwarzen Anzügen links und rechts vor der Tür. Die kleine Auswülstung an der Seite der Sakkos verriet ihr, dass die Männer bewaffnet waren. Pistolen in einem ledernen Halfter, vermutete sie. Hinter der Tür mussten Informationen von grosser Wichtigkeit lauern, wenn die Tür bewacht werden musste, selbst in der Schweiz, selbst an einem Anlass, an dem wohl niemand etwas anderes als wirtschaftliche Interessen hegte. Sie wollte hinein, nur für einen kurzen Moment. Nur wie sollte sie das anstellen? Die Erfahrungen halfen nicht, schnell landete ihr Kopfkarrussell bei Georg Bovin. Wie hätte der alte Haudegen sich Zugang verschafft? Sie erinnerte sich an jenen internationalen Kongress, bei dem er einfach auf den VIP-Parkplatz gelaufen war, den Parkwächter in ein Gespräch über die Wichtigkeit seiner Aufgaben involviert, ihm geschmeichelt hatte und dieser wenig später wie ein Wasserfall vor Anekdoten über die vielen Eigenheiten der angereisten

Oberschicht gesprudelt hatte. Ein Überraschungseffekt der angenehmen Sorte. Sowas in der Art müsste die Wachen dazu bringen, sie eintreten zu lassen.
Sie zupfte ihr schwarzes Kleid so zurecht, dass die Brüste jeden Moment rauszufallen drohten, ging zuerst einige Meter rückwärts, um ungesehen hinter dem Bambus hervorzutreten und dann mit einem Gang, als würde sie einen Laufsteg entlanglaufen, auf die beiden bewaffneten Männer zuzugehen.
«Ist er schon hier?», fragte sie und versuchte, so lustvoll zu wirken, wie es ihr nur möglich war.
«Wer?», lautete die knappe Gegenfrage jenes Chinesen mit der Glatze.
«Na, der Botschafter. Er bat mich hierherzukommen, damit wir im privaten Bereich ... na, Sie wissen schon», faselte sie und hielt sich den Zeigefinger sanft an den Mund.
«Nein, weiss ich nicht», entgegnete dieser unbeeindruckt.
Dann erkannte Winter ihre Chance. Sein Gegenüber nämlich war nicht mehr in der Lage in ihr Gesicht zu schauen. Nervös wechselten seine Augen zwischen Beinen und Ausschnitt.
«Er meinte, ich soll es mir schon mal gemütlich machen, er komme jeden Moment», säuselte sie dem Chinesen fast schon ins Ohr, der sichtlich nervös wurde.
Er haderte. Noch ein bisschen mehr und es könnte klappen, dachte die Journalistin und ergänzte: «Gehen Sie ihn doch schnell fragen, er wird es sicherlich bestätigen.»
Noch während sie sprach, begann sie, den einen Träger des Kleids langsam nach unten zu schieben, gerade so viel, dass er an

der äussersten Schulterpartie noch knapp ein wenig Halt fand. Wortlos öffnete der Mann die Tür und liess sie eintreten. Erleichtert wollte sie gerade losstolzieren, als der Glatzköpfige seinen Arm an den Türrahmen hielt.
«Halt, ich komme mit», sagte er und begleitete Winter, ohne sie auch nur einen Moment aus den Augen zu lassen.
Winter war nun zu nah dran, als dass sie sich hätte aus dem Konzept bringen lassen. Sobald er die Tür geschlossen hatte, lief sie auf das schwere Pult zu. Aus Tropenholz, aus irgendetwas Verbotenem und unerschwinglich Teurem musste der Schreibtisch sein, mutmasste sie. Mit einer Pobacke lehnte sie sich ein wenig an und begann langsam die Träger nach unten zu schieben, um sich auszuziehen. Dabei lächelte sie unentwegt den glatzköpfigen Grimmigen an. Dieser schien noch immer gänzlich unbeeindruckt. Schien. Sie konnte sein leeres Schlucken hören, offenbar war es ihm unangenehm, und sie beschloss, unbeirrt weiterzumachen.
«Wären Sie so freundlich?», fragte sie, drehte sich um und tippte mit dem Finger auf den Reissverschluss am Rücken. Sie pokerte hoch. Wenn der Botschafter wirklich ein so lüsterner Mann, wie sie vermutete, dann wäre sie vielleicht nicht die erste Frau, die hier mit ihm verabredet war. Aber vielleicht die erste, die es freiwillig tat, schoss es ihr durch den Kopf. Auf der anderen Seite standen heute wirtschaftliche Geschäfte im Raum, deren Ausmasse einiges rechtfertigen würden. Das dürfte auch den beiden Türstehern bewusst sein, machte sie sich Hoffnung.
«Nein, das geht nicht», sagte der Mann. Doch er hatte offenbar

genug gesehen, um sich an andere solche Momente zu erinnern, und seine Loyalität gegenüber dem Botschafter – oder besser ganz China – verbat es, einen wütenden Chef in Kauf zu nehmen, weil er mit seiner Vorsicht der Frau ihre Lust ausgetrieben hatte. Wortlos ging er zur Tür, trat nach aussen und schloss sie gleich wieder. Zweimal. Desiree Winter war eingesperrt. Um dieses Problem wollte sie sich später kümmern. Vorerst machte sie sich an den Schubladen des Korpus zu schaffen. Doch der ganze Block war fest verschlossen und weder unter der Schreibmatte noch auf dem Bücherregal war so etwas wie ein Schlüssel zu finden. Filmhelden konnten mit einer Büroklammer oder doch zumindest mit einem Dietrich solche Schlösser in Sekundenschnelle öffnen. Sie nicht, soviel stand fest. Ihr Blick schweifte umher und blieb an einem Bild hängen, das den Botschafter zusammen mit dem chinesischen Staatspräsidenten zeigte. Ein wichtiger Mann, der Botschafter spielte zweifelslos eine Rolle ganz weit oben in der kommunistischen Hierarchie der aufstrebenden Weltmacht China. Dass so einer in der Schweiz landete, war schon ein Hinweis darauf, dass hier besondere Aufgaben warteten. Erst als diese Gedanken sich langsam auf Winters journalistischer Landkarte einordnen liessen, erkannte sie, dass dieses Bild an der rechten Seite des Rahmens einige Fingerabdrücke aufwies. Nur dort. Das war eigenartig. Würde man es abhängen, wären beidseits Abdrücke zu sehen, zudem war das Büro ansonsten pedantisch rein und aufgeräumt. Sie zog am rechten Bilderrahmen und das Bild kam ihr wie ein Fenster entgegen. Dahinter versteckte sich eine Art Safe. Ein altmodischer ohne Augenirisscan oder Fingerabdruck, dafür mit einem kleinen Schloss, auf dem vier Zahlen einzugeben waren. Die Chinesen trauten der Technik offenbar wirklich nicht. Ihre Freude währte nur kurz, denn die Kombination herauszubekommen glich einer Suche nach der berühmten Nadel im Heuhaufen. Sie hielt den Botschafter für zu clever, als dass er irgendeinen Geburtstag oder Jahrestag als Code gewählt hatte. Andererseits war er ein richtiger Patriot. Vielleicht hatte er sich einen Spass daraus gemacht und etwas typisch Chinesisches verwendet. Das einzige, was ihr in den Sinn kam, war die Zahl Acht, das Zeichen für Unendlichkeit. «Und weiter, komm streng dich an», flüsterte sie. Etwas hoffnungslos wiederholte sie die Acht noch drei weitere Male, irgendwo musste man ja anfangen.

Klick. Desiree erschrak, konnte das wirklich sein, dass sie mit so spärlichem Gedankengut einen so mächtigen Mann entlarven und sein geheimes Safefach öffnen konnte? Offenbar, denn die Tür stand offen. Ungläubig griff sie in das Fach, zuerst nach dem ledernen Etui, in dessen Mitte mehrere lose Blätter lagerten. Schnell zückte sie das Handy aus dem kleinen Täschlein, dass Noël gerade noch auf den Kassentisch gelegt hatte, ehe sie davongestürmt war. Der Arme, sicher war er schon ausser sich vor Sorge und fragte sich, was er eigentlich tun musste. Nichts, einfach nur da sein, wenn bei mir was schiefgeht. Sie schickte einen Gedanken ins Universum. Wer den Safe des Botschafters knackte, der konnte auch solche Gedanken verschicken. Sie schmunzelte.

Gerade war sie beim letzten Blatt der Unterlagen angekommen, um es abzufotografieren, als sich das Türschloss zweimal drehte. In Windeseile schloss sie die Mappe, warf sie in den Safe zurück und konnte gerade noch das Bild zurückschieben, als schon der Botschafter im Raum stand und ihr süffisant zulächelte. Offenbar hatte die Wache ihn über die wartende Frau informiert. Dass er sie nicht gleich hatte ergreifen lassen, war wohl dem Umstand zuzusprechen, dass er neugierig und arrogant genug war zu glauben, Frauen würden ihm tatsächlich nachlaufen. Andererseits hielt er einen Empfang, wo man kein Aufsehen erregen wollte, und drittens, das war die grosse Überraschung für Desiree, kam er nicht allein. Eingehakt an seinem linken Arm stand niemand anders als Fahnderin Rickli.

«Ich fühle mich geschmeichelt, zwei auf einen Streich», sagte der Botschafter eindeutig zweideutig.

Ricklis und Winters Augen prallten so hart aufeinander, wie zwei Steinböcke in einem Kampf.

«Um an gute Informationen zu kommen, muss man bereit sein, auch etwas von sich zu geben», sagte Winter und schob wieder die Träger ihres Kleids nach unten.

Rickli war verärgert, dass diese Schnüfflerin plötzlich da stand, wo sie erst viele unangenehme Berührungen später mit dem Botschafter angelangt war. Zuerst hatte sie sich noch von Bundesrat Schluef anhören müssen, dass dieser Leichenfall mit dem Chinesen keine Staatsaffäre geben durfte, man müsse auf die kulturellen Gepflogenheiten Rücksicht nehmen, zumal das ja den Angehörigen diene. Es war ein Maulkorb, den sie erhalten hatte, während der Botschafter seine Hand auf ihrem Hinterteil plat-

ziert hielt, vorbeischlendernd an CEOs, die allesamt bereits mit Dossiers ausgestattet waren, um ihren neuen Markt zu analysieren, und einem Botschafter, der viele Hände schüttelte und lobende Worte erntete für die Bereitschaft, den Schweizern den Weg nach China zu ebnen.
Li und einige andere Frauen verteilten die Dossiers und ein paar Attachés des Botschafters liessen sich Firmenteile zeigen, um sich Investitionen anzudenken. Eine Horde Menschen im Rausch des Kapitalismus. Sie liess sich all die Berührungen gefallen, lächelte sogar ab und an ein wenig, obwohl ihr fast übel wurde vor lauter Grosskotzerei. Doch es stand zu viel auf dem Spiel und dieses Spiel verstand sie so gut wie der Chinese. Hochmut kommt vor dem Fall, sagt man und früher oder später würde er in diesen Fall tappen, davon war sie überzeugt. Offenbar glaubte er, die bundesrätliche Order würde die Fahnderin genug einschüchtern, um die Untersuchungen einzustellen. Aber da hatte er sich getäuscht. Doch das behielt sie für sich, signalisierte artig Interesse an dem mächtigen Mann und liess ihn im Glauben, er hätte sie in der Hand – oder genauer im Arm. Er widerte sie an, doch es schmeichelte ihr auch ein wenig, dass dieser gutaussehende Mann offenbar Gefallen an ihr fand. Sie wollte auch spielen, ein Spiel dessen Regeln stets neu geschrieben wurden und dessen Ausgang gänzlich ungewiss blieb. Aber zu verlieren hatte sie wahrlich nichts mehr. Es war ihr klar, dass er sie nun in seine Räumlichkeiten mitnehmen wollte, um es nicht mehr nur bei Berührungen zu belassen. Sie befand sich in einem Spiel der Gefühle und des Verbrechens. Bis jetzt. Winter war eine Spiel-

figur, welche die Regeln unfreiwillig neu schrieb. Der Botschafter nickte den beiden Wachen zu und diese schlossen die Tür. Erneut drehte der Schlüssel zweimal, erneut blieb der Glatzköpfige im Innenbereich stehen.

«Zwei Engel für den Botschafter», scherzte er süffisant. Er trat an den Schreibtisch, setzte sich auf den ledernen Sessel und legte seine Beine auf dem Pult überkreuz.

Winter ging auf Rickli zu und legte ihre Arme um die Kommissarin. Sie küsste ihren Hals und bewegte sich langsam Richtung Ohr.

«Mitmachen, das ist unsere einzige Chance an Informationen zu gelangen», flüsterte sie.

Rickli wirkte steif wie ein Brett und gleichzeitig irgendwie ein wenig neugierig auf diese neuen Spielregeln.

«Ich bin etwas enttäuscht. So gerne ich sehen möchte, wie weit ihr bereit seid zu gehen, nur um an ein paar Informationen zu gelangen, so sehr hätte ich mir gewünscht euer Vorgehen wäre ein wenig raffinierter. Das ist doch einfach nur plump. Ihr kommt hier nicht weiter», sagte der Botschafter ruhig und monoton, wie es nur jemand vermochte, der sich stets beherrschen konnte.

«Wir kennen uns», sagte Rickli und blickte Winter an.

«Wir kennen uns auf eine Art und Weise, die jenseits Ihrer Vorstellungen ist, aber vermutlich haben Sie nicht das Zeug dazu, uns zu unterhalten», ergänzte Winter und griff nun Rickli unter das blaue Kleid.

«Soso, dann spielen wir das Spiel noch ein wenig weiter», sagte er und machte eine Bewegung mit dem Arm als Aufforderung

fortzufahren.
Rickli war nun dermassen wütend auf Winter, dass sie diese an der Gurgel packte und an die Wand drückte.
«Ja, fester, komm schon», stöhnte diese zur Überraschung der Fahnderin.
Jetzt sah sich der Botschafter in all seinen Fantasien über Rickli bestätigt. Diese strenge Frau war dominant veranlagt, er hatte es gewusst. Einen Moment lang hielt er inne, analysierte die Situation. Er hatte eine Wache im Raum, zwei Frauen, die keinen Millimeter weiterkamen, was die Informationen anbelangte, und er hatte sie keine Sekunde lang zu irgendetwas gezwungen. Er war fein raus und auf chinesischem Boden.
Winter riss Rickli nun das Kleid vom Leib und diese knetete die linke Brust der Journalistin.
«Oh ja, weiter so», sagte der Botschafter, öffnete die Hose und begann sein Glied zu massieren.
«Was soll das noch bringen?», flüsterte Winter der Kommissarin ins Ohr.
«Schnauze, das wollte ich schon immer mal mit dir tun!», rief Rickli in einem Ton, dem man kaum anmerkte, ob es nun die blanke Wut der Kommissarin auf die Journalistin war oder die Lust daran, sie dermassen zu dominieren. Winter fühlte sich im wahrsten Sinne des Wortes an die Wand gestellt und der heftige Ruck, mit dem ihr Rickli das schwarze Kleid aufriss, war weit weg von einem erotischen Moment. Sie war in einer Situation, in der ihr nun nicht mal mehr Georg Bovin zu Hilfe eilen konnte. Sie war ausgeliefert. So wie Lan Guo, dachte sie.

Kapitel 40

Es war dasselbe Versteck, nur eine andere Person. Noël verschwand hinter dem rechteckigen Topf mit dem Bambus, als er sah, wie Rickli mit dem Botschafter vor dem gut bewachten Büro verschwand. Er streckte für einen kurzen Moment den Kopf aus den Pflanzen, genau zu dem Zeitpunkt, als die beiden Wachen die Tür öffneten und ihre Blicke für einen Augenblick auf das eintretende Paar gerichtet waren, offenbar verbunden mit einer kurzen Information, die sie dem Botschafter zu geben schienen. Dieser Bruchteil eines Moments genügte, dass Noël den blonden Schopf seiner Chefin im Inneren des Raums erkennen konnte. Sie hatte es tatsächlich geschafft hineinzukommen! Er staunte und war gleichermassen erleichtert zu wissen, wo sie war.

«Hier ist sie wohl nicht», sagte eine Männerstimme aus dem Hintergrund. Erschrocken sah sich der Praktikant um und erkannte Pascal Udry, nach wie vor mit einem Champagnerglas in der Hand. Zudem aber auch mit einem dieser Dossiers, die im ganzen Saal verteilt wurden.

«Nein, offenbar nicht», sagte Noël sichtlich verlegen.

«Sei unbesorgt, Winter ist eine Spürnase auf Storysuche. Wenn sie dich nicht dabeihaben will, wird das seine Gründe haben. Nimm dir ein Glas, lach dir ein Mädchen an oder geh heim», meinte Pascal und legte für einen kurzen Moment seine Hand auf Noëls Schulter, bevor er sich wieder anderen Gästen zuwandte.

Ein umtriebiger Kerl, dachte Noël und war nun immer sicherer, dass dieser Udry wohl einfach Bundeshaussprecher war und nicht auch noch Informant. Er hatte nur eine andere Art zu arbeiten als Winter, eine weitaus entspanntere. Noël zückte das Handy, beendete die Aufnahmefunktion und googelte nach dem Mann mit Senslerakzent. ‹Bundeshaussprecher›, las er da, ‹mit einer Vergangenheit beim Schweizer TV›. Etwas hinderte ihn aber daran, Udrys Ratschlag zu befolgen. Rickli und Winter waren mit dem Botschafter im selben Raum. Was hatte das zu bedeuten? Je länger er darüber nachgrübelte, desto klarer erschien ihm, dass Winter zwei Personen gegenüberstand, denen sie lieber aus dem Weg gegangen wäre. Informationen hin oder her, es konnte sein, dass sie just in diesem Moment in Gefahr war. Das war also seine Aufgabe: keine Recherche, sondern ein Notnagel, falls etwas schiefgehen würde. Er musste sie retten – er, der Praktikant im Smoking. Er blickte wieder auf sein Handy mit der offenen Seite und dem Bild von Pascal Udry. Doch, er hatte einen Trumpf, nämlich sein technisches Gespür. Wie also brachte er Winter aus diesem Büro? Es müsste etwas vorfallen, das den Botschafter aus dem Raum zwang und die Wachen ablenkte. Etwas Grosses. Etwas wie … ein Stromausfall.
Er stahl sich rückwärts aus der Bambusecke und tauchte erneut in die Menschenmenge ein. Wo konnte der Sicherungskasten sein? Die Technik war zwar alt, aber nicht so alt, dass sie noch draussen am Gebäude sein konnte, das wäre auch viel zu unsicher für eine Botschaft. Nein, es musste ein Kellergeschoss mit der ganzen Haustechnik geben. Am Eingang erkannte er die Tür

hinter der Garderobe. Sie schien die Einzige zu sein, die so etwas wie einen Keller verbergen könnte. Lässig wie ein erfolgreicher Start-Up-Star schnappte er sich ein Glas Champagner von einem Tablett, schlenderte Richtung Eingang und lehnte sich lässig an diese Tür. Mit der rechten Hand hielt er das Glas, die linke hielt er hinter den Rücken, bis er die Türfalle zu greifen bekam und sie drückte. Die Tür war verschlossen. Doch ein Journalist auf Mission gab nicht auf, Winter brauchte ihn. Er verschwand samt Glas nach draussen, schlich sich vorbei an den Menschen, die eine Zigarette rauchten, und stahl sich im Dunkel der Hauswand Richtung Garten. Ob eine Kamera oder eine Wache ihn gesehen hatte, wusste er nicht, aber das kam mit Sicherheit bald heraus, so viel stand fest. Er suchte den Boden nach einem Gitter ab, das zu einem Kellerfenster führte, und wurde auf der Ostseite fündig. Es brauchte all seine Kraft, das Gitter aus der Verankerung zu hieven und dann einen Moment zu warten, um sicherzugehen, dass ihn niemand beobachtete. Alles schien ruhig. Mit einem Satz sprang er ins Dunkel, zog das Gitter über sich wieder zurück in die Verankerung, kauerte sich hin und lauschte. Ruhig. Niemand schien von ihm Notiz zu nehmen. Es hatte also auch seine Vorteile, wenn man irgendwie nicht ganz dazugehörte. Das Kellerfenster war verschlossen, doch Noël liess sich nicht beirren. Er kniff die Augen zusammen und schwang seinen Ellbogen mit voller Wucht gegen die Scheibe. Das Klirren war ohrenbetäubend. Er musste sich beeilen, bestimmt würde jemand aufkreuzen. Er griff mit den Händen nach dem Gitter, hob die Füsse an und schwang sich mit einem Satz in den Keller. So professionell die Bewegung

anfänglich auch ausgesehen haben mochte, die Landung war es nicht und schmerzte höllisch. Er hielt sich mit schmerzverzerrtem Gesicht das Steissbein und wartete. Die Lichtkegel zweier Taschenlampen waren nun oberhalb des Gitters zu erkennen. Wortfetzen auf Chinesisch verrieten ihm, dass jemand auf den Krach aufmerksam geworden war. Der Schmerz musste warten und er tastete sich langsam vor, um möglichst bald von der Dunkelheit verschluckt zu werden.
Verdammt, das Champagnerglas, schoss ihm durch den Kopf. Er hatte es unweit vom Gitter auf ein Fenstersims gestellt und vergessen.
Er sah ein kleines rotes Lichtlein am Ende des Raums und hörte das Summen eines elektrischen Geräts. Als er sich vortastete, erkannte er den Gummizug daran. Es war eine Tiefkühltruhe. Er stand davor und lauschte. Die Stimmen waren nicht mehr zu hören, zumindest vorerst. Wenn sie das zersprungene Glas gesehen hatten, war er in der Falle. Sie konnten von oben einfach die Treppe hinunterkommen und er würde ihnen geradewegs in die Arme laufen. Er merkte sich diese Tiefkühltruhe, sie würde ihm für einen kurzen Moment das Versteck geben, das er vielleicht brauchte. Sofern sie nicht voller Essen und überhaupt Platz in ihr war. Er beschloss, den Deckel zu heben und sich zu vergewissern, dass sein Versteck auch wirklich eines sein würde, wenn auch ein ungemütliches. Langsam hob er den Deckel und hoffte, dass der Lichtkegel unentdeckt blieb.
Ihm gefror das Blut in den Adern! Ein junger Chinese starrte ihn mit aufgerissenem Mund aus der Truhe an. Lan Guo, schoss es

ihm durch den Kopf, als er die Truhe wieder zuknallte. «Ruhig, Noël, ruhig», hörte er sich sagen. Er hatte hier gerade den Beweis für die Richtigkeit ihrer Suche gefunden. Erneut griff er in die Innentasche seines Sakkos, hielt die Luft an, riss die Truhe auf und fotografierte den Inhalt, ohne darauf zu starren, um sie möglichst schnell wieder zu verschliessen. Jetzt wurde ihm schlecht, so schlecht, dass er spürte, wie der Brechreiz langsam hochkam und verlangte, dass er sich bückte. Er kämpfte dagegen an und kauerte sich erneut hin. Hätten die Wachen das kaputte Fenster erblickt, wären sie längst da. Der investigative Journalist ist noch am Leben, machte er sich Mut und nahm erneut sein Handy hervor, hielt es nah am Boden, damit der Lichtkegel der Taschenlampe nicht zu sehen war. Dann erkannte er die Tür und ging schnurstracks auf sie zu. Er musste endlich diesen Sicherungskasten finden, aber diese verdammte Tür war ebenfalls verschlossen. Er war gefangen. Bestimmt waren die Sicherungen draussen im Gang und er befand sich nur wenige Meter davon entfernt. Plötzlich hörte er Schritte, nicht von draussen, sondern vom Gang her. Offenbar waren die Wachen nun so weit und hatten den Eindringling lokalisiert. Sein Herz raste wie wild und sein Hirn verweilte im Leerlauf, er hatte kein Versteck und würde auffliegen. Instinktiv stellte er sich hinter die Tür, damit sie ihn wenigstens nicht auf Anhieb erblicken würden. Er war kaum dort angelangt, vernahm er das deutliche Geräusch, wie jemand das Schloss öffnete. Ein grossgewachsener Mann in schwarzem Anzug trat ein und betätigte den Lichtschalter an der Wand. Er sah die Glasscherben und das kaputte Fenster, zückte die Waffe

und rief seinen Kollegen. Als dieser hereinstürmte, witterte Noël die einzige Chance, die er hatte. Hinter den breiten Rücken der beiden Chinesen flitzte er aus seiner Kauerstellung hinter der Tür hervor und rannte in den Gang hinaus. Auf halber Strecke sah er den Stromkasten, öffnete ihn und schaltete alle Sicherungen ab. Es war stockdunkel, doch die beiden Männer brauchten nur Sekunden und schon standen sie mit Taschenlampen im Gang des Kellers. Sie sahen gerade noch die Sohlen weisser Turnschuhe der Marke «Ocean», die hastig die Treppen hochliefen, und machten sich auf, den Eindringling zu verfolgen. Er hatte in Sekundenschnelle die Handylampe angemacht und die Gunst der Stunde genutzt, um einige Meter Abstand zu gewinnen.
Oben am Empfang bot sich ein spezielles Spektakel. Unmengen an Handylichtkegeln bahnten sich ihre Wege durch die Dunkelheit. Die Stimmung war ausgelassen und heiter, niemand dachte mitten im beschaulichen Bern auch nur ansatzweise an Gefahr. Ausser Noël, Rickli und Winter. Der Praktikant begab sich in die Menschenmenge und bewegte sich Richtung Ausgang. Es schien zu funktionieren.
Plötzlich hörte er ein lautes Knacken und schon erstrahlte die Botschaft wieder in hellem Glanz. Er war nun bereits wenige Meter vom Eingangstor entfernt und nickte den dortigen Wachen freundlich zu, so als würde er gerade gehen wollen. Kaum war er um die Ecke auf der Hauptstrasse, rannte er um sein Leben, schlug sich in die erste Quartiertstrasse und dann blindlings in weitere, bis er kaum noch wusste, wo er war. Dann erst schien sich auch sein Verstand wieder einzuschalten und zu arbeiten.

Hatten die wenigen Sekunden genügt, dass Desiree und Rickli verschwinden konnten? Er wusste es nicht, er wusste nur, in einer Stunde war es 23 Uhr, dann standen Arjun und Sherif auf der Matte, auf der Suche nach Antworten. Eine davon hatte er. Und es war eine beklemmende.

Kapitel 41

Erneut war die Tür des Sandsteinhauses in der Altstadt nur angelehnt. Das Prozedere schien sich zu wiederholen. Doch Nathalie Käppeli beschloss, diesmal keine Spielchen mehr zuzulassen, zog die Schuhe ab und schlich geräuschlos in die Wohnung, in der Charlie auf sie wartete.
Sie erkannte den graumellierten Haarschopf schon von weitem im selben Sessel wie zwei Abende zuvor. Sie war sich sicher, dass er erschrecken würde, als sie sagte: «Die Namen bitte, ohne Spielchen.» Doch der Mann zeigte nur auf sein Handy. Darauf flimmerte das Bild des Eingangsbereichs. Er hatte die Bundesrätin längst kommen sehen.
«Du kannst die Schuhe wieder anziehen», sagte er mit seiner unwiderstehlichen Stimme.
«Kein Whisky?», erwiderte Käppeli, ohne sich etwas anmerken zu lassen.
«Ich dachte, du hättest es eilig.»
«Ja, habe ich. Also, die Namen. Wer kann im BFW dafür sorgen, dass die Chinesen alle vorläufig aufgenommen sind?»
Sie rechnete damit, noch einige Bemerkungen und Anforderungen erdulden zu müssen, blieb aber dennoch demonstrativ stehen.
«Keine Namen, Nathalie. Du erhältst keine.» Seine Antwort klang wenig erbaulich.

«Es wird dich teuer zu stehen kommen, wenn du eine Bundesrätin vergebens herbestellst», schnauzte sie den Schönling an und wandte sich zum Gehen.
«Dann willst du das Problem nicht in Angriff nehmen, Frau Bundesrätin?»
«Tschüss», sagte sie und wollte gerade die Tür erneut viel zu laut zuschlagen, als Ducret ergänzte: «Morgen um sechs Uhr in der Früh.»
«Ist was?», schmetterte sie zurück.
«Dein Termin mit jenen Leuten aus dem BFW, die dir helfen werden.»
Sie konnte sein hämisches Grinsen bis zur Tür spüren, ohne in sein Gesicht blicken zu müssen. Doch die Antwort verlangte nach mehr Informationen. Sie drehte auf dem Absatz um, ging zurück in den Salon, hielt sich an beiden Lehnen des Sessels fest und starrte Charlie direkt in die Augen.
«Wo und wie?»
«Ich musste einige Zugeständnisse machen, damit es funktioniert. Die drei Personen, die du morgen treffen wirst, sind informiert über ihre Aufgabe und werden sie erledigen, sofern sie den Auftrag von dir persönlich erhalten. Ihre Namen aber solltest du nicht wissen. Ein kleiner Schutz, damit dich niemand damit in Verbindung bringen kann.»
Er lächelte und strich ihr sanft über ihr kurzes braunes Haar.
Mit einer schnellen Kopfbewegung schlug sie seine Hand weg und entgegnete: «Das ist vielleicht besser so, zumindest wenn die drei absolut dichthalten und vertrauenswürdig sind.»

«Deshalb sollst du ja auch hin, du kannst dich davon überzeugen und einen Eindruck von ihnen gewinnen. Nur ihre Namen solltest du nicht wissen und die von ihnen unterschriebenen Dokumente nur dann anschauen, wenn das Ganze bekannt werden sollte.»

«Schon klar, dann weiss ich von nichts und ein Treffen hat es nie gegeben.»

«Willkommen in meiner Welt, Frau Bundesrätin.» Charlie lächelte noch immer, beliess es aber diesmal dabei und behielt seine Hände an den Armlehnen.

«Wo treffe ich die drei?»

«In einem Businesspark in Köniz.» Er zeigte ihr die Adresse auf dem Handy. «Das Bürogebäude hat einen Tiefgarageneingang im hinteren Teil. Das Tor wird dann offen sein. Von dort aus begleitet dich jemand über einige Hintereingänge und Treppen in ein kleines Sitzungszimmer im Inneren des Gebäudes. Sie werden dort auf dich warten. Du hast dreissig Minuten, bevor langsam Leben ins Gebäude kommt, somit kannst du unbemerkt wieder raus.» Er sprach mit gewohnt ruhiger und souveräner Stimme.

«Wer begleitet mich?»

«Meine Sekretärin. Vertrauenswürdig und routiniert in solchen Situationen. Sie wird deinem Chauffeur den entsprechenden Parkplatz zum Warten zuweisen.»

«Und weshalb gerade dort?» Die Frage verriet ihre ungebrochene Skepsis dem ganzen Schauspiel gegenüber.

«Weil die drei in Köniz arbeiten und anschliessend gleich ins BFW müssen respektive mit dem Auftrag beginnen können.»

Wieder lächelte er.
Käppeli liess die Armlehnen des Sessels los, starrte an die Wand und überlegte einen Moment. Es war tatsächlich besser, wenn sie keine Namen wusste und nicht in Verbindung mit der ‹Tat› zu bringen war, sollte der Vorfall publik werden. Andererseits war sie auf Gedeih und Verderb jenem Mann ausgeliefert, der sie schon mal enttäuscht hatte. Sie beschloss noch ein wenig nachzuhaken, zur Sicherheit.
Erneut griff sie die Armlehnen, schaute dem entspannten Mann wieder ins Gesicht und begann: «Eines noch: Wie ist es dir gelungen, die drei in der kurzen Zeit aufzubieten und gefügig zu machen, sodass sie geltendes Recht umgehen?»
Charlie seufzte und meinte nur: «Ich weiss nicht, ob du das wissen willst.»
«Und wie ich das will, mein Lieber», schnaubte Käppeli.
«Na schön, ich formuliere es mal so: Es gibt genau drei Personen, die chinesische Kenntnisse haben und die Kompetenz, Anträge selbst einzustufen. Ihnen habe ich ein Schreiben zukommen lassen, dass sie im Rahmen der Neubeurteilung der Lage in China aufgrund des Aussendepartements die Vorfälle neu einzustufen hätten. Aufgrund der Diskretion, weil es sich angeblich um geheime Informationen des Nachrichtendienstes handelte, würden sie persönlich vom Bundesrat informiert werden. Das Schreiben habe ich per Briefkurier aufgegeben, sodass es rechtzeitig ankommt.»
«Auf welchem Papier denn und mit welcher Unterschrift?», wollte Käppeli wissen.

«Vielleicht ist es besser, wenn du nicht alles weisst», antwortete der Graumellierte, nach wie vor mit stoischer Ruhe.
Er hatte also tricksen, eine Unterschrift fälschen und sich das Briefpapier des Auswärtigen Amtes aneignen müssen. Wollte sie wirklich wissen, wie er das angestellt hatte, noch dazu in der kurzen Zeit? Und war es nicht Beweis genug, dass er ihr wirklich helfen wollte und sie ihm, zumindest in dieser Sache, vertrauen konnte? Es waren einige Fragen zu viel für die Bundesrätin und ihre Unsicherheit war nun eher grösser statt kleiner geworden.
«Will ich nicht. Aber weshalb tust du das?»
«Etwas hat sich nie verändert, Nathalie. Ich bin der Mann, der im Hintergrund die Strippen ziehen kann, das ist meine Stärke und war es schon immer. Dabei habe ich gewissermassen eine Schwäche für die schönste Bundesrätin, welche die Schweiz je hatte.»
Wieder lächelte er auf eine Art, die selbst Polareis zum Schmelzen bringen konnte.
«Also musst du auch mir vertrauen, denn wenn die Sache auffliegt, weiss ich, wer die Fälschung eingefädelt hat, und würdest dich mitschuldig machen»
«Das Ganze gefällt mir nicht.»
«Take it or leave it, Nathalie. Jetzt musst du staatsfrauisch entscheiden, was dir wichtiger ist: dieser nicht ganz legale Weg zum Schutz unschuldiger Flüchtlinge oder das staatstragende Kollegialitätsprinzip des Bundesrats. Solche Entscheidungen gehören in deinem Amt ganz einfach dazu.»
Dieser Mister Neunmalklug hatte tatsächlich recht. Das Dilemma war sie bereit einzugehen, sie allein, und sie musste nun auch die

Konsequenzen tragen, wenn sie sich schon heimlich gegen ihr Kollegium stellte.
«Habe ich doch schon, sonst wäre ich nicht hier», signalisierte sie ihren Goodwill für die ganze Aktion.
Wohl war ihr dabei nicht und sie verliess den Raum, ohne dem selbstgefälligen Mann im Sessel Auf Wiedersehen zu sagen. Auf ihrem Weg aus dem Haus, zurück Richtung Bundeshaus, wo ihr Chauffeur einmal mehr viel zu lange hatte warten müssen, erkannte sie kaum die schönen Gebäude aus Sandstein, die den Weg säumten. In Gedanken wog sie ab, ob sie irgendjemanden einweihen sollte. Die Journalistin Desiree Winter? Viel zu gefährlich. Rickli? Nein, sie würde ihre Freundin nur in etwas hineinziehen, das auch ihr Gewissensbisse bereiten würde. Nein, sie musste das mit sich selbst ausfechten, von Anfang bis zum Schluss. Wie dieser allerdings aussehen würde, wie lange das Ganze dauerte, das wusste sie nicht. Nur eines hielt ihr Vorhaben aufrecht: Vermutlich war bereits ein junger Chinese gestorben. Das war einer zu viel und jeder Mensch, den sie vor diesem Schicksal schützen konnte, war Grund genug. Dafür war sie ja schliesslich Bundesrätin geworden, um alles in ihrer Macht stehende zu tun, damit Menschen geholfen werden kann. Nun hellte sich ihre Miene doch noch ein wenig auf. Diesen abgedroschenen Spruch nutzte die Regierung sonst nur als Lippenbekenntnis, wenn er in einer ohnmächtigen Situation steckte und Bevölkerung sowie Presse besänftigen musste. Diesmal aber war es anders. Er kam nur in ihrem Kopf auf, in der Dunkelheit der alten Stadtgassen, dafür aber konnte er mehr Kraft entfalten als

alle öffentlichen Bekundungen zusammen.

Kapitel 42

Sherif hörte schon von weitem, wie der alte Audi vorfuhr, und öffnete das Garagentor. Endlich konnte Arjun für einen Moment damit aufhören, auf- und abzulaufen. Murat fuhr die alte Karre einhändig ins Innere der Garage und fuchtelte mit der anderen Hand und einer Tüte herum, als hielte er gerade eine Siegestrophäe hoch.

«Arcadash, es hat geklappt!», freute sich Sherif und klopfte mit den Fingerknöcheln der rechten Hand auf die Motorhaube des unschuldigen Audis.

Arjun schob die Hocker zusammen und wartete auf die beiden Türken.

«Na, dann wollen wir mal sehen», brummte Murat und stellte die Tüte in die Mitte.

Sherif ergriff den Ausdruck der Grundbuchauszüge und suchte eine ganze Weile nach der Zeile, wo die Besitzverhältnisse erklärt sein mussten. ‹Von Dubois Immobilien AG› stand hinter dem Wort Eigentümer*in.

«Nicht, was wir erhofft haben, nicht China», zischte Sherif.

«Doch, eigentlich schon», entgegnete Arjun.

Die beiden Türken blickten den jungen Afghanen an, als hätte dieser Finnisch gesprochen. Er begriff, dass er erklären musste, was er meinte.

«Wenn von Dubois selbst Eigentümer ist, bedeutet das, er hat den

Chinesen die Wohnung zur Verfügung gestellt. Er muss also irgendwie davon wissen.»

Sherif klopfte dem Jungen erneut viel zu stark auf die Schulter und rief: «Clever, der Kleine, ganz schön clever!»

«Wahrhaftig, aber bringt uns das etwas?», wollte nun Murat wissen.

«Uns nicht, aber unseren neuen Freunden, den Reportern, vielleicht schon», meinte Arjun.

«Journalisten, nicht Reporter, sagte die Frau. Siehst du, ich lerne schnell dazu», korrigierte Sherif nicht ohne Stolz.

Murat warf den Schlüssel seinem Freund zu. Doch dieser war noch immer in seiner sich brüstenden Haltung des Stolzes und sein Griff nach dem Flugobjekt kam ein paar hundertstel Sekunden zu spät. Der Schlüsselbund mit dem abgewetzten Boxhandschuh im Miniformat daran knallte ihm genau auf die Nase.

«Volltreffer», schnalzte Murat und Arjun konnte sich ein Kichern nicht verkneifen.

«Immer auf die Dicken», scherzte Sherif mit, stand aber bereits auf und sagte zu Arjun: «Komm, mein Junge, wir müssen los.»

Das liess er sich nicht zweimal sagen, um Nu sass er im Audi. Das Warten war unerträglich gewesen und endlich würde er erfahren, was mit Lan passiert war.

«Glaubst du, dass er tot ist?», fragte ihn Sherif während der Fahrt.

«Ja, das tue ich», meinte Arjun. Wieder füllten sich seine Augen mit Tränen und er begann zu schluchzen, so dass sich Sherif am liebsten ins Lenkrad gebissen hätte, so sehr ärgerte er sich über

seine unüberlegte Frage.
«Tut mir leid, mein Lieber, manchmal rede ich, bevor ich denke. Naja, wenn ich es mir recht überlege, habe ich schon wieder geredet, bevor ich denke, also naja. Ach egal, lassen wir das.»
Es tröstete den Flüchtling ein wenig. Dieser türkische Taxifahrer war von Kopf bis Fuss ein gutmütiger und liebenswerter Kerl, ungeschickt, laut, herzlich und voller Überraschungen. Es ging Arjun ein klein wenig besser, selbst wenn Sherif nicht immer das Richtige sagte.

Kapitel 43

Drinnen oder draussen, das war die vermeintlich unwichtige Frage, die den Praktikanten dennoch umtrieb. Sollte er auf Arjun und Sherif vor dem Redaktionsgebäude warten oder raufgehen und schon mal das Flipchart auf den neusten Stand bringen? Es war ihm egal – und mulmig. Die vergangenen Stunden hatten mehr Spannung geboten als sein gesamtes bisheriges Leben. Selbst ‹Seafight›, sein liebstes Computerspiel, vermochte nicht annähernd in punkto Spannung mitzuhalten. Er hatte sich schon ein wenig Nervenkitzel während des Praktikums erhofft, aber das hier war eindeutig zu viel des Guten. Und es nahm kein Ende. Desiree Winter ging nicht ans Handy, er konnte sie nicht erreichen und wusste nach wie vor nicht, ob es ihr gelungen war, aus dem Büro des Botschafters zu türmen.
22.51 Uhr zeigte sein Handy an. Er lief vor dem Eingang hin und her und versuchte seine Gedanken zu ordnen, gleichzeitig hatte er den Batch für den Eingang schon in der Hand.
«Das haben wir auch gemacht», klang die unverkennbare Stimme des türkischen Taxifahrers an sein Ohr. Noël wurde jäh aus seinem Gedankenkarrussell gerissen, schaute sich um, erkannte aber niemanden. Sein Puls stieg erneut an.
«Hier sind wir», erlöste ihn Arjun und sprang aus dem Lorbeerstrauch links vom Eingang.
«Schickes Outfit, ausser dass deine Fliege verrutscht ist», rief

Sherif und ergänzte: «Wie du siehst, haben wir gut aufgepasst, dass uns niemand entdeckt.» Vergnügt kroch er aus dem Busch hervor.
Es sah nicht gerade elegant aus und erinnerte eher an einen dicken Hund mit viel zu kurzen Beinen; besonders witzig konnte das Noël im Moment nicht finden.
«Es nützt nichts, wenn du dich versteckst und dann fröhlich in die Nacht posaunst», dämmte Arjun die Freude des Türken.
Erst jetzt, im Licht des Eingangs, war zu erkennen, dass sich Sherif noch ein bisschen Erde links und rechts über die Backe geschmiert hatte.
«Wie ein Soldat im Krieg», flüsterte er und zeigte auf seine Wangen.
«Oder wie ein Kind im Sandkasten», erwiderte Arjun.
Noël öffnete die Tür und begleitete die beiden nach oben ins zweite Obergeschoss.
«Wo ist Frau Journalistin?», wollte Sherif wissen, als er sah, dass die Räumlichkeiten noch im Dunkeln lagen.
«Offen gestanden, weiss ich es nicht», entgegnete der Praktikant und holte das Flipchart.
«Ist etwas passiert?», wollte Arjun wissen.
«Das kann man wohl sagen», erwiderte Noël und seufzte. Er beschloss, den beiden vom Empfang und dem ganzen Nervenkitzel zu erzählen. Das beruhigte ihn ein wenig. Die beiden Zuhörer sassen gespannt auf ihren Sesseln. Plötzlich hielt Noël inne und schaute Arjun direkt in die Augen. Eigentlich müsste er ihm sagen, dass er Lan gesehen respektive zuvor schon identifiziert

hatte, ganz gleich, ob seine Chefin nun da war oder nicht. Wie man so etwas am besten machte … nein, das wusste er beim besten Willen nicht. Er beschloss das Flipchart zur Hilfe zu nehmen. Er verband den Kreis von Lan Guo mit demjenigen der Botschaft und zeichnete statt eines Fragezeichens ein Kreuz hin. Arjun starrte auf das Gekritzel, stumm, dann wimmernd, dann schluchzend. Noël spürte, wie die Trauer in seinem Körper ankam und sich langsam ausbreitete. Er wusste nicht, ob es wegen Arjuns Trauer, seiner Sorge um Desiree Winter oder der ständigen Anspannung war, die er so gerne lösen wollte. Er musste nun ebenfalls bitterlich weinen. Sein Körper vermochte nicht mehr zu stehen, der Junge kauerte sich vor dem Flipchart hin und hielt sich beide Hände vors Gesicht.

«Ein- und ausatmen, Ying und Yang», sagte Sherif, als er aufstand, damit er die rechte Schulter von Arjun und die linke des Praktikanten mit ausgestreckten Armen gleichzeitig anfassen konnte.

«Kommt, versucht es, ein- und ausatmen, Ying und Yang», wiederholte er und begann selbst laut zu atmen. Er beschloss, das so lange zu tun, bis die beiden einstimmen würden. Wie lange es dauerte, ehe Noël und Arjun begannen im Gleichtakt mit dem Türken zu atmen, wusste keiner keiner von ihnen so richtig. Aber es funktionierte, erst leise, kaum spürbar, dann immer deutlicher, bis beide beim Ausatmen den ganzen inneren Ballast rauskatapultierten.

«So ist's gut», beendete Sherif die Szene. Er sah ein wenig aus, wie ein Priester, mit seinen ausgestreckten Armen, einer mit

Dreck an der Wange.
«Wir haben auch noch etwas herausgefunden», meinte Arjun und blickte Sherif an.
«Zu Befehl, mein Freund, ich rapportiere», heiterte der Türke die Szene auf und salutierte vor dem Flüchtling wie ein Soldat. Dann kramte er die Papiere unter seiner Trainerjacke hervor und breitete sie auf dem kleinen runden Tisch vor den Sesseln aus.
«Wir wissen, dass von Dubois der Eigentümer der Wohnung ist», sagte Noël als er den Grundbuchauszug sah.
Sherif hob seine buschigen Augenbrauen.
«Desiree war vor Ort und hat sogar eine Kopie bekommen, die Verbindung zu den Chinesen konnte sie allerdings nicht herstellen. Es bleibt eine Vermutung ohne Beweise.»
«Aber es muss doch logisch sein, dass er den Botschafter kennt, wenn wir nun schon wissen, dass Lan Guo hier zu Tode kam», meinte Arjun.
«Es liegt auf der Hand, aber Desiree sagte, dass mehrere Personen einen Schlüssel zum Appartement hätten, womit man von Dubois nichts anhängen kann, solange es sich nicht beweisen lässt, dass er Verbindungen hat.»
Sherif blätterte weiter, Handybilder von Stockwerksreglement und dem Gründungsakt. Niemand der drei wusste, was sie damit anfangen sollten – bis sie zum letzten Blatt kamen. ‹Nutzungsvereinbarung› stand da geschrieben. Noël überflog die Aufnahme und blieb an einer Stelle hängen.
«Yes!», rief er aus und ballte dabei die Faust. Sherif und Arjun rutschten auf dem Sessel ganz vorn auf die Kante, um nichts zu

verpassen, denn nun begann er vorzulesen: «Die Volksrepublik China erhält das uneingeschränkte Nutzungsrecht für die Liegenschaft 2388D. von Dubois Immobilien, nachfolgend Eigentümer genannt, tritt sämtliche Ansprüche ab. Im Gegenzug erhält der Eigentümer eine Pauschalentschädigung von 2,8 Mio. Franken. Das Nutzungsrecht kann nicht wegbedungen werden und ist zeitlich nicht befristet.»

Nun blickte der Praktikant den beiden in die Augen. «Ihr habt die Verbindung gefunden.»

«Ach, du dicker Kebab», gluckste Sherif vor Freude und sprang vom Hocker auf.

«Dann habt ihr alles zusammen für die Story, nehme ich an?»

Noël liess den Kopf sinken. «Nur niemanden, der sie schreiben kann», murmelte er leise vor sich hin.

«Diese ganze schreckliche Geschichte bringt mir Lan nicht zurück,» richtete sich Arjun an Noël, »aber wenigstens soll sein Tod nicht vergebens gewesen sein. Die Chinesen müssen zur Rechenschaft gezogen werden. Du kannst jetzt nicht aufgeben, wir sind so weit gekommen.»

Der Afghane hatte recht, selbst wenn Noël sich fast übergeben musste vor lauter Sorge um Desiree, er durfte jetzt nicht schwächeln. Nicht jetzt. Er nahm all seine Kraft zusammen und blickte erneut auf das Flipchart.

«Die Schweizer, nicht die Chinesen», begann er. «Wir können nicht einen unabhängigen Staat belangen, der Botschafter geniesst diplomatische Immunität, das heisst, man darf auch ihn nicht belangen. Zudem glaube ich nicht, dass er selbst mit dem

Todesfall in Verbindung zu setzen ist», fasste er zusammen und korrigierte sich gleich selbst: «Aber wir haben Kenntnis vom Abkommen, wonach die Schweiz diese Verhöre explizit zulässt, damit lässt sich doch etwas anfangen.»
«So gefällt mir das, genau, schreib das auf», sagte Sherif und zeigte mit dem Finger auf einen Computer.
«Uns fehlen noch wichtige Puzzlestücke», entgegnete Noël, nahm den Stift und begann die fehlenden Verbindungen einzukreisen. «Todesursache von Lan Guo, Rolle des BFW, respektive der Flüchtlingszentren. Wer weiss davon und wie wird es gehandhabt? Einsicht in den Bundesrat, wie rechtfertigt er dieses Abkommen? Öffentliches Statement desselben zum besagten Vorfall.»
Das Papier war nun vollgeschrieben, die Lücken nahmen sehr viel Platz ein.
«Ich bin nur ein Praktikant und meine journalistische Landkarte ist noch ziemlich weiss, aber eines habe ich schon gelernt: Wenn man recherchiert, muss man sich an Fakten halten und die Lücken nicht mit haltlosen Annahmen füllen. Schon gar nicht in einem solch heiklen Fall, bei dem man sich mit den Mächtigsten des ganzen Landes anlegt, das würde der Verlag sonst nie abdrucken, weil die Konsequenzen unermesslich gross ein könnten.»
Noël hielt fast ein kleines Plädoyer. Er setzte sich hin und spürte in diesem Augenblick ein leichtes Knistern in seiner Hosentasche. Nun kramte er einen kurzen Moment und sagte: «Ach ja, und dann wäre da noch dieser gelbe Zettel, der vielleicht nichts mehr zur Sache tut, aber wenn wir schon alles auflisten, dann

auch das.»
Er stand wieder auf und schrieb für Pfarrer Liniger Informationen bezüglich Rückkehrzentrum.
Nun war es Arjun, der seine Augenbrauen hob, nur waren diese weitaus weniger buschig als jene von Sherif. «Liniger hat angerufen?», fragte er in einer Mischung aus Unsicherheit und Freude.
«Wir waren nicht da, ich weiss nicht genau, was er gesagt hat. Die Notiz lautet einfach, dass er sachdienliche Informationen hat.»
«Ich kenne ihn, bestimmt sucht er mich», ergänzte der Flüchtling.
«Eine Lücke mehr. Wir wissen nicht, ob das ein Problem ist oder nicht», kommentierte Noël.
Die Enttäuschung stand nun allen dreien ins Gesicht geschrieben. So viel sie auch wussten, so weit sie auch gekommen waren, ein Artikel mit so vielen Mutmassungen und Lücken statt Fakten würde der Verlag nie und nimmer abdrucken. Schon gar nicht von einem Praktikanten geschrieben, von dessen Chefin nach wie vor jede Spur fehlte. Nein, sie kamen hier nicht weiter und wenn Winter nicht bald auftauchte, musste er die Polizei Informieren. Ein weiterer heikler Punkt, bei dem er nicht wusste, ob es die richtige Entscheidung war.
Was würde Desiree an seiner Stelle tun, wo war sie und wie sollte er weiterfahren?
Er startete unfreiwillig eine nächste Fahrt im Gedankenkarrussell.
«Wir müssen deine Chefin suchen. Wir müssen nochmals zur Botschaft», meinte Sherif, noch immer seine Kriegsbemalung im Gesicht, und stand auf.

Kapitel 44

Er drückte unzählige Hände, lächelte das chinesische Fassadenlächeln, hinter das nur jemand mit hellseherischen Fähigkeiten blicken konnte, und war heilfroh, als die letzten Gäste endlich die Botschaft verlassen hatten. Das Cateringunternehmen räumte auf und der Putztrupp war parallel dabei, alles wieder in den Urzustand zurückzusetzen. Lin koordinierte das emsige Treiben und der Botschafter zog sich zurück in sein Büro. Das Handy hatte schon einmal geklingelt in einem Moment, in dem er unmöglich hätte rangehen können. Doch der Anrufer gehörte nicht zu der Sorte Mensch, die es ein weiteres Mal versuchte, sondern er ging davon aus, dass die Wichtigkeit dieses Gesprächs die Selbstverständlichkeit eines Rückrufs voraussetzte. Der Botschafter schloss die wuchtige Eichenholztür und drehte den Schlüssel zweimal. Nun war er allein. Jetzt wählte er die Rückruftaste.

«Na, genug Hände geschüttelt? Hast du die Schweizer Wirtschaft im Sack?»

«Alles gierige Mäuler, die blindlings in Abhängigkeiten laufen. Der Drache tanzt, das Feuer ist heiss.»

Wenn der Botschafter in die Bildsprache wechselte, bedeutete das, er wollte sich nicht in die Karten schauen lassen. Aber für ihn war klar, die Schweizer Wirtschaft und Politik würde für die eingeräumten Vorteile an China noch weitere Zugeständnisse machen müssen. Die Chinesen würden in der Schweiz nicht nur Fuss fassen, sondern breitbeinig Firmen, Liegenschaften, Sportklubs und vermutlich viele Traditionserzeugnisse übernehmen wollen. Und wenn das nicht gelang, dann waren auf chinesischer Seite schnell neue Gesetze geschaffen, welche die Zollhemmnisse für die Schweizer wieder erhöhten. Vermutlich wären gar noch genügend andere Länder in diesem Spiel mit von der Partie, sodass der gelbe Koloss ziemlich flexibel reagieren könnte. Nur wollte der Botschafter das eigentlich gar nicht so genau wissen. Er würde schliesslich an vorderster Front vom Aufstieg der Chinesen profitieren, war eine jener unabdingbaren Brücken, die China brauchte, um Fuss fassen zu können. Und selbst wenn die Schweiz noch einen Rückzieher machen würde, bis das passierte, hätte er sich längst finanziell abgesichert, sofern er jetzt dezent Druck ausübte, damit seine Leistungen honoriert wurden.

«Wie lief es bei Ihnen?», wollte der Botschafter wissen.

«Es ist alles bereit.»

«Gut, aber da wäre noch etwas. Eine Journalistin namens Winter ist unerlaubt in mein Büro eingetreten.»

«Um was zu tun?»

«Eine Spürnase auf der Suche nach Brosamen, um die Geschichte mit dem toten Flüchtling aufzubauschen, im Schlepptau eine Fahnderin namens Rickli, welche die Entnahme der Leiche noch nicht ganz verdaut hat», erwiderte er.

«Ich nehme an, Sie haben das Problem im Griff?» Die Frage klang gleichsam wie ein Befehl.

«Die beiden Frauen erfreuen sich nun gewisser chinesischer Traditionen.» Der Botschafter sprach in Rätseln und gleichwohl für sein Gegenüber beruhigend genug, weil er offenbar die Herrschaft über die Situation zu haben schien.
«Sie wissen, dass wir Sie nicht decken.»
Der Botschafter wusste das nur allzu gut. Er hatte schon einige Bekannte verschwinden sehen, sobald eine Sache zu heiss geworden war; sein Staat arbeitete da sehr zuverlässig und gründlich. Nur war er nicht irgendein Attaché. Im Gegenteil. Würde er die Stellung halten können und die Schweizer Abhängigkeit zu China sichern, er wäre ein Held der Kommunistischen Partei – wenn nicht, würde er Asyl in der Schweiz verlangen und den Retter vor den bösen Absichten Chinas mimen. Das hingegen würde bedeuten, dass er zeitlebens auf der Hut vor Auftragskillern sein müsste. Die erste Variante war ihm also weitaus lieber, so viel stand fest.
«Rickli und Winter sind die Hände gebunden, um weiter tätig zu sein», sagte der Botschafter nur noch.
Sein Gegenüber schien zumindest für den Moment beruhigt. Er selbst aber beschloss endlich die Ereignisse zu gliedern, Ruhe zu erlangen und den Samen der Weisheit zu säen, damit diese ihm den Weg weise. Wie er das tat? Mit Ein- und Ausatmen, Ying und Yang.

Kapitel 45

Zwei Pfützen. Sie glänzten im schalen Licht einer Neonröhre, die beschlossen hatte, alle paar Minuten ein wenig zu flackern. Das Wasser in den Pfützen war nicht ganz so schwarz wie der Boden. Es war etwas heller, getränkt von Blut. Der röchelnde Atem einer Person hallte ein wenig im kargen Raum. Eine der beiden, die umgekehrt an Ketten von der Decke hingen, zappelte wie ein Fisch, bis die Ketten aneinanderschlugen und schepperten.
«Winter, aufwachen», röchelte Rickli, während ihr noch immer etwas in Wasser verdünntes Blut von den streng nach hinten gekämmten Haaren auf den Boden tropfte. «Winter, verdammt, wach auf.»
Verschwommen erkannte sie die Konturen der Journalistin. An den Füssen aufgehängt an einer Kette, wie sie selbst. Nur bewegte sie sich nicht, kein Stück. Die grosse Journalistin des Berner Kuriers hing wie ein totes Stück Fleisch von der Decke. Rickli versuchte sich hochzubeugen, um an ihre Füsse zu gelangen. Der Kopf dröhnte, der Rücken zwickte und je mehr sie sich bemühte, desto mehr begann sich der ganze Raum zu drehen. Die Kette war zu eng an ihren Knöcheln, als dass sie sich hätte herauswinden können. Das Einzige, was ihr blieb, war Winter zu greifen, damit sie sich an der Journalistin entlang hocharbeiten konnte, um deren Füsse aus der Kette zu bringen. Es fehlte ein guter Meter, wenn sie den Arm ausstreckte, sie hing definitiv zu nah an

der Decke, konnte es nicht allein schaffen. Höchstens mit der Hilfe von Frau Schnüffelnase, aber die hing nach wie vor verdächtig leblos an der Kette.
Erstmals in ihrem Leben spürte Rickli, wie ihr Glaube an Gerechtigkeit und an das Gute ins Wanken geriet. Sie kämpfte gegen diese Gefühle an, als sie plötzlich das Geräusch eines drehenden Türschlosses vernahm. Wenig später schienen zwei oder drei Personen einen Gang entlangzuschreiten, die Schritte wurden lauter, sie mussten geradewegs zu ihnen kommen. Rickli spürte, wie ihr Herz zu pochen begann. Winter dagegen machte nach wie vor keinen Wank. Zwei Chinesen in dunklen Anzügen betraten das Zimmer, einer hatte einen chinesischen Pin auf dem Sakko. Er schob zwei Holzstühle der Marke «Könnte man auch entsorgen» herbei, löste den Kettenflaschenzug und liess Winter hinunter. Er wuchtete sie auf den Stuhl und zückte einen Kabelbinder, verschränkte die Hände der Journalistin hinter ihrem Rücken und zog kräftig zu.
«Sie ist nicht bei Bewusstsein, Sie müssen sie wohl kaum fesseln», murrte die Fahnderin, so laut es ging.
Wortlos wendete sich der Mann ab, begab sich zu ihr und wiederholte die Übung. Der einzige Unterschied: Nun half ihm der zweite Mann, indem dieser die Kette angespannt hielt, bis Rickli um 180 Grad gedreht auf dem zweiten Stuhl sass und wenig später das lästige Ziehen des Kabelbinders spürte. Es schnürte ihr fast das Blut ab, doch im Vergleich zu den Schmerzen, die sie zuvor hatte ertragen müssen, war es nicht mehr als eine vernachlässigbare Nebenwirkung.

«Wissen Sie, dass ich Polizistin bin? Sie haben keine Ahnung, was für Probleme Sie bekommen werden», krächzte sie.
«Im Moment sieht es so aus, als wären Ihre Probleme weitaus grösser», erklang eine Stimme aus dem Gang.
Erst jetzt erkannten ihre geschwollenen Augen die Kontur des Botschafters. Mit einem kleinen Handzeichen befahl er seinen Helfern einen weiteren Stuhl herbeizuschieben. Einer, der höchstens noch fürs Brockenhaus reichen würde. Er nahm Platz, als würde er bei Zigarre und Whiskey in einem edlen Salon gastieren, zupfte sich den Smoking zurecht und schlug das rechte Bein lässig über das linke.
«Na, hat dich das geil gemacht, Frau Polizistin? Du stehst doch auf solche Spiele», lachte er.
Rickli spürte, wie sich Wut in ihrem Körper breitmachte, irgendwo zwischen den Schmerzen und dem schwammigen Gefühl fand sie noch Kraft die Muskeln anzuspannen. Dem Chinesen war diese Regung nicht entgangen. Er stand auf, lief langsam auf Rickli zu, blieb einen Moment vor ihr stehen und wandte sich dann wieder ab – nicht Richtung Stuhl, sondern er lief geradewegs auf Winter zu. Er packte ihren blonden Schopf, hob ihn hoch und liess ihn los. Der Kopf sackte wieder Richtung Brust.
«Ist sie tot?», fragte er die beiden Helfer.
Beide zuckten mit den Schultern.
«Na, dann finden wir es heraus», meinte er und riss der Journalistin den BH vom Leib. Rickli und ihre unfreiwillige Partnerin hatten nur noch ihre Unterwäsche an. Die Kleider hatten die Chinesen längst entsorgt, damit diese Kettenfolter auch wirklich

funktionierte.
«Sieh nur hin, du verdammte Hure», gluckste der Botschafter, während er seinen Kummerbund aufknipste und wenig später mit heruntergelassener Hose vor der Journalistin stand und sein Glied massierte. Er rieb seinen Penis auf ihren Brüsten, packte dann mit der rechten Hand einen Büschel Haare und schob ihren Kopf an seinen Penis. Mit der linken Hand presste er ihre beiden Wangen zusammen, damit sich ihr Mund ein wenig öffnete.
«Es reicht, du verdammtes Arschloch!», schrie Rickli. Doch der Botschafter lachte nur laut auf und schob sein Glied mit einem Ruck in Winters Rachen.

Kapitel 46

Polizei, nicht Polizei, das war hier die Frage. Arjun versuchte nicht zu weinen. Noël verband auf dem Flipchart emsig alle Informationen rund um die Lücken und Sherif tat, was er am besten konnte: für Erheiterung sorgen. Und in seltenen Fällen gesellt sich zur Erheiterung gar noch ein wenig Erleuchtung dazu.

«Los, Arjun, ruf deinen Pfarrer an. Bitte ihn um Hilfe. Und du, Noël, scheuchst den grossen Chef dieser Zeitung aus dem Bett. Die Polizei wird wohl ohnehin wenig hilfreich sein, die Botschaft ist ja quasi chinesisches Hoheitsland.»

Verblüfft sahen die beiden Jungen Richtung Sherif. Schnell verschränkte er seine Arme, um seinem Namen alle Ehre zu machen. Mit einem Rest Erde im Gesicht war er überzeugt, sehr kämpferisch auszusehen.

«Schon gut, Sherif. Du bist viel zu lieb, als dass wir dir den Krieger abkaufen», meinte Noël.

Arjun stellte fest, dass Noël den Türken offenbar schon gut einschätzen konnte. Ohne weitere Worte taten die beiden wie geheissen und schnappten sich in der leeren Redaktion je ein Telefon.

Arjun nahm den Zettel mit und schaute zu Sherif. «Und du, was machst du?»

«Wenn man schläft, hat man das Handy vielleicht auf lautlos, ich

werde euer Chauffeur sein, damit wir die beiden wecken gehen können.» Sherif überraschte schon zum zweiten Mal mit seiner Abgeklärtheit.
«Nicht nötig», sagten Arjun und Noël im Chor und blickten sich daraufhin verdutzt an.
«Mel ist Vollblutjournalistin, ich glaube, sie wird abnehmen.»
«Pfarrer Winkler ist für seine Mitmenschen immer zu erreichen. Ich glaube, er wird abnehmen» Arjun wählte bewusst die gleichen Worte wie der Praktikant.
Die beiden sollten recht behalten. Wenig später vermischten sich ihre Stimmen mit einer gehörigen Portion Aufregung und nicht ganz so klaren Sätzen. Sherif verstand nur Bruchstücke. ‹Entführung oder Mord›, ‹Lan getötet›, ‹Redaktion›, ‹Es eilt› – er hatte genug gehört und beschloss schon mal eine Menge Kaffee zu kochen. Der Duft hatte noch keine Zeit gehabt sich in der ganzen Redaktion breitzumachen, da stand schon Mel am Eingang. Ohne Schminke, in Trainerhosen und einem T-Shirt, das schon mal bessere Tage gesehen hatte. So sah man ihr das Alter deutlicher an als mit Schminke und engen Jeans, dachte Noël, wischte sich aber schnell den Gedanken wieder aus dem Kopf. Arjun streckte ihr die Hand entgegen und Sherif trabte eilig herbei. Doch Mel erwiderte den Händedruck nicht, sondern nahm erst den Jungen, dann den Türken in den Arm.
«Hier seid ihr in Sicherheit», sagte sie. Arjun spürte, wie ihm die Umarmung guttat. Noël stand bereits beim Flipchart und setzte Mel in Kenntnis. Bis zum letzten Detail, bis zum Verschwinden der grossen Desiree Winter.

«Und die Polizei?», fragte Mel.
«Die hätte wohl nicht viel verloren in einem chinesischen Gebäude», erwiderte Sherif.
«Prinzipiell schon, aber beim Verdacht eines Kapitalverbrechens ist das anders.»
«Fahnderin Rickli dürfte das zumindest brennend interessieren», ergänzte Noël und erläuterte die Geschehnisse im Leichenschauhaus und die Tatsache, dass die Fahnderin ja zugegen war.
Mel fasste, nun hellwach, zusammen. «Die Polizei ist sicher bereits alarmiert. Sowohl wenn Rickli verschwunden ist als auch wenn sie rausgekommen ist und rapportieren konnte, was eigentlich genau geschehen ist. Auch für Winter bedeutet das, die Polizei wird ermitteln. Und wir sollten uns nun darauf konzentrieren, Winter zu finden.»
«Hilft uns der Kontakt zu Bundesrätin Nathalie Käppeli weiter?», wollte Nöel wissen.
«Wieso? Hast du etwa ihre Handynummer?» Mel blickte erstaunt auf.
«Es mag dich vielleicht überraschen, aber ich bin als Praktikant nicht im Besitz der Handynummer von Frau Bundesrätin Nathalie Käppeli. Allerdings wird sie sich sicher genauso besorgt um Rickli zeigen wie die Polizei.» Nöel zeigte auf den Flipchart.
«Sie kennen sich?», fragte Mel nach und erfuhr von der einstigen WG, der Vergewaltigung und den regelmässigen Apéros. «Die erste gute Nachricht heute Nacht», meinte Mel und zückte ihr Handy.
«Du hast ihre Nummer?»

«Es gehört zu den wenigen Vorteilen, wenn man altert, dass man zumindest ein einigermassen gutes Netzwerk beisammen hat», meinte sie und fügte hinzu: «Zudem werden wir mit ihr die nötige Durchschlagskraft haben, gewaltig im Sumpf zu wühlen.»

«Grüss dich, Lukas, verzeih die Störung zu dieser Stunde, ich würde es nicht tun, wenn es nicht um Leben und Tod ginge», hörten die drei die Chefredaktorin sagen und lauschten aufmerksam weiter. «Danke dir. Die Adresse hast du? Okay, du hast was gut bei mir.»

«Wer ist Lukas?», fragte Arjun.

«Einer der bundesrätlichen Chauffeure, aktuell jener von Käppeli. Er muss immer erreichbar sein. Er wird Käppeli wecken und hinbringen», antwortete Mel und schritt bereits zu ihrem Büro mit einer winkenden Bewegung, die hiess, dass die anderen ihr folgen sollten.

«Und woher kennst du diesen Lukas?», fragte Noël neugierig.

«Das willst du nicht wissen», seufzte sie. Aber im Rahmen einer Nacht, in der alle Geheimnisse gelüftet werden mussten, um Winter und Rickli zu finden, und eine unglaubliche Allianz endlich ans Tageslicht kam, gab sie sich einen Ruck.

«Sagen wir es so, wir haben uns an langweiligen Politabenden auch schon mal gegenseitig etwas verwöhnt, wenn du verstehst, was ich meine.»

«Ach, das verstehen wir doch, diese Politabende und so», entgegnete Sherif und klopfte Mel kräftig auf die Schulter. Eines der Redaktionstelefone begann zu piepsen und beendete die peinliche Szene.

«Das muss Pfarrer Liniger sein. Er sagte, er rufe an, wenn er da ist», meinte Arjun und rannte zur Tür.
«Warte hier, ich mach das», sagte Noël. Er lief nach unten und holte den Riggisberger Pfarrer an der Tür ab. Wenig später erschien der schlaksige Mann in der mittlerweile hell erleuchteten Redaktion und Arjun erhielt die zweite Umarmung.
«Ich bin froh, dass es wenigstens dir gut geht, Arjun», sagte er.
«Mel, die Chefredaktorin dieses Ladens hier», erschall eine Stimme aus einem der Büros. Sie streckte ihm die Hand aus dem Türrahmen entgegen. Er griff danach, blickte aber bereits auf das Flipchart. Noël erläuterte dem Pfarrer die Fakten und die Fragen, bis Mel erneut in ihr Büro bat.
«Also Folgendes: Am Bahnhof Bern haben Flüchtlinge einen Polizisten erstochen. Die Geschichte sollte eigentlich Desiree machen. Weil sie aber diesem China-Abkommen auf der Spur war, habe ich übernommen.»
Sie zeigte auf den Bildschirm, der eine geöffnete Datei im Programm InDesign zeigte: die Titelseite. Mit grossen Lettern stand da geschrieben: ‹Mord aus Angst›. Die vier begannen den Text zu lesen und nickten sich gegenseitig zu, als es im Schlusssatz hiess: ‹Es ist wie im Tierreich. Wenn man einen Wolf in die Enge treibt, muss man sich nicht wundern, wenn dieser angreift.›
«Und ich kann beweisen, dass diese Aussage auch in Bezug auf den Polizisten Röthlisberger stimmt», meinte Liniger und schilderte die Situation im Flüchtlingszentrum von Belp.
«Dann hängen die Fälle zusammen», ergänzte Mel und notierte auf einem Block neben ihrem Bildschirm: ‹Folgestory, Arbeits-

titel: Nur ein Nebenschauplatz einer weitaus grösseren Geschichte.› «Morgen werde ich nachlegen, damit gewinnen wir Zeit, die beiden Frauen zu finden und das grosse Schlussbouquet von Desiree Winter zu zünden.»
«Wenn es denn genug Beweise gibt», sagte Noël und zeigte auf die offenen Fragen auf dem Flipchart.
Mel zückte den roten Edding und schrieb auf der Verbindung zwischen der Botschaft und Lan: ‹Bestätigt›. Sie sagte: «Wieso wohl vermissen wir Rickli und Winter? Wir haben Lan in der Kühltruhe gefunden und stehen nun hier versammelt. Wohl kaum, weil das alles bedauerliche Zufälle sind.»
«Aber die Autopsie», bemerkte Noël. «Wir wissen nicht, woran er gestorben ist. China kann jederzeit behaupten, die Familie wollte den Leichnam zurückhaben. Sie können sich mit Verdacht aus der Affäre ziehen.» Er kombinierte in alter Frische.
«Gut gedacht, Herr Praktikant,» lobte ihn Mel. «Aber wir haben noch Arjun und Liniger. Sie können zum einen die Identität bestätigen und unser Pfarrer hier wohl auch, dass Lan zu einem Verhör musste und seither nicht mehr aufgetaucht ist.»
«Ich nicht, aber Herbert Kohler, der Institutionsleiter», meinte Liniger.
«Dann holen wir dieses Puzzlestück noch nach», entgegnete Noël. «Die Chinesen könnten das Verhör immer noch abstreiten und von einem bedauerlichen Todesfall sprechen oder von einem Suizid.»
«Wäre da nicht noch ein kleines Detail», fügte Mel an.
«Was denn?»

«Unsere Vermissten. Gelingt es uns, sie zu finden, spricht dieses Verbrechen für sich und ist der Beweis für die Verbindung. Tod oder lebendig», sagt Mel und senkte ihre Augen.
Noël verlor bei diesem Gedanken wieder seine Schlagfertigkeit. Nie hätte er gedacht, wie sehr er Winter, diese miesgelaunte, eigensinnige, hochmütige, unbelehrbare Journalistin, vermissen könnte. Er war Adson, sie William von Baskerville. Aber er war doch auch der aufstrebende investigative Journalist. Er blickte auf seinen durchschwitzten Smoking, dann in die Runde.
«Also, worauf warten wir noch? Auf zur Botschaft, Spurensuche ist angesagt.»
«Nicht so hastig, reinkommen ist nicht», meinte Mel. «Und wenn ich es mir recht überlege, sollten wir vielleicht für diesen Teil dennoch die Polizei kontaktieren und mit unserem Wissen aufdatieren.»
«Keine Polizei bitte», flehte Arjun und blickte Liniger an.
«Er hat recht», schaltete sich Sherif wieder ein. «Wir kommen ohne Polizei besser zurecht, schneller, und ohne dass die Chinesen Spuren verwischen.»
«Vielleicht kann ich mich in das Alarmsystem der Chinesen hacken, dann schalte ich das Ding aus und schwupps sind wir drin», schlug Noël vor.
«Wer ist wir?», fragte Mel.
«Arjun nehme ich mit zu mir, wir gehen morgen zu Kohler und klären den Vorfall mit dem Verhör auf, ihr sucht die beiden Frauen», schlug Liniger vor.
«Guter Plan ...» Plötzlich dröhnte die Melodie des Brian-Adams-

Song «Summer of 69» aus ihrer Trainerhose. «Das muss Lukas sein, hoffentlich sind sie da», sagte sie und rannte bereits Richtung Ausgang.

Wenig später erschien Bundesrätin Nathalie Käppeli. Wie sie, in der kurzen Zeit so gut zurechtgemacht, aufkreuzen konnte, darüber rätselte vor allem Sherif.

«Guten Abend zusammen.» Käppeli begrüsste jeden einzeln. Diesmal entschloss Arjun sich für eine Umarmung, ausgerechnet bei der Bundesrätin. Sie vermisste ihre Freundin und er wollte Käppeli danken für ihre Hilfe. Grund genug, sie zu umarmen, fand er. Etwas überrascht erwiderte die Staatsfrau die vertrauliche Geste und spürte, wie sie ihr in dieser schweren Stunde guttat. Mel übernahm die Meldepflicht und informierte Käppeli bis ins letzte Detail. Sherif kochte Kaffee, was das Zeug hielt, und gluckste vor Freude, dass Käppeli lieber Tee wollte. Eine Stärke von ihm. Er würde ihr den besten Tee aller Zeiten brühen und legte ein Potpurri von Chai, Lindenblüten, Ingwer und jede Menge Zucker ins Wasser.

«Bitte sehr.» Er verbeugte sich und überreichte der Bundesrätin das Gebräu.

«Riecht spannend. Danke, Sherif.» Sie lächelte ihn dankbar an.

Nachdem Mel ihre Zusammenfassung beendet hatte, dauerte es eine ganze Weile, bis Käppeli aufblickte und zu reden begann: «Ihr seid mutige Menschen in einer schweren Mission. Es wird Zeit, dass die Schweiz Verantwortung übernimmt. Ich hole den Polizeichef her und Arjun, keine Angst, er wird dich in Ruhe lassen, er hat ganz andere Probleme und du bist der Held dieser

Geschichte. Du hast mehr Mut bewiesen als die meisten Menschen, die ich kenne. Ich werde persönlich vor den Pforten der Botschaft um Einlass bitten, im Schutz der Polizei, versteht sich. Mel, schreib deine Geschichte wie geplant, ich datiere dich auf, wir treten mit diesem Vorfall an die Öffentlichkeit.»
«Aber es gab doch einen Mehrheitsentscheid im Bundesrat, bekommen Sie da keine Probleme?», fragte Noël.
«Doch, aber es gibt noch etwas Wichtigeres: Ich habe einen Eid geschworen und der verpflichtet mich, dass ich in all meinen Handlungen stets um das Wohl der Bevölkerung bemüht sein muss. Diese Maxime ist dem Traktandum übergeordnet. Auch wenn das sonst niemand so sieht, bin ich bereit die Konsequenzen zu tragen.»
«Sie sind eine gute Chefin für dieses Land», sagte Sherif und tat, was er in solchen Momenten immer tat: Er klopfte seinem Gegenüber viel zu stark auf die Schultern, diesmal auf jene der Bundesrätin.
«Und wenn wir nicht reinkommen?», wollte Arjun nun wissen.
«Damit ist zu rechnen, aber wir haben ja noch Noël», sagt Mel und sah in eine Runde fragender Gesichter.
«Nun gut, Frau Bundesrätin, Sie hören jetzt mal ein wenig weg. Während Polizei und Käppeli sich Zugang zur Botschaft erbitten, schleichen sich Noël und ich über das kaputte Kellerfenster ins Innere. Ich gehe nicht davon aus, dass es bereist repariert ist. Frau Bundesrätin, stellen Sie den Timer an Ihrem Handy auf zehn Minuten, so lange müssen Sie die Botschaft in Aufruhr halten. Dann wissen wir, bis wann wir wieder aus dem Gebäude fliehen

müssen.»
Mel manövrierte fast so clever durch die Situation wie Desiree, dachte Noël und sah zu, dass er sich bereitmachte.
«Nur noch eine Frage ...», meinte Sherif.
«Nein danke, wir brauchen keinen Tee und keinen Kaffee mehr, und auch keine Erde im Gesicht für den Kampf», sagte Liniger und ging auf Arjun zu.
«Gut zu wissen, aber ich meinte etwas anderes», wehrte sich Sherif und erntete einige genervte Blicke.
«Wäre es nicht denkbar, dass die beiden gar nicht mehr in der Botschaft sind?»
«Doch, aber bei einer Suche beginnt man immer dort, wo man sie zuletzt gesehen hat», antwortete Mel.
«Ausser man kennt noch einen Standort.»
Alle schauten ihn überrascht an.
«Würde ich – also nur mal angenommen natürlich – jemanden gefangennehmen, ich hätte dafür einen Raum vorbereitet.»
«Ja, aber diese Gefangenschaft war wohl kaum geplant», entgegnete diesmal Noël.
«Das nicht, aber die Chinesen haben ja einen Ort für Verhöre, wie wir nun wissen.»
«Ach, du dicker Kebab», kopierte nun Arjun seinen Freund. «Die Wohnung in Muri!»
«Wie bringt man zwei laute Frauen nachts in einem Mehrfamilienhaus unter, ohne dass jemand davon Notiz nimmt?», gab Mel zu bedenken.
«Das, meine Liebe, weiss ich als Taxifahrer der Nachtszene von

Bern leider nur allzu gut: KO-Tropfen und schwupps verwandeln sich die beiden Frauen in schweigende Mumien.»
Nun war es Arjun, der dem Türken viel zu kräftig auf die Schulter schlug. «Sherif, du bist genial!»
«Die Möglichkeit besteht», sagte Käppeli. «Wenn Sherif wirklich recht hat, müssten wir aber unbedingt zuerst in Muri aufkreuzen. Die Wohnung ist schliesslich kein chinesisches Gebiet und frei zugänglich.»
«Nein», entgegnete Käppeli. «Alles, was die Botschaft besitzt, geniesst Immunität.»
«Nur besitzen die Chinesen die Wohnung gar nicht», frohlockte Noël.
Sherif zückte das Handy, das er von Zaimi erhalten hatte, und zeigte das Foto mit dem Grundbuchauszug und dem Stockwerksreglement.
«Ausgezeichnet, das nenn ich mal eine gute Nachricht», meinte Mel.
«Also der ganze Tross nach Muri?»
«Nur die Polizei und ich», wendete die Bundesrätin ein. «Ihr bleibt hier und ruht euch aus, bis auf Pfarrer Liniger.»
Käppeli stand auf und verliess die Redaktion.
«Na los, Arjun, komm mit», meinte Liniger.
«Nein, ich bleibe.» Er trotzte und stellte sich neben Sherif.
«Schon gut, mein Junge», sagte Sherif und legte seinen Arm über Arjuns Schultern. «Ich komme dich morgen in Belp abholen. Bis dahin habe ich noch etwas anderes zu tun, bei dem du eh nicht dabei sein kannst.»

«Der Albaner?»
«Ja, er hat sich wirklich im dümmsten Moment gemeldet», sagte Sherif, so leise er konnte, damit die Bundesrätin nichts davon mitbekam.
«Alles wegen mir», flüsterte Arjun zurück.
«Keine Sorge, ich habe nicht vor, die Mädchen zu holen. Murat und ich haben andere Pläne mit dem Albaner.»
«Was denn?»
«Je weniger du weisst, desto besser», meinte Sherif nur und verliess nun ebenfalls die Redaktion.
«Und wir, was machen wir nun mit dieser angebrochenen Nacht?», wollte Noël wissen.
«Das, was wir Journalisten in solchen Momenten tun müssen, Herr Praktikant: Ich schreibe den besten Folgeartikel meines Lebens.»
Mel zeigte auf das Blatt auf ihrem Pult.
«Und ich versuche so gut es geht in Winterscher Art zu berichten, falls ihr etwas zugestossen ist.»
Noël setzte sich an Winters Pult, tippte ihr Passwort ein und begann nach ersten Kritzeleien seiner Chefin zu suchen.
«Zumindest, bis wir doch noch in die Botschaft einbrechen müssen!», rief er noch ins Zimmer der Chefredaktorin.
Mel zeigte ihm ein Daumen-Hoch aus der Tür. Den fuchtelnden Bewegungen entnahm er, dass sie offenbar frische Kleider im Büro hatte und sich hastig umzog. Er blickte an sich hinunter und erkannte, dass er in wenigen Stunden, wenn die Redaktion wieder belebt sein würde, zum Gespött der Kollegen werden

könnte. Hastig zupfte er die Fliege weg, knöpfte das Hemd auf und entledigte sich des Vestons. Das musste reichen für den Moment, sofern ihn seine Schlagfertigkeit nicht mehr im Stich liess.

Kapitel 47

Rickli wusste nicht, ob Blut, Tränen oder beides ihr die Wangen hinunterkrochen. Mit heiserer Stimme krächzte sie: «Gut, dass ich Sie nicht verhaften darf, ich werde Sie nämlich eigenhändig umbringen, Sie Stück Scheisse.»
Der Botschafter schloss so langsam seine Hose, als würde er den Moment geniessen.
«Ziemlich mutige Worte, wenn man bedenkt, in welcher Situation Sie sich befinden», sagte er in seiner gewohnt überheblichen Art.
«Mich können Sie wohl nicht mehr ficken, wenn Sie schon gekommen sind. Was für ein lächerlicher Mann Sie doch sind», versuchte Rickli ihn zu provozieren.
Der Hass auf diesen Mann verteilte sich in ihrem ganzen Körper bis unter den Hals und sie spürte, wie sie vor lauter Wut nur noch möglichst verletzende Dinge über die Lippen brachte. Sie wollte dieses Scheusal irgendwie aus der Reserve locken, zu einem Fehler animieren, irgendetwas provozieren, das er nicht bedacht hatte.
«Dich kann ich später noch ficken, vielleicht mit meinen treuen Kollegen hier. Was meinst du, würde dir das gefallen?», entgegnete er immer noch gelassen und ruhig.
Ricklis Körper fühlte sich an, als würde er demnächst vor Wut

explodieren. Sie rüttelte am Stuhl und am Kabelbinder, nicht weil sie glaubte, damit etwas zu bewirken, aber ihre Energie musste raus. Sie brauchte Wutventile, damit sie nicht explodierte. Der Botschafter setzte sein arrogantestes Lächeln auf. Er stand nun unmittelbar vor ihr und schaute sie nur an.

«Kannst wohl nicht mehr, du erbärmlicher Wurm», sagte Rickli. «Na los doch, gib's mir ...»

Der Botschafter wendete sich plötzlich ab, ging zurück in den Gang und verschwand. Rickli verstand nicht, was das sollte. Würden nun seine Lakaie ihr den Rest geben? Die beiden Anzugchinesen standen wie Säulen im Raum. Was war hier los? Sie blickte auf Desiree. Ihr Kopf hing nach unten, Sperma lief ihr aus dem Mund. Es gab ein Zischen. Der dumpfe Aufprall ihres Kopfes beendete für Rickli dieses Schreckensszenario. Von hinten mit einem sauberen Schwung hatte ihr der Botschafter mit seinem Jiàn, dem traditionellen chinesischen Schwert, den Kopf vom Körper getrennt.

«Sauber machen, Leichen verpacken, in der alten Limousine verstauen, nach Guggisberg fahren, dann auf der kleinen Bergstrasse zwischen Riffenmatt und Sangernboden das Auto anzünden und zu Tal donnern lassen», befahl er.

Dieses Gebiet war wie geschaffen für Notfälle, er hatte es sorgsam ausgesucht, sollte er einmal ein heikles Problem dieser Sorte bekommen. Er erinnerte sich an seine ersten Tage in Bern, diesem scheinbar harmlosen Stücklein Erde, und an die Belegschaft, welche seine Vorsichtsmassnahmen nicht verstand, aus Anstand aber nicht kommentierte. Er aber wusste aus Erfahrung:

Es konnte immer zu unangenehmen und unvorhergesehenen Situationen kommen. Er hatte sich schon immer auf alle Eventualitäten vorbereitet. Zum Glück. Die alte Methode des Verwischens aller Spuren mittels Autobrand war bis heute bewährt und setzte die Obduktion in aller Regel schachmatt. Erschwerend war: Wenn man einen Unfall vorgaukelte, musste die Polizei misstrauisch werden. Man würde Winter und Rickli identifizieren können, nicht aber, was bisher alles geschehen war. Weshalb waren sie nach Guggisberg gefahren, noch dazu mit einem diplomatischen Fahrzeug? Er wüsste es nicht und die Untersuchungen müssten sich wegen seiner Immunität auf die reine Routine beschränken. Eine, die er mit förmlicher Höflichkeit erhaben, wohlwollend und distanziert absolvieren würde. Ein Klacks für ihn, eine seiner leichtesten Übungen.

Kapitel 48

«Konrad hier.»
«Und hier Liniger.»
Der Pfarrer rief auf der Fahrt von der Redaktion Richtung Asylzentrum in Belp den Metzger aus Toffen an, um ihm mitzuteilen, was Arjun widerfahren war, und ihn noch um ein bisschen Geduld zu bitten.
«Glück gehabt, Konrad hat Verständnis, du kannst deine Lehrstelle behalten.» Liniger versuchte den Trauerkloss auf dem Beifahrersitz etwas aufzuheitern und abzulenken.
«Danke», sagte dieser mit etwas zittriger Stimme.
«Ich weiss, das ist im Moment nicht das Wichtigste, aber in ein paar Tagen wirst du froh sein, wenn du heil aus dieser Sache rausgekommen bist.»
«Und Kohler?», fragte Arjun. «Ich bin schliesslich unerlaubt geflohen.»
«Das klären wir umgehend, lass das mal meine Sorge sein, lieber Arjun», sagte Liniger mit fast väterlicher Stimme.
Als sein altes Gefährt auf den Vorplatz rollte, war es erst kurz nach sieben. Kein Fussballspiel im Gange, dafür stand das Auto von Herbert Kohler bereits am Eingang. Liniger hatte ihm eine Sprachnachricht hinterlassen, die der Graue offenbar abgehört hatte. Im Inneren war ausgerechnet Sanjab schon hellwach und aufgestanden, jener Eritreer, dessen Name so viel wie Eichhörn-

chen bedeutet.
«Wo warst du, Arjun?», fragte er auf English.
Doch ehe der Afghane antwortete, sagte Liniger: «Später, Sanjab, später.»
Schnurstracks liefen die beiden Richtung Büro. Arjun klopfte, Liniger aber öffnete einfach die Tür. Kohler lehnte am offenen Fenster mit einer Kippe im Mund. Hastig zerdrückte er die halbfertige Zigarette am Fenstersims, deutete auf die beiden freien Stühle und liess sich selbst in seinen Drehsessel plumpsen.
Liniger wollte gerade loslegen, als er im Halbdunkel am Arbeitsplatz von Eva Binggeli eine Gestalt erkannte.
«Bitte erzählen Sie», sagte die Person, von der nur der Körper, der zweifelsohne in massiv überteuerten Kleidern steckte, zu sehen war; das Gesicht lag im Schatten.
«Was soll das? Wer ist das?», fragte Liniger und blickte Kohler an.
Arjun hatte es die Sprache verschlagen. Irgendwo zwischen Trauer, Unsicherheit und dieser neuen Person schien sein Körper masslos überfordert und reagierte mit einer Lähmung. Er stand da wie ein Stock, steif und mit aufgerissenen Augen.
«Das spielt keine Rolle. Berichte ihm. Dieser Vorfall ist längst über den Dimensionen eines kleinen Heimleiters», sagte Kohler.
«Ich glaube nicht, dass ich hier irgendetwas einer wildfremden Person erzählen werde, auch wenn du es verlangst, Herbert», blieb der Pfarrer stark.
«Sehen Sie, Herr Liniger und ... Arjun, richtig?» Der Mann sprach in einer Art, die fast als überheblich zu bezeichnen war.

«Ich mag vielleicht wildfremd sein, aber vermutlich die einzige Hilfe, die Sie erwarten können. Seien Sie froh, dass Kohler so gute Kontakte hat.»
«Was wissen Sie denn?», fragte Liniger.
«Reicht Ihnen die Aussage, dass ich unlängst Bundesrätin Käppeli dazu verholfen habe, dass solche Verhöre wie jenes von Lan nicht mehr stattfinden können?»
Kohler, Liniger und Arjun waren gleichermassen erstaunt.
«Wir haben ein kleines Team im BFW geformt, das chinesische Flüchtlinge nicht mehr als solche vermerkt, wonach es keine zu verhörenden Personen mehr für China gibt», ergänzte der Mann mit einem schwachen Lächeln.
«Na gut, Sie haben mich überzeugt», fasste sich Liniger ein Herz und fragte: «Dann wisst ihr vom Verhör und Lans Tod?»
Kohler nickte stumm und mit dem Kinn Richtung der unbekannten Person.
«Wie gesagt, Bundesrätin Nathalie Käppeli ist dank Fahnderin Rickli im Bilde und hat mich um Hilfe gebeten. Das Resultat habe ich den Herrschaften ja schon dargelegt.»
«Dann können wir das Ganze beweisen. Gibt es Unterlagen, Herbert?»
Noch immer sprach Kohler kein Wort, diesmal schüttelte er aber den Kopf.
«Deshalb bin ich hier. Arjun, Herr Liniger, Herbert, das ist eine Sache für die Bundesanwaltschaft. Ich übernehme nun, denn die Beweislage beruht auf Indizien und die Befragung chinesischer Staatsangehöriger ist nur auf meiner Ebene möglich.»

Liniger war beruhigt, Arjun nicht. Irgendetwas stimmte mit dem Kerl nicht, er spürte das. Seine Lähmung löste sich augenblicklich und machte dem starken Drang einer erneuten Flucht Platz.
«Wir brauchen Sie drei als Zeugen. Angesichts der unsicheren Lage und der Tatsache, dass die Chinesen vor nichts zurückschrecken, habe ich ein Zeugenschutzprogramm für Sie vorbereitet.»
«Was bedeutet das?», wollte Arjun wissen.
Liniger seufzte und begann zu erzählen. Er war gerade an der Stelle, wo es um einen geheimen Ort der Unterbringung mit Polizeischutz ging, als Arjun aufsprang, das angelehnte Fenster aufriss und hinaussprang Richtung Vorplatz. Wenige Sekunden später waren nur noch rhythmische, knisternde Schritte auf dem Kiesboden und dann das leichte Rascheln einiger Büsche zu hören. Arjun hatte sich im wahrsten Sinne des Wortes in die Büsche geschlagen.
«Noch jemand?», fragte der Mann im Halbdunkel, ohne mit der Wimper zu zucken.
Liniger stand auf und sprang Richtung Fenster. Doch Arjun war bereits ausser Sichtweite und plötzlich schien Kohler seine Stimme wiedererlangt zu haben.
«Der taucht schon wieder auf. Los, lass uns mitgehen.»
«Es ist zu ihrem Besten, meine Herren», sagte der Mann, erhob sich und bat das Duo ihm zu folgen. Zögerlich setzte sich Liniger in Gang, nicht weil er ihm vertraute, sondern aus Neugier. Unter der Türschwelle blieb die mysteriöse Person stehen, drehte sich um, streckte die Hand aus und meinte: «Die Handys, geben Sie

sie mir, damit man Sie nicht verfolgen kann.»
«Ach, komm schon, Charly, ist das wirklich nötig?», fragte Kohler. Dieser Charly nickte nur kurz und schaute den Pfarrer auffordernd an. Zögerlich griff dieser in seine Tasche und meinte: «Ich muss es wohl zuhause liegen gelassen haben.»
Ehe der Hall seiner Worte von dem alten Gemäuer verschluckt wurde, griff Charly bereits in die Innentasche von Linigers Jacke und ergriff zielsicher sein Handy.
«Das war jetzt etwas gar durchsichtig.» Er lächelte.
Kohler griff nach Linigers Ärmel und zerrte ihn mit. «Es ist nur zu unserem Schutz», meinte er.
«Bist du sicher?»
Kohler nickte und Liniger folgte widerwillig. War er wirklich in Gefahr? Er wusste es nicht, dieser Charly aber wusste offenbar alles. Wenig später sassen die drei Männer in einer Limousine mit abgedunkelten Scheiben, Chauffeur inklusive.
«Ich bringe euch nun in Sicherheit vor den Chinesen, die sind nämlich sehr gründlich, wenn es darum geht, Zeugen zu beseitigen», sagte er, bevor er die Tür schloss und das Auto sofort losfuhr.

Kapitel 49

In Muri bot sich ein ähnliches Bild wie vor ein paar Tagen. Mehrere Polizeiwagen standen dicht an dicht nebeneinander, Absperrband trennte die Schaulustigen vom Hauseingang. Den grössten Unterschied machte das gepanzerte Fahrzeug, das gerade vorfuhr. Die Bundesrätin stieg aus, noch bevor Fahrer Lukas die Tür hätte öffnen können. Polizeichef Arthur Bendicht erwartete den ungewöhnlichen Besuch bereits, wies die Bundesrätin aber an, noch zu warten.

«Die Sondereinheit macht sich gerade daran, sich Zugang zur Wohnung zu verschaffen, wir warten hier, bis es sicher ist.»

Auf jeder Etage war ein Polizeibeamter postiert, um die Bewohnerinnen und Bewohner davor zu bewahren, nach draussen zu gehen. Vor der Tür der von Dubois Immobilie waren vier Männer postiert, während ein fünfter mit der Handschraubmaschine nach und nach die vier Schlösser aufbohrte. Auf Klopfzeichen und Klingeln hatte bisher niemand reagiert. Genauso wenig wie auf die Polizeirufe.

«Achtung, Tür öffnen», sagte der Mann mit der Maschine in der Hand und ging kauernd unverzüglich in Deckung.

Die Mannschaft stürmte nun auf Kommando die Wohnung. «Gesichert.» «Gesichert.» Der Ruf wiederholte sich noch dreimal, dann stand fest: Die Wohnung war menschenleer.

«Arthur, du kannst die Spurensicherung hochschicken», ertönte eine Stimme im Funkgerät des Chefs. Dieser machte ein kurzes Zeichen und die Abteilung mit den Gummihandschuhen bewegte sich ins Mehrfamilienhaus.

«Frau Bundesrätin, leider konnten wir weder Fahnderin Rickli noch Desiree Winter noch sonst jemanden finden. Wir halten Sie auf dem Laufenden, wenn Sie uns sagen, wie wir Sie kontaktieren können, aber hier gibt es im Moment für Sie nichts zu verhandeln mit irgendwelchen Chinesen», sagte Arthur Bendicht.

So professionell seine Stimme auch klang, seine Miene drückte Besorgnis aus. Er vermisste eine seiner besten Mitarbeiterinnen, das hier war auch in seiner langen Karriere eine noch nie dagewesene Bedrohung.

«Ist gut, vielen Dank, Herr Bendicht, ich werde für meinen Teil aber nun die chinesische Botschaft aufsuchen.»

«Aber nicht allein, Frau Bundesrätin. Wir schicken Ihnen eine Patrouille mit zur Verstärkung.»

«Meinetwegen, aber ich denke nicht, dass dies viel bringen wird», meinte sie während des Einsteigens.

Die bundesrätliche Karosse rollte gerade davon, als abermals das Funkgerät des Chefs knisterte.

«Arthur, kannst du bitte nach oben kommen?», hörte Bendicht wenig später. «Das musst du dir ansehen.»

Der Chef huschte die Treppen hoch, viel zu schnell für seine mangelnde Kondition, und musste vor dem Eingang erst ein paar Mal schnaufen, damit er diese peinliche Blösse nicht mit seinen Mitarbeitenden teilen musste. Er tat dies aber ohne Ying und Yang. Die LED-Scheinwerfer beleuchteten einen offenbar stark abgedunkelten Raum. Arthur trat bis an die Schwelle. Die Tür, die Wände, alles war mit Schaumstoff abgedämmt, es sah ein wenig aus wie in einem Tonstudio. Offenbar wollte hier jemand, dass kein einziger Ton nach aussen drang. Aber das war eigentlich nebensächlich, denn das Erschreckende war, worauf die Spurensicherung zeigte und woher das Blitzlicht der Kamera kam.

Arthur blickte auf zwei Stühle in der Mitte des Raumes, an der Decke waren zwei dicke Schraubgewinde eingelassen.

«Sieht aus wie ein Ort, um Leute zum Reden zu bringen. Verdammt, Arthur, wo sind wir hier? Doch nicht in einem Scheiss-Folterraum mitten in Muri?»

«Gibt es irgendwelche menschlichen Spuren?», fragte Arthur, ohne auf die Aussage einzugehen.

«Bis jetzt nicht, aber wir kehren hier jedes Staubkorn, da kannst du sicher sein», versicherte Seline da Silva, die Chefin der Spurensicherung. Just in diesem Moment schalteten seine Mitarbeitenden die Scheinwerfer ab und wanderten mit Blaulicht-Stablampen den Wänden, den Stühlen entlang.

«Kein Blut», sagte da Silva kurz darauf. Ohne ein Wort zu verlieren, schnappte sich Arthur eine der Lampen, stellte sich auf einen der Stühle und hielt das Licht an die Decke. Keine Weissfärbung, so sehr er auch hin und her fuhr.

«Entweder hat hier jemand gründlich sauber gemacht, oder der Ort hat nichts mit unserem Fall zu tun», schlussfolgerte er.

«Stopp, geh nochmal ein paar Zentimeter zurück mit dem Licht», sagte da Silva plötzlich. Die etwas rundliche, kleine Frau war kein

Charmebolzen, aber eine hungrige Laborratte mit dem Hang sich etwas zu verzetteln.
«Hier», sagte sie und zeigte auf das Schraubgewinde. Arthur setzte seine Lesebrille auf. Tatsächlich, am Ring war eine wenige Millimeter kleine Verfärbung. Eine schwache Färbung, ein klein wenig Blut.
«Reicht das für einen DNA-Abgleich?», fragte er und sah da Silva fordernd an.
«Wenn es irgendjemand auf diesem Planeten gibt, der aus diesem Teilabdruck etwas herausbekommt, dann bin ich es, Chef», sagte da Silva und machte sich bereits am forensischen Koffer zu schaffen.
Arthur wählte umgehend die Nummer, die ihm Käppeli gegeben hatte.
«Haben Sie etwas herausgefunden?», fragte diese ohne langes Höflichkeitsgeplänkel.
«Wir haben einen sehr kleinen Blutfleck gefunden und versuchen nun, daraus die DNA der entsprechenden Person sicherzustellen.»
»Gut, das reicht mir für einen Bluff», sagte die Bundesrätin und beendete das Telefonat. Lukas hatte die Klingel am Eingang der chinesischen Botschaft bereits betätigt, als Käppeli herantrat.
«Ja, bitte», meldete sich eine weibliche Stimme.
«Bundesrätin Käppeli hier, ich bitte um Einlass in einer äusserst dringlichen Angelegenheit.»
«Einen Moment bitte», sagte die Stimme. Dann war es ruhig. Die Polizisten standen je rechts und links der Bundesrätin. Es dauerte

eine gefühlte Ewigkeit, bis sich das schwere Eisentor bewegte und eine Frau mit einem schwarzen Deux-Pièces über den Kies-Vorplatz schritt.
«Frau Bundesrätin, ich bedaure, aber der Botschafter ist im Moment in einem Meeting und kann Sie frühestens in einer Stunde dazwischenschieben. Ich muss Sie bitten, sich zu gedulden. Er wird Sie kontaktieren, sobald er Zeit findet.»
«Nun hören Sie mir mal zu: Kein Meeting dieser Welt kann so wichtig sein wie der Sachverhalt, den ich hier aufzuklären versuche. Also seien Sie so gut und sorgen dafür, dass ich ihn unverzüglich sprechen kann. Ich vertrete hier die Landesregierung der Schweiz und wir haben ein grosses Problem mit China.»
«Verstehe, aber ich befürchte, ich habe keine Befugnis dazu.»
«Aber ich», klang eine Stimme von weiter hinten. Der Botschafter trat auf den Kiesplatz und machte eine einladende Handbewegung ins Innere.
«Bitte hier entlang, Frau Bundesrätin. Ach, ihre Polizeigarde darf leider kein chinesisches Hoheitsgebiet betreten», lächelte der Botschafter.
Nathalie Käppeli spürte, wie ihr Herz schneller als gewöhnlich schlug, und hoffte, dass es ihr nicht anzumerken war.
«Frau Bundesrätin, wenn ich Ihnen einen Rat geben darf: Verlangen Sie besser eine Aussprache auf Schweizer Boden», mischte sich Lukas ein.
«Das wäre mir lieber, ja, aber bis der Papierkram erledigt ist, vergeht eindeutig zu viel Zeit», antwortete sie und trat über die Torschwelle.

«Ich hoffe, es macht Ihnen nichts aus, wenn wir uns mit Tee und Gebäck begnügen müssen. Ich war nicht auf einen Staatsbesuch dieser angenehmen Art vorbereitet», sagte der Botschafter und sah, wie Käppeli wortlos den Kopf schüttelte.

Wenig später nahm sie in einem viel zu grossen Sessel im Büro des Chinesen Platz. Ihre schlanke Figur wirkte fast ein wenig verloren auf diesem pompösen Überbleibsel der romantischen Epoche.

«Herr Botschafter, vielen Dank, dass Sie mich empfangen. Wie Sie sicherlich wissen, ist nach dem gestrigen Empfang in Ihren Räumlichkeiten eine Polizeibeamtin und eine Journalistin verschwunden. Es deutet viel darauf, dass Ihre Botschaft mit dem Vorfall in Verbindung steht. Wir vermuten, dass Sie einen chinesischen Staatsbürger namens Lan Guo verhört haben. Er ist nicht mehr am Leben und der Leichnam soll sich in Ihren Räumlichkeiten befinden, statt, wie von Ihnen in der Pathologie behauptet, nach China zu den Angehörigen überführt worden zu sein. Ich bin gespannt zu hören, was hier los ist. Wir verdächtigen Sie in diesem Tötungsfall sowie für das Verschwinden zweier Schweizer Staatsbürger.»

Der Botschafter musterte die Bundesrätin lange und eingehend. Das war ein alter Trick, den er schon oft angewendet hatte, um in heiklen Situation sofort die Oberhand zu gewinnen, den Machtvorteil wiederzuerlangen. Körperbeherrschung und Stärke zeigen, das war ein Judoeffekt, mit dem er die Situation fast wortlos umkehren konnte.

«Frau Bundesrätin, ich verstehe Ihre Sorge und sichere Ihnen meine vollständige Kooperation zu. Denn auch ich bin ein Geschädigter. Wie Sie wissen, haben wir durchaus das Recht, chinesische Flüchtlinge zu vernehmen. Das haben wir mit Herrn Guo getan. Er beschloss, am Vorabend der Rückführung per Flugzeug, sich das Leben zu nehmen. Ein höchst traumatisierter junger Mann, dem die beschwerliche Reise offenbar arg zugesetzt hatte. Sehen Sie, ich bedaure den Fall ausserordentlich, weshalb ich mich für die Rückführung zu den Angehörigen dermassen eingesetzt habe. Dass angeblich eine Leiche in unseren Räumlichkeiten war, das bezweifle ich, vor allem dass es sich um Lan Guo handelte. Ich habe die offiziellen Papiere, dass er längst in China angekommen ist. Das kann ich also beweisen. Eine andere Leiche gibt es nicht, zumindest nicht dass ich wüsste. Haben Sie dafür Beweise?»

Käppeli hasste es, wenn Menschen so arrogant und selbstgefällig über menschliche Schicksale redeten, als ginge es um die Lösung eines technischen Problems.

«Ja, habe ich, und noch mehr. Wir haben Blut in der Wohnung in Muri gefunden. Das stammt vermutlich von Lan Guo, Fahnderin Rickli oder Journalistin Winter. Es wird im Moment gerade untersucht.»

«Ertappt», sagte er ohne Umschweife. «Wir führen die Gespräche mit den chinesischen Geflohenen tatsächlich in diesem ruhigen Ambiente in Muri. Daran erkennen Sie, dass wir keine bösen Absichten hegen. Die Wohnung liegt strategisch einfach gut und nah am Flughafen.»

«Und gut isoliert, wie mir die Polizei zusätzlich mitteilte.»

«Abhörsicher nennt sich das. Eine Sicherheitsmassnahme, weil Fahnenflüchtige des Militärs oftmals Internas ausplaudern, die in aller Regel den Grund ihrer Flucht zementieren. Wir wollen nicht, dass Länder wie Nordkorea mithören.»
«Was würden Sie sagen, wenn das Blut von Rickli oder Winter stammt?»
«Nichts, weil ich mit dem Verschwinden der beiden nichts zu tun habe. Es trifft zu, dass ich mit beiden am Vorabend gesprochen habe. Es ging um das Verhör mit diesem Lan Guo. Eine Peinlichkeit der Schweiz, dass dieser Vertrag offenbar nicht wie vereinbart unter Verschluss gehalten wurde. Ich habe mich bei ihrem geschätzten Kollegen Rudolf Stärchi schon beschwert. Er hat sich in aller Form entschuldigt und versichert, dass wir in Ruhe gelassen werden. Offenbar hat er sie noch nicht erreicht.»
Der Botschafter sah Käppeli nun lange fest in die Augen. So ging der Judo-Effekt. Er wurde beschuldigt, doch statt sich zu verteidigen, bemängelte er den Fehler der Schweizer Regierung.
«Hören Sie zu, mir ist egal ob mich dieser Besuch das Amt der Bundesrätin kostet. Ich schalte ohnehin die Bundesanwaltschaft ein, damit Sie kooperieren müssen. Wenn das Blut von einer dieser Frauen stammt, werden Sie angeklagt, dafür sorge ich.»
«Frau Noch-Bundesrätin, ich verstehe Ihre Sorge um Ihre Landsfrauen und würdige auch Ihren Einsatz. Es wäre äuserst bedauerlich, wenn die Schweiz eine solch beharrliche Politikerin verlieren würde. Aber sehen Sie, die beiden Frauen sind vermutlich aus mir unerklärlichen Gründen mit einem meiner Autos weggefahren. Ich vermisse seit gestern Abend ein Fahrzeug.»

«Weiss die Polizei davon?»
«Noch nicht, ich wollte zuerst mit den Angestellten in meinen Reihen sprechen, ehe ich jemand anderen beschuldige. So macht man das nämlich in der Volksrepublik China. Korrekt und der Reihe nach.»
«Offenbar sind Sie aber nicht fündig geworden.»
«Genau, und wenn ich eins und eins zusammenzähle, haben die beiden aus Unverständnis über diese Anhörungen und mit fortschreitendem Alkoholkonsum vermutlich beschlossen, mir eine Lektion zu erteilen, und ein Fahrzeug entwendet. Ich bin mir sicher, das klärt sich alles in den kommenden Stunden.»
«Ich nicht. Die beiden haben Handys und sind mitten in ihren Fällen, sie hätten sich längst gemeldet.»
«Bestimmt werden sie das, wenn sie ihren Rausch ausgeschlafen haben.»
«Rausch? Herr Botschafter, ich kenne Fahnderin Rickli persönlich. Wenn es jemanden gibt, der noch nie einen Rausch hatte und viel zu konzentriert ist für solche Eskapaden, dann Rickli.»
«Dann müssen Sie sich wohl noch ein wenig gedulden, bis die beiden auftauchen. Ich mich auch, bis ich die alte schwarze Limousine wieder zurückhabe. Ein wirklich schönes Fahrzeug. Offenbar wussten sie genau, welches ich bevorzuge. Ach, und noch etwas, Frau Bundesrätin: Sie werden verstehen, dass ich meine Besorgnis um diese Anschuldigungen dem chinesischen Staat mitteilen muss. In der Regel reagiert er empfindlich auf solche Zwischenfälle und wird das Handelsabkommen wohl zwischenzeitlich auf Eis legen, bis sich alles geklärt hat. Ich hoffe

inständig, das wird Sie nicht Ihren Job kosten, wobei ich ehrlich gesagt ziemlich sicher bin, dass es das wird. Bundesrätin schiesst verärgert mit haltlosen Anschuldigungen gegen die Volksrepublik China. Das ist dann wirklich etwas für die Presse, meinen Sie nicht auch?»

Die Provokation hätte bei den meisten Menschen für Aussetzer und Fehltritte gereicht. Bundesrätin Käppeli aber kratzte innerlich ihr letztes Stücklein Würde zusammen. Es schmerzte in ihrer Brust und gern hätte sie diesem Lackaffen ein Best-of aller Schimpfwörter aus ihrer Unizeit entgegengedonnert.

«Wir werden sehen. Auf Wiedersehen, Herr Botschafter», sagte sie stattdessen und verliess den viel zu grossen Stuhl.

Kapitel 50

Arjun musste erst einmal verschnaufen. Er war die ganze Strecke bis nach Rubigen durchgelaufen. Es war nicht mehr weit bis zu Murats Garage und er war heilfroh, dass er dank der vielen ‹Taxifahrten› mit Sherif die Gegend inzwischen etwas besser kannte. Als er völlig erschöpft schliesslich am Garagentor klopfte, öffnete Murat die Nebentür. Es fühlte sich gut an, diesen rundlichen Mann, dem vermutlich immer dieser eine Hosenträger herunterhing, wiederzusehen.

«Arjun, mein Junge, komm rein und erzähl, weshalb du geflohen bist?»

«Wieso weisst du das?», fragte der Afghane.
«Naja, du bist ausser Puste, hast Augen so gross wie die Falaffelbällchen meiner Mutter, du bist offenbar nicht in Rast und Ruhe gekommen.»
Arjun kommentierte die zutreffende Kurzanalyse nicht weiter und trat ein. Was er nun sah, fühlte sich wie eine Erlösung an. Sherif stellte die Kaffeetasse auf das Benzinfass, sprang auf und umarmte seinen Freund so fest, dass dieser kaum noch Luft bekam.
«Was ist passiert, Arcadash, mein Freund?»
Arjun erzählte von dem komischen Kauz in Belp und dessen Bitte, sie zu begleiten. Nur weshalb er geflohen war, wegen eines dummen Gefühls, das war schwer zu erklären.
«Wir ehemaligen Flüchtlinge haben das im Gefühl, mein Junge. Wir spüren, wenn etwas nicht stimmt, das hält uns in schwierigen Situationen am Leben. Das ist der gleiche Sinn, den auch James Bond hat», sagte Sherif und versuchte, sich an sein mittlerweile umlackiertes Taxi zu lehnen wie besagter Geheimagent.
«Du hast nicht ganz die Figur von James Bond, mein Lieber», lachte Murat und schob Arjun einen Hocker zu.
«Du kannst sicher hierbleiben, aber wir müssen noch etwas erledigen, verstehst du?» Sherif mimte immer noch den 007.
«Ja, die Mädchen und Zaimi, ich weiss. Ich helfe euch und bevor du sagst, das sei zu gefährlich, versichere ich dir, wenn ich noch einmal warten muss, statt zu helfen, werde ich verrückt.»
Sherif zog seine buschigen Augenbrauen zusammen. Das sollte eigentlich finster aussehen. Nur vermochte sein Gesicht – so sehr

er sich das vielleicht in diesem Moment wünschte – keinen bedrohlichen Ausdruck anzunehmen.
«Wir können ihn wirklich gebrauchen, Sherif», meinte Murat und Sherif nickte so langsam, als würde er es zwar einsehen, aber nicht wirklich wollen.
«Also hör zu, Arjun, das ist der Plan», begann Murat. «Wir holen die Mädchen nicht ab, es wird ihnen, ohne dass sie es wissen, damit weitaus besser gehen. Dafür aber werden wir mit dem Beweis, dass Zaimi Mädchen einschleust, zur Polizei gehen. Diese wird den Albaner aber nicht aufgreifen können, ohne dass wir ihnen helfen. Wir bringen sie in den Club. Mich will man dort nicht mehr sehen. Sherif sollte ja nicht da sein, da hinkt unser Plan noch. Du aber kannst als Freier und potenzieller Kunde anklopfen und bewirken, dass sie den Club öffnen. Sobald die Türe offen ist, stürmt die Polizei ins Innere.»
«Gut, nicht?», gluckste Sherif vor Freude, schlug aber nicht Arjun auf die Schuler, sondern auf das Dach seines Taxis.
«Ich helfe, ich bin dabei. Aber die Polizei ...»
«Die wird dich nicht verdächtig machen, zumal sie unverzüglich handeln muss, weil du nicht zur Polizei mitkommst, sondern dort auf sie wartest und den Beamten Zugang verschaffst. Sobald sie hineinstürmen, rennst du weg und wir warten auf dich.»
Sherif setzte frischen Kaffee auf und Murat stieg in den alten Audi, um zur Polizei zu fahren.
«Also doch wieder warten», murrte Arjun.
«Ja, aber höchstens ein paar Stunden», tröstete ihn Sherif und legte den Arm um den Jungen. «Bis das alles erledigt ist, gibt es

sicherlich schon Neuigkeiten von Mel und Noël.»
Er kriegt also auch weiche Berührungen hin, dachte Arjun, behielt es aber lieber für sich, damit er diesen Moment des Trostes von seinem treuen Freund still geniessen konnte.
Stattdessen wollte er wissen, was die beiden Türken antrieb, einen guten Kunden zu verraten.
«Du bescheisst Zaimi, er hat uns geholfen und nun verrätst du Ihn. Weshalb denn nur, Sherif?»
«Kann man einen Kriminellen verraten? Der Zweck heiligt die Mittel, sagt man doch. Ja er hat geholfen, aber schliesslich habe ich ihm ja auch jahrelang geholfen. Es ist eher so, als hätte er eine alte Schuld beglichen, und nun wird es Zeit, ein anderes Feld von Flüchtlingen zu bekämpfen. Jenes des Menschenhandels. Auch diese Mädchen verlassen ihre Familien, voller Hoffnung, dass sie im Gastgewerbe gutes Geld verdienen und ihre Familien zuhause unterstützen können. Doch sie landen in der Prostitution, ihnen werden die Pässe weggenommen und Geld können sie kaum welches schicken. Wir wollten doch die Welt retten, schon vergessen?» Sherif ballte die Faust.
Arjun spürte erstmals seit der Nachricht vom Tod seines Freundes Lan wieder so etwas wie Motivation. Sherif war vielleicht auf dem Papier nur ein gewöhnlicher Taxifahrer, aber in seiner Brust schlug ein Herz so gross wie das eines Blauwals.
«Ich schwöre dir, wenn ich einmal ordentlich arbeiten kann und Geld verdiene, fahre ich so oft Taxi, dass du diesen Verlust wettmachst», meinte Arjun.
«Du bekommst einen Sonderrabatt», meinte Sherif, als das

Telefon durch die Werkstatt hallte.
«Hallo», sagte Sherif und wechselte anschliessend auf Türkisch, so dass Arjun nichts mehr verstand.
«Es geht los, mein Freund. Einsteigen bitte, die Polizei ist auf dem Weg.»
Arjun setzte sich in das frischlackierte Taxi und die beiden fuhren wie einige Male zuvor auf direktem Weg ins Abenteuer. Mit viel zu lauter Musik, versteht sich.
«Hör zu, wenn du da bist, wedle einfach mit diesen Noten und sage, du willst die Titten tanzen sehen.» Der Türke scherzte nicht, sondern meinte das bierernst.
«Ist gut, ich versuch's», flüsterte Arjun etwas verunsichert und nahm den Geldhaufen an sich.
Sherif hielt nur wenige Meter vom Nachtclub entfernt im Industriegebiet von Zollikofen und schaltete das Taxizeichen auf besetzt.
«Also los, Arjun, rette die Welt.» Er beugte sich über seinen Beifahrer und öffnete ihm die Tür.
Der Junge stieg aus, ging einige Meter, hielt inne und schaute noch einmal zurück. Was er sah, war das breite Grinsen eines Türken, der mit beiden Händen eine Bewegung machte, die so aussah, als würde er eine Horde Schafe vor sich hertreiben wollen. Dieses Bild war ein gutes Gegenmittel gegen sein Herzklopfen. Wenige Schritte später sah er Arjun und vier Polizisten, die mit schusssicheren Westen und gelöstem Holster hinter der Fassade einer Carrosserie warteten. Das Herzklopfen ging über in eine Art Herzrasen. Murat erkannte den hadernden Arjun,

eilte herbei und meinte: «Wir sind unmittelbar bei dir, es kann dir nichts passieren.»
Doch die letzten Meter musste er allein gehen. Als er an der Tür klopfte, musste er wieder das tun, was er unbedingt nicht mehr tun wollte: warten. Er sah, wie sich oberhalb des Türrahmens die Kamera einschaltete. Sekunden, die sich wie Minuten anfühlten, verstrichen, ehe jemand das Klappfenster an der Tür aufriss. Arjun wedelte mit den Geldscheinen und sagte: «Ich will die Titten tanzen sehen.»
Es fühlte sich komisch an, sowas zu sagen, peinlich eigentlich. Aber der Türsteher hatte offenbar keine fahnderischen Fähigkeiten und beschloss, dass es eine gute Idee war, dem Jüngling für ein paar überteuerte Drinks sein Geld abzunehmen. Er schloss auf. In diesem Moment packte ihn einer der Polizisten beiseite, während ein zweiter die Tür so heftig aufstiess, dass der Türsteher ins Taumeln geriet. Die verbleibenden zwei Beamten stürmten mit gezogener Waffe ins Innere. Die Aktion ging schnell und professionell vonstatten. Arjun staunte und blieb wie versteinert stehen, statt sich Richtung Sherif und dem sicheren Taxi zu verkriechen. Erst ein lauter Pfiff, wie ihn ein Schafhirte in den Bergen machte, riss ihn aus der Starre. Sofort huschte er zurück zum Taxi.
«Sehr gut, Arjun, du hast die Welt ein klein wenig sicherer gemacht.»
Auch wenn es nicht viel war, was er hier beigetragen hatte, es fühlte sich gut an. Sherif liess das Taxi ein paar Meter nach vorne gleiten, so dass sie wenig später sahen, wie zwei Polizisten Zaimi

in Handschellen aus dem Club zerrten, dicht daneben ein Mann, der ihnen mit herunterhängendem Hosenlatz freundlich zuwinkte.

Kapitel 51

«Du bist gut, wirklich gut.» Mel lächelte dem Praktikanten zu, nachdem dieser aufgelegt und sich das Haar aus der Stirn gestrichen hatte. Sie hatte Noël wohlweislich in ihr Büro umgesiedelt und in der Redaktion die Meldung gemacht, Winter sei auf Reportage und Noël heute zu ihrer Verfügung. Das würde zwar in der Redaktion zu Spekulationen am Kaffeeautomaten führen und Fragen aufwerfen, aber es gab ihnen etwas Zeit, um von Käppeli informiert werden zu können, da sie kaum etwas Greifbares hatten, um die Story fortzusetzen.

«Ich fürchte, meine Versuche Winter zu finden, sind allesamt auf Eis gelaufen», sagte der Praktikant mit besorgter Miene. Wie sehr er sich in diesem Moment eine Lektion der Schnüffelnase Winter gewünscht hätte. Sogar eine der etwas hochnäsigen Sorte. Alles wäre ihm lieber als diese ausweglose Situation.

«Das reicht für heute, Noël. Wir haben die Bestätigung, dass ein Verhör der Chinesen auf Schweizer Boden stattgefunden hat. Dass es ein Papier gibt, das dies gestattet, und dass es einen Toten gibt. Genau das schreibst du auf. Sachlich, aber klar im Kontext eines Widerspruchs zur Uno Charta der Menschenrechte. Alles klar? Hierzu haben wir alle Beweise und nach dem Artikel über den toten Polizisten Röthlisberger dopple ich morgen nach mit der Sicht der Flüchtlinge, die einfach Angst haben und traumatisiert sind. Du wirst nun als Praktikant die

Schweiz zum Beben bringen, ich will deinen Artikel bis 17 Uhr gegenlesen.» Mel stand auf und ging hinaus.
Noël wusste, weshalb. Sie musste eine rauchen gehen, ihre Ausdünstung nach altem Tabak liess nach, es war an der Zeit wieder etwas für dieses «Parfüm» zu tun. Er blickte auf den Cursor am Bildschirm seines Notebooks und sah eine Weile zu, wie dieser blinkte. Eine Stimme in seinem Kopf begann zu reden. Es war jene von Desiree Winter: ‹Verbinde die Teile der Landkarte, die du schon eingezeichnet hast. Sie sind deine Geschichte, verlasse sie nicht, geh nicht ins Weisse der Karte. Geh mitten hinein ins Geschehen. Nenne die Quellen, führe eine Beweislage durch, damit es keine Anklage, sondern ein Urteil wird.› Plötzlich kamen Bilder in ihm auf, vom Keller in der Botschaft, vom zauberhaften Kleid der Desiree Winter, vom Gespräch mit Pascal Udry, von der Pathologie, von der Kühltruhe. Noël spürte, wie der Schreibfluss einsetzte, als hätte Winter ohne ihre Anwesenheit Einfluss auf ihn. Und er schrieb …

Berner Kurier:

Wirtschaft versus Menschenrecht

Wie die Schweiz den Chinesen gestattet, Geflohene zu verhören

BERN – Der ungeklärte Todesfall eines geflohenen Chinesen in Muri bei Bern wirft Fragen auf. Solche, die viel weiter reichen, als die üblichen polizeilichen Ermittlungen vermuten liessen.

Die Polizei ermittelt nur, wenn es eine Leiche gibt. Doch bevor die Umstände des Todes von Lan Guo durch eine Obduktion eruiert werden konnte, verschwand dessen Leiche aus dem Berner Institut für Pathologie. Die chinesische Botschaft entwendete den Leichnam, angeblich weil dessen Angehörige in China dies so wünschten. Eine Aussage, die anzuzweifeln ist, weil der Leichnam wenige Stunden später in der Kühltruhe im Keller der Botschaft wieder auftauchte. Wo er jetzt ist, weiss nur China. Die Botschaft ist chinesisches Hoheitsgebiet und damit für die Berner Kriminalpolizei tabu. Ausgerechnet am Empfang für Schweizer Wirtschaftsgrössen in der Botschaft tauchte die Leiche auf. Gut versteckt, aber dennoch auffindbar und zweifelsfrei identifizierbar für ein Mitglied dieser Redaktion. Champagnergläser im Salon, ein toter Flüchtling im Keller. Die Situation hat Symbolcharakter. Der Bundesrat hat nämlich unlängst ein Abkommen mit China verlängert, das der Volksrepublik das Recht einräumt, Geflohene aus China, die in der Schweiz landen, selbst zu verhören, gegebenenfalls zu verurteilen und zurückzuführen. Im originalen Wortlaut: ‹Der Bund erlaubt Beamten des chinesischen Ministeriums für öffentliche Sicherheit, in die Schweiz zu reisen und hier die Nationalität und Identität von Personen zu ermitteln, die sich illegal in der Schweiz aufhalten und vermutlich chinesischer Nationalität sind.› Eigentlich hätte dieser Passus gar nicht öffentlich aufgeschaltet werden sollen. Ein kleiner Fehler in der Kommunikation des Bundesrates und ein kleines Zeitfenster, gerade lang genug, um von Desiree Winter entdeckt zu werden. Diese kleine Gefälligkeit, die man im Rahmen des frisch geschnürten und milliardenschweren Wirtschaftsabkommens der beiden Länder offenbar gerne gewährt. Zumindest entstand dieser Eindruck an den Feierlichkeiten in der chinesischen Botschaft, denen auch Aussenminister Bundesrat Schluef beiwohnte. Seine Rede spricht für sich: ‹Was du liebst, lass frei, sagte einst Konfuzius. Dieser grossartige chinesische Philosoph wusste offenbar schon, wie sehr wir unseren Schweizer Käse lieben, und trotzdem exportieren wir ihn. Am liebsten nach China. Unsere asiatischen Freunde schätzen ihn und die anderen Güter unseres kleinen Alpenlandes in ihrer typischen Art und Weise. Mit Respekt, Demut, Wertschätzung und Höflichkeit. Käse, Uhren, Schokolade sind längst in China angelangt. Aber die Schweiz hat noch viele weitere Güter, die bald auf dem chinesischen Markt präsent sein werden. Im Rahmen eines umfassenden Wirtschaftsvertrags ist es uns gelungen, die Handelshemmnisse gemeinsam abzubauen und weitreichende Verträge zu unterzeichnen, sodass zollfreie Wege unsere beiden Wirtschaftsräume zusammenbringen können. Ich darf heute verkünden, dass die meisten SMI-notierten Börsenfirmen diese Chance packen wollen und den chinesischen Markt erschliessen werden. Einige CEOs sind heute Abend hier unter uns und wenn Sie ihnen noch ein Glas Champagner einschenken, werden Sie ihnen vielleicht sogar das eine oder andere Details verraten. Was du liebst, lass frei, sagten sich aber auch die Chinesen und haben uns mit unzähligen Produkten beschenkt, die wir hier nicht herstellen könnten. Sie lassen uns an ihrem Aufschwung, an ihrer Tüchtigkeit und ihrer geballten Wirtschaftskraft teilhaben. Im Namen der Schweizerischen Eidgenossenschaft danke ich der Volksrepublik China für diese Partnerschaft. Massgeblich beteiligt an diesem Erfolg ist dieser Mann hier, der chinesische Botschafter in der Schweiz.› Offenbar geht die Freundschaft zwischen der chinesischen Botschaft und dem Bundesrat weit über das Professionelle hinaus. So weit, dass China gar mit dem Segen der Schweiz auf Schweizer Boden morden darf? Der Bundesrat hat nichts mehr und nichts weniger als einige Abkommen mit dem grossen Land auf Expansionskurs abgeschlossen. Wissend aber, dass mit dem oben erwähnten Passus Menschen gefährdet werden könnten. Jene, die monatelange und meist traumatische Reisen erlebt haben, auf ihrem Weg in Richtung Sicherheit. Bis in die Schweiz, dem vielgelobten Heimatland von Solidarität, Frieden und Stabilität. Das gilt aber nicht mehr länger für Chinesinnen und Chinesen. Sie geniessen keinerlei Schutz mehr, wenn sie auch nur einen Fuss in die Schweiz setzen und Asyl beantragen. Der Schweizer Bundesrat wägt ab: Wirtschaft oder Menschenrechte. Sein Urteil fällt zugunsten der Wirtschaft und zu Ungunsten der Geflohenen. Im Falle von Lan Guo mit Todesfolge.

***

Noël hatte einen Leitartikel in die Tasten gehämmert und es quoll nur so aus ihm heraus. Das also war ein Schreibfluss, das also hatte Desiree Winter ihn gelehrt. Lange genug recherchieren, bis man eine Geschichte spürt, selbst drin ist und sie ursächlich versteht. Er blickte wieder auf den blinkenden Cursor, diesmal aber am Ende eines Artikels. Oben links zeigte die Uhr 17.02 an. Die meisten Journalisten verliessen die Redaktion, es wurde wieder stiller auf der Etage.

«Lass mal sehen», krächzte Mel mit ihrer heiseren Stimme.

Noël vergrösserte den Text auf dem Bildschirm und Mel las über dessen Schultern hinweg. Gespannt wartete er auf ein Feedback der Chefredaktorin, noch gespannter wäre er aber darauf gewesen, was Desiree Winter dazu gesagt hätte. Im Inneren verspürte er ein wenig Stolz – sein Text, er fühlte sich gelungen an. Doch ein Feedback kam nicht von Mel.

«Ich glaube, dein Praktikum ist hiermit beendet», erklang eine Stimme von hinten.

Verdutzt drehten Mel und Noël sich um und waren überaus erstaunt, als sie der Person ansichtig wurden.

«Die Zitate sind viel zu lang und du musst dazwischen einige Passagen von dir einschieben, damit du dem Leser hilfst sich zurechtzufinden. Aber ansonsten für einen Anfänger ganz passabel.»

Noël konnte nicht anders, er sprang aus dem Sessel, um die Person zu umarmen, als sie ihn unsanft wegstiess, so dass der schlaksige Jüngling das Gleichgewicht verlor und hinfiel.
«Nicht berühren bitte, nicht anfassen, okay?»
«Okay», stammelte Noël vom Boden aus.
«Desiree! Wo zum Teufel hast du gesteckt? Was ist passiert?»
«Kaffee, jede Menge Kaffee, bitte. Und Mel, hole den Whisky aus der Schublade, den brauchen wir jetzt. Noël, schicke den Artikel ins Layout, wir bringen ihn genau so, er ist – wenn ich es recht bedenke – ganz passabel.»
Der Praktikant tat, wie ihm geheissen. Selbst Mel gehorchte aufs Wort. Wenig später sassen die drei an derselben Lounge, an der gestern noch Sherif, Arjun, Bundesrätin Käppeli und Pfarrer Liniger gesessen hatten.
«Ich werde euch keine Details erzählen, das will und kann ich jetzt nicht. Aber die Chinesen haben Rickli sowie mich betäubt und anschliessend in ein Verhörzimmer gebracht. Ich weiss nicht, wo und wie. Wir erwachten an einer Kette aufgehängt, kopfüber. Rickli fuchtelte viel herum, ich hingegen beschloss, mich bewusstlos zu stellen. Das war herausfordernd, weil ich dann auch die chinesischen Interventionen über mich ergehen lassen musste. Aber wenn es eine Chance gab, dass jemand von ihnen unachtsam war, dann nur, wenn sie glaubten, ich sei nicht mehr am Leben oder bewusstlos. Am schwersten fiel es mir, als der Botschafter Rickli von hinten mit dem Schwert enthauptete. Ich biss mir auf die Zunge, damit ich das aushielt, weil ich davon ausging, er würde alsbald das Gleiche mit mir tun. Stattdessen

befahl er, uns in ein Auto zu stecken und irgendwo zwischen Riffenmatt und Sangernboden bei Guggisberg mitsamt Auto hinunter ins Tobel donnern zu Lassen. Zuvor aber sollten seine Lakaien das Fahrzeug anzünden. Also wartete ich geduldig, bis die Chinesen mich auf den Fahrersitz trugen. Ich öffnete ein Auge und sah, dass der Schlüssel steckte. Rickli mussten sie ja in zwei Stücken hineintragen, ich war also ein paar Sekunden allein im Fahrzeug. Zeit genug, die Zündung zu drehen und Vollgas nach hinten zu fahren. Einen Chinesen riss ich dabei zu Boden, der andere sprang weg. Ihr Auto war beschädigt, mit etwas Glück auch nicht mehr fahrtüchtig. Ich raste davon, abwärts Richtung Sangernboden und anschliessend nach Plaffeien bis nach Tafers und dann Richtung Düdingen, um auf der Autobahn wieder nach Bern zu kommen. Ich hatte Glück, die Chinesen waren nicht in der Lage mich zu verfolgen. Voilà, hier bin ich.»
Damit beendete Winter ihren Bericht und versuchte so selbstsicher zu wirken wie immer.
Ihr Körper aber sprach Bände, da war genug vorgefallen, dass die starke Journalistin wohl nie mehr dieselbe sein würde wie vor diesem Verhör.
«Und das Auto, die Polizei, die Chinesen?» Mel war in Sorge und Noël sprachlos.
«Das Auto steht in der Tiefgarage eines Grossisten. Sie schliesst um 19.30 Uhr, dann wird das Fahrzeug sicher verwahrt sein, bis die Polizei es morgen holen und untersuchen kann; wir haben indes genügend Zeit, die neuesten Ereignisse zu ordnen. Wir haben ja jetzt zumindest den Beweis, dass der Botschafter ein

Mörder ist, ein grausamer dazu, das dürfte auch die Bundesanwaltschaft nicht kalt lassen.»

Mel goss Desiree und Noël etwas Whisky nach, seufzte tief und meinte: «Na gut, erst mal bin ich heilfroh, dass du überlebt hast und wieder da bist.»

«Ja … heilfroh», stammelte Noël.

«Dann musst du wissen, dass dein Herr Praktikant dich an jenem Abend ausfindig gemacht hat, zudem die Leiche von Lan in der Tiefkühltruhe fand, fotografierte und anschliessend den Strom kappte, damit er entwischen konnte und ihr eine Fluchtchance erhaltet.»

«Sieh an, sieh an, Adson wird zu Klein-William von Baskerville», sagte Winter und versuchte zu lächeln, was ihr aber misslang.

«Was auch immer der Roman ‹Der Name der Rose› damit zu tun hat, auf alle Fälle kam Noël wieder hierher und informierte Sherif sowie Arjun. Diese hatten einen Anhang des Stockwerkreglements, eine Nutzungsvereinbarung besorgen können und damit den Beweis, dass die Wohnung in Muri tatsächlich von den Chinesen beansprucht wird. Sherif nutzte dabei seine Kontakte in Berns Unterwelt, um bei von Dubois die Informationen zu erhalten.»

«Mel, ich will das gar nicht so genau wissen, ich bin ganz einfach froh, dass es den beiden offenbar gutgeht.»

«Wie du meinst, auf alle Fälle vermissten wir dich und Rickli, was uns veranlasst hat, Käppeli dazuzuholen.»

«Und einen Pfarrer namens Liniger, der Arjun und andere aus dem Asylzentrum kennt», ergänzte Noël.

«Wir haben uns aufgeteilt, Käppeli versuchte die Chinesen zu stoppen, mitsamt Polizei. Sherif und Arjun haben wir solange aus der Schussbahn genommen. Sie sollten alle schon bald wieder hier eintreffen. Käppeli hat sich inzwischen angekündigt und wir haben Sherif verständigt. Liniger und Arjun haben wir nicht erreicht», beendete Mel den Rapport.
«Dann ergibt dein Artikel einen strategischen Sinn, Noël. Erst Mels Geschichte über den toten Polizisten am Bahnhof, dann deine Geschichte mit einem nationalen Skandal, der selbst die Rechtskonservativen verstummen lassen wird, und schliesslich kannst du den Bogen schliessen, Mel, indem du die Angst der Flüchtlinge vor der Polizei thematisierst.»
«Du hast von deinem Verstand nichts eingebüsst, auch wenn du kopfüber gehangen bist, genau das war der Plan, William.» Noël klatschte in die Hände.
«Dem noch ein wichtiges Puzzlestück fehlt», ergänzte Winter und erntete dafür gespannte Blicke. «Herr Praktikant, denk nach, was hat sich auf der Landkarte mit meinen Erzählungen gerade geändert?»
«Ich ... weiss nicht ...», stammelte er.
Ihm fiel das Denken schwer. Er war viel zu aufgewühlt. Wie konnte diese Desiree Winter schon wieder derart fit im Kopf sein? Denn alles andere an ihr schien es nicht zu sein. Er schlussfolgerte, dass sie nun diese Geschichte mehr als alles andere auf der Welt wollte. Und plötzlich kam es ihm doch in den Sinn, was sie damit gemeint hatte.
«Der Mord an Rickli, er belastet die Chinesen so sehr, dass die

Verhöre plötzlich sehr plausibel erscheinen», sagte Noël hastig.
«Nah dran, aber zu wenig präzise», konterte Winter. «Wir werden den Mord über mein Beisein beweisen können, aber die Leiche zu finden, das wäre ein grosser Zufall. Ricklis sterbliche Überreste sind vermutlich mittlerweile an einem anderen Ort so gut versteckt, dass wir kaum eine Chance haben, das herauszufinden. Nein, die direkte Folge auf den Bundesrat, Noël. Schluef hat mit einem Mörder Geschäfte gemacht, Käppeli wird – in Anbetracht des Todes von Fahnderin Rickli – wohl die ganze Geschichte publik machen wollen und damit verbunden ihren Rücktritt als Konsequenz bekanntgeben. Ein Skandal, wie es ihn in Bundesbern noch nicht gegeben hat. Und eine Bundesrätin als Informantin des Berner Kuriers ...»
Winter klopfte mit dem Glas auf den Tisch. Mel verstand und schenkte ordentlich nach.
«Dann warte ich mit der Angstgeschichte der Flüchtlinge und schiebe morgen das Interview mit Käppeli nach, sofern sie auspackt», meinte Mel.
«Nein, nicht du, das ist meine Geschichte, mein verdammtes Leben und im Moment das Wichtigste und einzige, wofür es sich in meinem Fall noch zu leben lohnt», schnauzte Winter.
Die Worte waren derart klar, dass es Noël angst und bange wurde. Was nur war wirklich geschehen beim Verhör, dass Winter so reagierte?
«Bist du denn in der Lage, Desiree?», fragte Mel besorgt.
«Ich war mir einer Sache noch nie so sicher. Reicht das als Antwort?»

Noël nickte, obwohl es nicht an ihm war, auf Mels Frage zu antworten. Winter stand auf, ging auf die beiden zu, streckte die Arme aus und winkte sie mit den Händen zu sich. Sie umarmten sich zu dritt, dann weinte die grosse Desiree Winter lange und bitterlich.

Kapitel 52

Charly bat den Chauffeur, den Wagen mit etwas Abstand zu parkieren, als er den Polizeiauflauf in Muri erkannte.
«Was ist hier los?», fragte Liniger.
«Die Polizei sucht die Chinesen und wir wiederum müssen in dieses Haus, um euch in Sicherheit zu bringen.»
«Wieso denn ausgerechnet an einem Ort, wo die Polizei die Chinesen vermutet?», schaltete sich Kohler ein.
«Weil euch hier keine Chinese erwarten. Überall, aber sicher nicht in einer chinesischen Wohnung, die mittlerweile von der Polizei beschlagnahmt wurde. Das ist für euch der wohl sicherste Ort der Welt», meinte Charly, sichtlich stolz auf seinen Plan.
Es dauerte eine Weile, ehe erst Käppeli, dann nach und nach die Polizeifahrzeuge wegfuhren. Erst als Arthur Bendicht ebenfalls das Gebäude verliess, bog Charlys Wagen in die Quartierstrasse ein und hielt vor der Wohnung.
«Aussteigen, mitkommen, ausschnaufen», forderte er sie auf.
Die beiden folgten dem Bundesanwalt nur zögerlich.
«Wenn ihr überleben wollt, kommt rein, wenn nicht, lauft um euer Leben, viel Glück dabei», zischte er und hielt die Haustür auf, die dank der Polizeipräsenz vor wenigen Minuten noch immer offenstand. Charly öffnete zwei Stockwerke höher die Wohnungstür und bat Liniger sowie Kohler einzutreten. Er liess sich nicht anmerken, dass die Tür nicht schliessbar war, und

schickte stattdessen die beiden vor. Im Gang erblickten sie den schallisolierten Raum mit den beiden Stühlen. Liniger drehte sich instinktiv um und wollte das Gebäude fluchtartig verlassen, während Kohler wie angewurzelt stehen blieb. Charly hatte mit einer solchen Reaktion gerechnet, zog seine Magnum aus dem Lederholster und hielt ihnen die Waffe entgegen.

«Was zum Geier ...»

Charly lächelte. «Meine Herren, bitte nehmt Platz und macht keine Anstalten.»

Nun schloss er die Tür des isolierten Raums. Liniger sprang Charly an und dieser schoss dem Pfarrer unvermittelt in die Schulter. Blutüberströmt schaute er ihn mit weit aufgerissenen Augen an.

«Ich habe gesagt, nehmt Platz. Und keine Sorge, der Raum ist so konstruiert und verstärkt, dass aussen selbst der Gebrauch einer Schusswaffe höchstens als dumpfes Geräusch wahrnehmbar ist. Als hätte jemand sein Handy fallen gelassen.»

Die beiden Männer taten, wie ihnen geheissen. Liniger hielt sich die Schulter, als würde das die Blutung stoppen.

«Herr Pfarrer, ziehen Sie Ihr Hemd aus und drücken es fest auf die Wunde, wenn Sie überleben wollen.»

«Charly Ducret, was spielst du hier für Spielchen!», bäumte sich Kohler auf.

«Eines, das euren beschränkten Horizont wohl übersteigen dürfte. Fürs erste geht es nur darum, alles zu erfahren, was ihr wisst. Also, beginnen wir mit dem toten Chinesen.»

«Lan Guo, seit einigen Wochen bei uns im Asylzentrum», begann

Kohler. «Sehr offenherziger und gutmütiger junger Mann. Ich erhielt ein Schreiben von deiner Abteilung, dass er zu einem Verhör muss. Wir durften ihn nicht bringen, jemand vom BFW kam ihn persönlich abholen, ohne weitere Informationen. Als er nicht zurückkehrte, habe ich dich kontaktiert. Schliesslich musstest du etwas wissen, wenn deine Bundesanwaltschaft diesen Befehl gab.»
Kohler wünschte sich nichts mehr als eine rauchen zu können. Er überlegte, ob er etwas nicht ausplaudern konnte, ohne dass Ducret Verdacht schöpfte.
«So weit ist mir alles klar. Ich sagte ja, dass die Bundesanwaltschaft nur dann einschreitet, wenn es wirklich nötig ist. Dann aber ist ein junger Afghane abgehauen. Was weiss er von dem Ganzen?»
«Arjun war Lans bester Freund, er war derart besorgt, dass er abhaute und ihn suchte. Das ist ungewöhnlich, denn Arjun ist auf dem besten Weg sich zu integrieren und hat eine Lehre als Metzger angefangen.»
«Wie nett. Was ich aber viel mehr wissen will, ist, was weiss der Junge?»
Charly trat an Liniger heran und hielt seinen Finger an das blutdurchtränkte Hemd des Pfarrers, als könnte er jeden Moment darauf drücken und Riggisberger höllische Schmerzen zufügen.
«Nicht viel, er fand heraus, dass Lan verschwunden ist, und suchte nach Antworten. Dann ist er abgehauen, aber das wissen Sie ja.»
Liniger versuchte trotz der bedrohlichen Lage, Arjun so gut es

ging zu schützen. Er verschwieg die Verbindung zu Winter, Käppeli und Sherif.
«Netter Versuch, Pfaffe.» Charly lächelte und drückte mit aller Kraft mit Zeige- und Mittelfinger in die Wunde. «Was weiss er noch? Rede, wenn du überleben willst.»
«Arjun wurde von mir vermisst gemeldet», meldete sich nun Kohler zu Wort, «woraufhin die Polizei ihn suchte, unter anderem am Bahnhof Bern. Offenbar half ihm ein türkischer Taxifahrer bei der Flucht. Mehr ist da aber nicht!»
Charly schaute Liniger an und hielt die Finger noch immer an die Wunde. Dem Pfarrer liefen Tränen des Schmerzes über die Wangen und er keuchte: «Mehr ist da nicht! Der Taxifahrer hat sich gemeldet, damit wir Arjun beim Lehrmeister krankmelden können. Nur darum ging es. Die beiden wissen nicht mehr und nicht weniger, als dass Lan vermisst wird.»
«Wie heisst der Lehrmeister?»
«Metzger Konrad in Toffen», sagte Kohler.
«Gut, ich werde ihn avisieren, dass er unverzüglich meldet, wenn Arjun auftaucht, und ihr tut dasselbe, wenn er sich bei euch meldet.»
«Und wie sollen wir das machen ohne Handy und in diesem Verhörraum gefangen?», wollte Liniger wissen.
«Indem ich euch frei lasse. Ihr kehrt ganz normal zu eurer Arbeit zurück. Aber denkt daran, ich habe euch im Auge und wenn ihr nur schon falsch guckt, wird diese Waffe nicht mehr nur die Schulter treffen.»
Charly Ducret zückte sein Handy und rief einen Krankenwagen

für Liniger. Er meldete sich als Bundesanwalt und dass keine Polizei von Nöten sei, da er hier sei und die Situation im Griff habe.
«Ganz schön viel Risiko, Herr Anwalt», fauchte Liniger.
«Im Gegenteil, eure Fehler wären weitaus unangenehmer zu erklären. Aber auch für diesen Fall gibt es einen Plan. Dieser hier ist aber einfacher. Wenn ihr gehorcht, lebt ihr weiter bis ans Ende eurer Tage, mit etwas Angst, aber immerhin ... Wenn nicht, greift Plan B und ihr zwei verschwindet, ohne je gefunden zu werden, auf einem schönen Ausflug im Gantrischgebiet, verschollen irgendwo zwischen Nünenen und Ochsen. Ich werde derweil die Theorie vertreten, dass Arjun als Islamist radikalisiert wurde und Lan tötete, nachdem dieser Asyl in der chinesischen Botschaft verlangt hat. Die Chinesen brachten ihn in eine sichere Wohnung, doch der Afghane folgte dank des Taxifahrers dem diplomatischen Fahrzeug bis nach Muri. Kohler wird einen eskalierten Streit im Zentrum bestätigen, sein Asylgesuch wird auf alle Fälle endgültig abgewiesen.»
«Sie sind eine Schande für unser Land!», schimpfte Liniger.
«Lieber sterbe ich und trete würdevoll vor Gott, als dass ich Ihren Plan billige.»
«Nicht so egoistisch, Herr Pfarrer, denken Sie an den armen Herbert Kohler, er würde Ihre Aktionen genauso wenig überleben wie Sie.»
Inzwischen fuhr der Krankenwagen vor. Mit der vorgehaltenen Waffe befahl Ducret seinen Gefangenen aufzustehen und im Gang zu warten. Er schloss die Tür des Verhörzimmers, versorgte

seine Waffe und empfing die Rettungssanitäter mit dem Hinweis, dass ein afghanischer Islamist diese Herren in Gewahrsam hatte. Kohler sei es gelungen, ihn anzurufen, und er habe umgehend die Polizei informiert. Liniger kam in den Krankenwagen und wurde mit Blaulicht aus Muri chauffiert. Charly stellte Kohler wenig später auf den Gehweg und verliess die Szenerie mit den mittlerweile bereits geübten Schaulustigen. Er bat seinen Fahrer, eine Stunde durch Bern zu fahren, und schloss die Fahrerscheibe, damit er in Ruhe telefonieren konnte.
«Bendicht bitte. Hier ist Charly Ducret, Bundesanwalt.»
Er informierte den Kripochef über die Meldung von Herbert Kohler, seinem Bekannten, und beschrieb Arjun als flüchtigen Täter und radikalisierten Islamist. Bendicht tat, wie geheissen, und schrieb den Afghanen zur Fahndung aus. Er staunte zwar, dass der Junge so weit gekommen war und den Verhörraum gefunden hatte, befand es aber als logisch, dass der Flüchtling auf einem Rachefeldzug offenbar aufgrund einer schwierigen Vorgeschichte und negativem Asylentscheid den Verstand verloren und aus Frust sogar den Pfarrer angegriffen hatte, sicherlich weil ihm dieser eine bessere Zukunft versprach als diejenige, die er nun erhalten hatte. Aber ein Angriff mit einer Schusswaffe war nun mal ein schwerer Tatbestand.
«Na endlich», schnalzte der Botschafter, hörbar missgelaunt, als Charly ihn anrief.
«Was heisst na endlich? Ich mache hier gerade Drecksarbeit, die eigentlich deine Lakaien tun sollten und nicht der Bundesanwalt.»

«Du weisst, dass diese Dinge in deine Zuständigkeit fallen, uns sind hier die Hände gebunden. Du wirst dafür schliesslich fürstlich belohnt.»
«Nicht fürstlich genug, angesichts der Lage. Ich verlange eine weitere Million Franken auf das Konto meiner Consulting Firma.»
«Für einen Fall mit so vielen Ausrutschern? Ich bin es gewohnt, dass alles reibungslos läuft. Das hier waren etwas zu viele Nebenschauplätze und Menschen, die darin verwickelt waren.»
«Ich musste einen Pfarrer in den Griff bekommen sowie den Heimleiter und Käppeli überzeugen, dass ich ihre Interessen vertrete. Das habe ich alles reibungslos hinbekommen. Die Frage ist also vielmehr, was Sie, Herr Botschafter, alles verbockt haben.»
«Nichts. Ich habe die Fahnderin entsorgt, die wusste zu viel. Ich habe Lan Guos Leiche verschwinden lassen und nun arbeite ich an einem Alibi, sodass die Journalistin mit ihrer Story ins Leere läuft.»
«Was? Winter lebt noch?»
«Ein bedauerlicher Fehler meiner Jungs. Sie konnte fliehen. Ich hätte sie wohl besser auch mit dem Schwert köpfen sollen. Wie dem auch sei, sie wird nun ihre Story bringen und ich arbeite an der Stellungnahme.»
«Verdammt, das ist Desiree Winter, ihre Glaubwürdigkeit ist so hoch wie der Eiffelturm. Das lässt sich nicht so mir nichts dir nichts aus der Welt schaffen», echauffierte sich Charly.
«Es kommt darauf an, wie viele Beweise sie haben, dass ich selbst

involviert bin. Ich werde bereuen, dass wir unserem Staatsangehörigen nicht helfen konnten, und meine Unwissenheit beteuern, mit ein paar Wirtschaftserleichterungen für die grossen Firmen winken, so dass Schluef vor Glück aus dem Anzug platzen wird.»
«Man kann nicht alles mit Geld regeln, Herr Botschafter.»
«Mein Eindruck der Schweiz war bisher ein anderer, Ducret. Der Bundesrat wird kein sonderlich grosses Interesse an der anderen Version haben in dieser Situation. Und falls doch, was ich wirklich nicht glaube, verhandeln wir mit dem nächsten Land und setzen die Schweiz unter Druck, indem wir den Vertrag auflösen, vertragsbrüchig werden. Was will die Schweiz schon gross dagegen tun? Uns etwa mit dem Militär angreifen?»
Der Botschafter lachte eine ganze Weile, bis er sich wieder beruhigte und ergänzte: «Sie kriegen Ihre Million, wenn Sie mir noch einen Gefallen tun.»
«Ich bin ganz Ohr.»
«Bestätigen Sie, dass Lan Guo sich das Leben nahm und dieser afghanische Flüchtling offenbar ein radikalisierter Islamist wurde, der nun aus Frust auf einem Rachefeldzug ist und alles umnietet, was nicht bei drei auf den Bäumen ist.»
«Was meinen Sie, mit wem Sie es hier zu tun haben? Ich habe diesen Teil bereits umgesetzt und bereite die Papiere vor, die das aus unserer Sicht der Bundesanwaltschaft bestätigen. Ihr Problem ist, dass Winter eine glaubwürdige Zweiflerin dieser Geschichte ist.»
«Das passiert, wenn man so dumm ist und die Pressefreiheit hochhält. In China wären wir längst wieder im Alltag angelangt.

Dennoch, ich mache mir hier keine Sorgen, auf meiner Seite stehen Grosskonzerne, der Aussenminister und die Bundesanwaltschaft.»
«Ist das nicht ungeheuer viel Geld, nur um die Schweiz bei Laune zu halten?»
«Wir halten euch nicht bei Laune, lieber Charly. Wir sorgen dafür, dass ihr eine Abhängigkeit entwickelt, die unseren Hebel weitaus länger macht als den euren. Wir werden die Schweiz regieren, zumindest hinter der Kulisse des Bundeshauses.»
«Sobald ich die Million habe, trete ich mit einem Communique an die Öffentlichkeit und entlarve den Afghanen als radikalen Islamisten.»
Charly beendete das Telefonat und musste sich beeilen, denn auf ihn wartete noch eine andere Aufgabe.

Kapitel 53

Als Bundesrätin Käppeli die Redaktion des Berner Kuriers betrat und Winter erblickte, fiel es ihr schwer, die Fassung zu bewahren.
«Verzeihen Sie, was ist mit Rickli?»
Sherif legte der Staatsfrau eine Hand auf die Schulter. «Sie müssen jetzt sehr stark sein.»
Winter berichtete, Noël ergänzte am Flipchart und malte schon zum zweiten Mal ein Kreuz darauf.

Käppeli schlug die Hände vors Gesicht und schüttelte den Kopf. «Mein Gott, nie hätte ich gedacht, dass so etwas passieren könnte.»
«Ich fürchte, es geht noch weiter», übernahm Sherif wieder die Funktion des kaffeekochenden Moderators. Herbert Kohler stand auf und erzählte, was ihm und Pfarrer Liniger mit Charly Ducret passiert war und weshalb Riggisberger noch im Spital weilte. Der Pfarrer wollte aber unbedingt Kontakt aufnehmen. Kohler wählte daraufhin die Nummer und wenige Sekunden später tauchte das Konterfei von Liniger auf dem Bildschirm auf.
«Keine Sorge, mir geht es den Umständen entsprechend gut. Ich möchte, dass Sie, Frau Bundesrätin, und die ganze Redaktion des Berner Kuriers Folgendes wissen: Ich denke nicht daran zu schweigen, ich habe keine Angst vor dem Tod. Gott allein weiss, was mir bestimmt ist.»
«Dann habe ich ja alles richtig gemacht dadurch, dass ich abgehauen bin», sagte Arjun.
«Hast du, mein kleiner Freund. Du hast einen sechsten Sinn, wie die Kaninchen», meinte Sherif und küsste seinen Ring.
«Wie die Katzen und man hat einen siebten Sinn», korrigierte ihn Noël.
«Genug. Wir müssen schauen, dass die Geschichte mit voller Wucht an die Öffentlichkeit kommt», sagte die Bundesrätin.
«Allerdings», kommentierte Winter und begann den Plan weiter auszuführen. «So wie die Dinge stehen, müssen Sie wohl auspacken und diesen Deal mit China bestätigen. Sie treten zurück und begründen dies damit, dass Sie nicht mehr hinter der Sache

stehen können, nach dem, was alles vorgefallen ist, umso weniger. Wir haben die Beweise des Toten in der Kühltruhe und die Verbindung der Chinesen mit dem Appartement in Muri. Der Skandal wird so gross sein, dass das Schweizer Volk den Deal mit China wohl nicht mehr billigen wird.»
Winter schaute Käppeli in die Augen.
«Ich bin damit einverstanden», meinte diese und ergänzte: «Bloss muss ich eine Pressekonferenz im Bundeshaus abhalten, bevor ich Ihnen ein Interview gebe, dazu bin ich als Bundesrätin verpflichtet.»
«Sind wir derweil in Gefahr?», wollte Mel wissen.
«Davon gehe ich aus. Ich werde Polizeischutz für uns alle verlangen. Wir werden uns in mein Haus in Köniz zurückziehen. Könnt ihr von dort aus arbeiten?», fragte Käppeli und schaute Winter an.
«Wir können auf dem Mond eine Zeitung herausgeben, wenn es sein muss, ich habe das Technische im Griff», schaltete sich Noël ein.
«Ich darf in das Haus einer Bundesrätin», freute sich Sherif. «Ach, du dicker Kebab! Wenn das meine Mutter wüsste.» Er verschwand in der Küche, um den gesamten Vorrat an Kaffee und Tee einzupacken. «So, ich bin bereit und das Taxi steht auch schon da», verkündete er eine Minute später mit leuchtenden Augen.
«Meine Damen und Herren», sagte die Bundesrätin feierlich, »lassen Sie uns ein Stück Schweizer Geschichte schreiben. Kein rühmliches, aber ein notwendiges. Ich danke Ihnen allen für

Ihren Mut und Ihre Menschlichkeit.»
Nathalie Käppeli wollte allen die Hand geben, wurde aber spontan von allen umarmt.

Kapitel 54

EPILOG

Ausserordentliche Pressekonferenz des Bundesrats, Donnerstag, 9.00 Uhr. Es spricht Bundesrätin Nathalie Käppeli.

«Geschätzte Kolleginnen und Kollegen des Bundesrats, liebe Schweizerinnen und Schweizer, werte Medienschaffende. Per sofortiger Wirkung trete ich als Bundesrätin zurück und lege all meine politischen Dossiers nieder. Ein besonderer Umstand hat dazu geführt, dass ich zwischen Menschenrechten und Staatspflichten entscheiden musste. Menschenrechte sind das höhere Gut und stehen über allem. Der Bundesrat aber hat der Volksrepublik China vertraglich zugesichert, dass Asylsuchende, die vermutlich aus China stammen und in der Schweiz landen, von den Chinesen selbst verhört werden dürfen. Selbst unser Asylverfahren birgt Schwächen und kann nicht jeden Umstand aufdecken und nicht allen Menschen helfen. Geschweige denn, Chinessinnen und Chinesen. Wir kennen die Bilder aus der Presse, wie chinesische Flüchtlinge in Haft genommen werden und vermutlich grausame Qualen erleiden müssen. Und nun folgt das Zugeständnis, dass dies mitten unter uns geschehen soll? Ja, der Bundesrat entschied in Anbetracht der Wirtschaftsverträge und zollfreien Zusammenarbeit mit China, diese Gefälligkeit einzugehen. Ich müsste dies mittragen, tue es aber nicht mehr, weshalb ich zurücktrete. Das hätte ich von Beginn an tun sollen, ein tragischer Umstand, hat mich aber nun endgültig dazu bewogen, es zumindest heute zu tun. Ein geflohener junger Chinese mit dem Namen Lan Guo kam in einer Wohnung in Muri ums Leben, nachdem er von der Bundesanwaltschaft zu einem Verhör geladen worden war, das schliesslich die Chinesen in besagter Wohnung führten. Inzwischen gibt es Beweise, dass die Leiche des jungen Mannes in der chinesischen Botschaft aufbewahrt und die Wohnung in Muri als Unterschlupf für Verhöre von den Chinesen benutzt wurde. Das Sichern der Beweise dieser Tat hat einer Fahnderin der Kripo Bern das Leben gekostet und kam nur zustande, weil sich Journalisten vom Berner Kurier sowie allen voran ein türkischer Taxifahrer sowie Freund von Lan Guo, ebenfalls Asylsuchender, höchsten Gefahren ausgesetzt haben, um die Wahrheit ans Licht zu bringen. Jener junge Afghane, der nur seinen Freund suchen wollte, hat mehr Mut bewiesen, als ich in meiner gesamten Karriere je hatte. Ich verneige mich vor diesen Menschen und bitte Sie alle hier und heute um Entschuldigung, dass ich den Vorfall nicht habe verhindern können. Die Bundesanwaltschaft ist angewiesen, gegen die chinesische Botschaft in diesem Tötungsfall zu ermitteln. Den verbleibenden Mitgliedern des Bundesrats wünsche ich den Mut jenes türkischen Taxifahrers und des afghanischen Geflohenen, endlich für Menschlichkeit einzustehen und die wirtschaftlichen Interessen hintenan zu stellen, wenn Menschenleben bedroht sind. Besten Dank für Ihre Aufmerksamkeit.»

***

Artikel im Berner Kurier, erschienen am selben Tag:

Mörderischer Bundesrat

Weshalb Nathalie Käppeli genug hat

BERN – Der Bundesrat lächelt in die Kamera, milliardenschwere Wirtschaftsabkommen mit China erfreuen Konzerne und das Bruttoinlandprodukt. Nicht aber Nathalie Käppeli.

«Wir haben im Bundesrat darüber abgestimmt, dass wir folgenden Vertrag gutheissen», sagt die designierte Bundesrätin mit zittriger Stimme. «Der Bund erlaubt Beamten des chinesischen Ministeriums für öffentliche Sicherheit, in die Schweiz zu reisen und hier die Nationalität und Identität von Personen zu ermitteln, die sich illegal in der Schweiz aufhalten und vermutlich chinesischer Nationalität sind.» Theoretisch wäre es also denkbar, das Chinesen mitten unter uns, neben der wehenden Schweizer Fahne, die für Demokratie, Rechtsstaat und Solidarität steht, verhört werden. Theoretisch? Nein, auch ganz praktisch. In einer Wohnung in Muri versetzte die chinesische Botschaft einen jungen Flüchtling namens Lan Guo so gehörig in Angst und Schrecken, dass dieser ums Leben kam. Ob mit oder ohne Hilfe der Chinesen, das sei dahingestellt. Ein Mitglied der Redaktion dieser Zeitung fand die Leiche wenig später in einer Kühltruhe in

der chinesischen Botschaft – nota bene während ein Geschoss weiter oben die Wirtschaftsbosse der Schweiz zusammen mit dem chinesischen Botschafter sowie Aussenminister Schluef die Champagnergläser klirren liessen und auf die wirtschaftlich vielversprechende Zukunft anstiessen. Ein kleines Bauernopfer im Schachspiel der reichen Schweiz und des grossen China. Für eine Person aus der Schweizer Regierung war dies nicht akzeptabel: ‹Menschenrechte sind wichtiger als wirtschaftliche Abkommen, ich kann diesen Vertrag nicht mehr länger gutheissen und trete deshalb aus der Landesregierung aus.› Es geht Käppeli mit dieser Aussage nicht darum ein Exempel zu statuieren, sondern das ganze Abkommen ins Wanken zu bringen. ‹Ich hoffe, dass viele Bürgerinnen und Bürger ebenso denken wie ich und nun per Referendum den Vertrag mit China kündigen wollen.› Dies sagt eine Frau, der die vergangenen Tage noch immer ins Gesicht geschrieben stehen. Sie versuchte auf ordentlichem Wege mit der Polizei den Vorfall aufzuklären. Fahnderin Rickli begab sich daraufhin in die Botschaft und bezahlte ihre Neugier mit dem Leben. Sie wurde vom Botschafter höchstpersönlich enthauptet. Für diese Tat gibt es eine Zeugin.
Die Bundesanwaltschaft ist nun gefordert, Ermittlungen gegen den chinesischen Botschafter einzuleiten. Die Mittelsmänner werden im Hintergrund versuchen, die Wogen zu glätten. Und schon gibt es drei Interessen aufeinander abzustimmen: Menschenrechte, Wirtschaft und Diplomatie. ‹Der Fall hat eine Dimension erreicht, bei der man von einem Skandal und einer Schande für die Schweizerische Eidgenossenschaft sprechen

muss›, so Käppeli weiter.
Fast wäre die ganze Geschichte vom chinesischen Drachen verschluckt worden und auf immer verschwunden. Es ist bezeichnend für die ganze Geschichte, dass kein Schweizer Politiker für die Menschenrechte der Asylsuchenden eingetreten ist, sondern ein einfacher türkischer Taxifahrer und der asylsuchende Freund des Chinesen, ein junger Afghane. Die beiden nahmen viele Risiken auf sich, um diesen Vorfall aufzuklären; die ganze Schweiz muss sich vor ihnen verneigen. Vorerst aber muss die Schweizer Bevölkerung entscheiden, was sie zukünftig mit einem Bundesrat will, der nicht mehr und nicht weniger tut als die Aussage gutzuheissen: Töten erlaubt.

Desiree Winter

***

Stellungnahme des Bundesrats in Kooperation mit der Kriminalpolizei Bern anlässlich einer Sonderpressekonferenz um 16.00 Uhr:

Es spricht Aussenminister Bundesrat Schluef:
Sehr geehrte Kolleginnen und Kollegen, sehr geehrte Medienschaffende, liebes Schweizer Volk, zuerst möchte ich im Namen aller sechs verbleibenden Bundesräte mein tiefes Bedauern über den tragischen Todesfall des chinesischen Staatsbürgers Lan Guo ausdrücken. Wir sind alle tief betroffen. Glücklicherweise können wir zu diesem Zeitpunkt im Fall von Fahnderin Rickli

nicht das Gleiche sagen. Sie gilt weiterhin als vermisst und wir sind sicher, dass die zuständigen Polizisten den Vorfall bald aufklären werden. Die angebliche Enthauptung basiert auf der Aussage einer Journalistin, die behauptet, diese Gräueltat miterlebt zu haben, allerdings stand sie währenddessen unter der Einwirkung von KO-Tropfen. Den Sachverhalt hat die Polizei mittlerweile aufgeklärt, wie Sie später erfahren werden.
Weiter wurde uns vorgeworfen, dass wir mit dem Zugeständnis, dass China ihre Geflohenen selbst befragen kann, Menschen an Leib und Leben Gefahren ausgesetzt haben. Nun denn, das ist eine Unterstellung, auch an die Adresse Chinas. Diese teilen wir ausdrücklich nicht. Das Abkommen mit China wurde unlängst verlängert und besteht schon seit 2015. Bis dato ist laut BFW erst einmal im Juni 2016 eine chinesische Delegation in die Schweiz gereist, um die Identität illegaler Chinesen zu ermitteln. 13 Chinesen wurden ausgeschafft, 9 hätten ohnehin gegen die Auflagen der Schweiz verstossen, 4 hatten bereits einen negativen Asylentscheid der Schweiz erhalten. Es handelt sich also mitnichten um illegale Verhöre; die Ergebnisse werden dem BFW lückenlos rapportiert.
Wir haben mit der Volksrepublik China ein Vertrauensverhältnis aufgebaut und ein Land kennengelernt, das sich modernisieren und entwickeln will. Es ist auf bestem Weg zu einer Weltmacht zu werden und wir haben die Ehre auf wirtschaftlicher Ebene zusammenzuarbeiten. Sollte irgendetwas an den Vorwürfen von Alt-Bundesrätin Nathalie Käppeli korrekt sein, sind wir bereit, die Konsequenzen zu tragen und zu reagieren. Wie Sie aber von

Arthur Bendicht, Leiter der Kriminalpolizei, persönlich gleich erfahren werden, liegt der Sachverhalt gänzlich anders. Bis dato ist dem Bundesrat kein Fehlverhalten bewusst, weder von sich selbst noch von der chinesischen Botschaft. Ich möchte zum Schluss aber betonen, dass wir die Menschenrechte nicht nur respektieren, sondern auch über wirtschaftlichen Interessen ansiedeln. Den Vorwurf, dass wir dies nicht tun, weisen wir entschieden zurück.

Es spricht Arthur Bendicht, Chef der Kriminalpolizei Kanton Bern:
Werte Damen und Herren, der Vorfall ist von übergeordneter Wichtigkeit und die Bundesanwaltschaft eingeschaltet. Diese hat schnell und zuverlässig mit uns zusammengearbeitet und wir präsentieren Ihnen heute die Fahndungsergebnisse. Wie Sie erkennen werden, entspricht die bisherige Präsentation dieses Falls nicht den Tatsachen. Bei dem jungen Afghanen handelt es sich laut den Unterlagen der Bundesanwaltschaft um einen radikalisierten Islamisten auf Rachefeldzug. Der Leiter des Asylzentrums in Belp, Herbert Kohler, bestätigt, dass dem Todesfall von Lan Guo ein Streit zwischen diesem und dem verdächtigen Afghanen vorausging. Der Taliban verfolgte den Chinesen bis zum Ort der Anhörung und verschaffte sich Zugang zu der Wohnung in Muri. Offenbar mit tödlicher Folge für den Chinesen. Unsere Fahnderin Rickli untersuchte den Fall und hatte zunächst die chinesische Botschaft unter Verdacht. Insbesondere der Diebstahl der Leiche aus der Pathologie erwies sich

als verdächtig. Wie die chinesische Botschaft aber mitteilte, sollte der Leichnam auf Wunsch der Angehörigen möglichst schnell überführt werden. Das vorgesehene Flugzeug verfügte jedoch nicht über den nötigen Stauraum für den Transport der Leiche, weshalb sie zwischengelagert wurde, um am Folgetag überführt zu werden. Die entsprechenden Papiere liegen uns vor und sind bestätigt. Dass Fahnderin Rickli in der Folge verschwand, besorgt uns alle sehr. Wir verdächtigen den Afghanen, sie entführt und womöglich getötet zu haben. Unsere ganze Aufmerksamkeit ist derzeit auf die Fahndung nach diesem Mann ausgerichtet (es wird ein Bild von Arjun eingeblendet). Wer sachdienliche Informationen zum Aufenthalt dieses Mannes hat, meldet sich bei der Kripo Bern oder der nächstgelegenen Polizeidienststelle. Zum Schluss möchte ich darauf hinweisen, dass wir bei der kriminaltechnischen Untersuchung der Wohnung in Muri einen Verhörraum vorgefunden haben. Die Inneneinrichtung deutet auf die Anwendung von unerlaubten Verhörtechniken hin. In diesem Bereich wird die Bundesanwaltschaft China befragen müssen. Weiter wurde ein kleiner Blutfleck an der Decke sichergestellt. Die kriminaltechnische Untersuchung ergab, dass dieser zweifelsfrei von Rickli stammt. Wir vermuten, dass sich der Täter also mehrmals Zugang zur Wohnung verschafft hatte im Wissen, dass die Chinesen diese nur selten benutzen. Unklar ist, wie er die Türen aufbrachte und sich Zugang verschaffte. Ich möchte mich aufgrund des Tatbestands und der laufenden Ermittlungen klar von den Behauptungen der Alt-Bundesrätin Nathalie Käppeli distanzieren. Die Anschuldigungen entsprechen nicht den

Tatsachen, bis auf das für uns zweifelhafte Verhörzimmer. Dies ist aber wie gesagt Bestandteil der bundesanwaltschaftlichen Untersuchungen und diese laufen noch auf Hochtouren, genauso wie die Fahndung nach dem Afghanen sowie Fahnderin Rickli. Besten Dank für Ihre Aufmerksamkeit.

***

Sondersendung von Schweiz TV zu den neusten Entwicklungen in der «China-Affäre» mit Studiogast und Bundesanwalt Charly Ducret sowie Moderator und Bundeshaussprecher Pascal Udry: «Herr Ducret, klären Sie uns auf. Wir haben eine zurückgetretene Bundesrätin, die mit schweren Vorwürfen aufwartet, und einen Restbundesrat, der eine ganz andere Geschichte erzählt. Wer lügt nun?»

«Vielen Dank für diese Frage, Herr Udry. Gerne nehme ich Stellung dazu. Frau Käppeli ist mir persönlich bekannt und ich teile ihre Sorge um das Wohlergehen der Flüchtlinge, insbesondere jenen aus China. Aus diesem Grund haben wir sicherheitshalber veranlasst, dass ihm BFW derzeit keine abgewiesenen Gesuche aus China mehr durchgereicht werden. Zumindest bis sämtliche Zweifel ausgeräumt sind, deren es etliche gibt. Wir haben leider allen Grund zu der Annahme, dass der afghanische Flüchtling ein radikalisierter Islamist ist. Die Kripo Bern hat hervorragende Arbeit geleistet und den Sachverhalt rekonstruiert. Wir waschen damit die chinesische Botschaft nicht in

Unschuld. Der Verhörraum in Muri war Bestandteil einer Untersuchung.»

«Desiree Winter vom Berner Kurier behauptet, sie selbst sei Zeugin des Mordes an der Fahnderin Rickli gewesen. Weiter hat sie einen Pfarrer Liniger an ihrer Seite, der behauptet, er sei von Ihnen angeschossen und erpresst worden, diese Geschichte so erzählen, wie Sie sie zum Besten geben. Was sagen Sie zu diesen Vorwürfen?»

«Ich bin froh, dass Sie so genau nachfragen. Ich kann Ihnen hier und jetzt die ersten Fahndungsergebnisse geben. Es handelt sich in Muri nicht um einen Verhörraum, sondern um einen Ort, an dem besondere sexuelle Praktiken angewendet werden. Konkret geht es um Sado-Maso-Praktiken. Der Botschafter stellte sich einer Untersuchung durch uns und bestätigte, diese auszuüben. Das Brisante daran ist aber, dass sich sowohl Desiree Winter als auch Fahnderin Rickli freiwillig mit ihm dort getroffen haben. Es ist also verständlich, dass Winter lieber nicht möchte, dass dies an die Öffentlichkeit kommt. Sie führt eine intime Beziehung mit jenem Mann, den sie öffentlich verdächtigt.»

«Gibt es Beweise für diese Theorie?»

«Ja, in der Tat, die gibt es. Es gibt mehrere Gäste sowie Videoaufnahmen vom Botschaftsempfang, die bestätigen, dass Rickli sich dem Botschafter sehr angetan zeigte und Winter unbedingt in seine Räumlichkeiten gehen wollte. Wie eine Videoaufnahme zeigt, schien sie dabei sehr anzüglich gewesen zu sein. Zudem darf man nicht vergessen, welchen Mut es braucht, dass sich der Botschafter öffentlich zu diesen Praktiken bekennt.»

«Eine Journalistin und eine Ex-Bundesrätin lügen, nur um ein Sex-Spiel zu vertuschen. Ist das nicht etwas dürftig?»

«Bei Frau Winter sicherlich nicht. Es ist allgemein bekannt, dass sie ein dominantes Auftreten hat, und es liegt auf der Hand, dass sie dieses auch in anderen Bereichen als dem Journalismus auslebt. Es dürfte ihr aber die Karriere kosten, dass sie auf einer so dürftigen Faktenlage mutmasslich falsche Schlüsse gezogen hat. Bei der Alt-Bundesrätin liegt der Sachverhalt etwas anders. Sie war wohl ein Opfer ihrer eigenen politischen Haltung und wollte sich in guter Absicht schützend vor ein mögliches Verbrechen stellen. Mit allen Konsequenzen. Das ist ihr hoch anzurechnen, wenngleich sie hier einer Konstruktion der Schnüffelnase Winter auf den Leim gegangen ist. Ich selbst war einmal mit Frau Käppeli zusammen und kenne ihren ausgeprägten Gerechtigkeitssinn.»

«Damit stützen Sie also die Version mit dem mutmasslichen Islamisten als Täter und rechtfertigen das Abkommen?»

«Als Bundesanwalt stütze ich die Fakten der kriminaltechnischen Untersuchung und was das Abkommen angeht, so habe ich meinen Teil dafür getan, dass keine Verhöre durchgeführt werden können. Ich selbst habe mich weit aus dem Fenster gelehnt und bin in einen Graubereich vorgestossen. Das sollte Antwort genug sein auf die Frage, ob ich die Menschenrechte als höchstes Gut jederzeit achte. Die entsprechenden Beweisunterlagen liegen dem Bundesgericht vor.»

«Danke für das Stichwort. Winter und Käppeli haben eine Klage gegen die Eidgenossenschaft eingereicht und das Bundesgericht wird den Fall ebenfalls aufrollen. Das bringt Sie in eine ganze neue Lage...»

«Das ist ihr gutes Recht und ich stelle mich allen Befragungen. Es ist gut, dass eine unabhängige Instanz den ganzen Sachverhalt erneut prüft, das schafft Klarheit und Gewissheit.»

«Herr Ducret, vielen Dank für dieses Gespräch.»

***

Urteil des Bundesgerichts Lausanne im Fall 29965 Käppeli und Winter gegen die Bundesanwaltschaft, die Eidgenossenschaft und die chinesische Botschaft:

«Im Namen des Volkes gilt im Fall 29965 folgendes Urteil: Die Schweizerische Eidgenossenschaft, die chinesische Botschaft und die Bundesstaatsanwaltschaft sind in allen Anklagepunkten freizusprechen. Die Beweisfotos sowie die Unterlagen zur Wohnung in Muri ‹beweisen› in dem Sinne nur den Tod von Lan Guo sowie die Nutzung der Wohnung durch die chinesische Botschaft. Wie Herr Guo ums Leben kam, bleibt aufgrund der überhasteten Überführung des Leichnams nicht eruierbar. Der angebliche Mord an Fahnderin Rickli lässt sich aus Mangel an Beweisen nicht bestätigen. Frau Winter nennt sich zwar selbst Zeugin der Tat, doch als Klägerin ist sie einseitig befangen. Zuvor wurde sie betäubt, womit ihr Urteilsvermögen stark beeinträchtigt gewesen sein musste. Der Zeuge Pfarrer Liniger beschuldigt den Bundessanwalt auf ihn geschossen zu haben, doch der ebenfalls anwesende Heimleiter Herbert Kohler verneint die Tat und nennt den Afghanen als Täter. Damit fehlt der Beweis für diese Tat. Der Taxifahrer Sherif gilt als zweifelhafter Zeuge, zumal er selbst sein Einkommen in Teilen aus Kurierfahrten für die albanische Mafia erzielt und dies auch zugegeben hat. Seine Mithilfe für die Festnahme von Tarik Zaimi ist kein Beweis für seine Redlichkeit. Arjun, der Flüchtling aus Afghanistan, bleibt weiterhin flüchtig. Er stützt damit unbewusst die Aussagen von Kriminalpolizei und Bundesanwaltschaft, dass er der Täter sein kann. Einzig die chinesische Botschaft sei ermahnt, dass das Entwenden des Leichnams aus der Pathologie ein Strafbestand ist. Der Botschafter hat deshalb eine Geldstrafe von 5000 Franken zu entrichten. Ein Eintrag ins Strafregister wird nicht erfolgen. Der Botschafter geniesst diplomatische Immunität.

***

Die Geschichte mag fiktiv sein. Dass dieses Gesetz existiert, liegt aber durchaus im Bereich des Denkbaren.

ENDE

Gleich weiterlesen!

Stefan Roduner: Blutrote Leidenschaft. Ein Fall für Milan Sommer. Kriminalroman. 323 Seiten.

Eine Serie nächtlicher Überfälle auf spät heimkehrende Autofahrer erschüttert das Zürcher Unterland. Die Täter-schaft schreckt gar vor Mord nicht zurück. Der junge Privat-detektiv Milan Sommer nimmt sich der Sache an und stößt bald auf jede Menge Verdächtiger. **Ein rasanter, actionreicher und berührender Kriminal-roman.**

ISBN 978-3-85820-347-2

Auch als E-Book erhältlich